ACTOS OBSCENOS
EN LUGAR PRIVADO

Marco Missiroli

ACTOS OBSCENOS
EN LUGAR PRIVADO

Traducción del italiano de
Carlos Gumpert

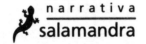

narrativa
salamandra

Título original: *Atti osceni in luogo privato*

Ilustración de la cubierta: H. Armstrong Roberts/ClassicStock/Getty Images

Copyright © Marco Missiroli, 2015
Publicado por primera vez en Italia por Feltrinelli Editore, Milán, 2015
Copyright de la edición en castellano © Ediciones Salamandra, 2018

Publicaciones y Ediciones Salamandra, S.A.
Almogàvers, 56, 7º 2ª - 08018 Barcelona - Tel. 93 215 11 99
www.salamandra.info

ISBN: 978-84-9838-878-7
Depósito legal: B-14.027-2018

1ª edición, julio de 2018
Printed in Spain

Impresión: Liberdúplex, S.L. Sant Llorenç d'Hortons

A Maddalena,
c'est toi

A veces uno se cree incompleto,
y lo que ocurre es que simplemente es joven.

ITALO CALVINO

Infancia

Yo tenía doce años y un mes. Mamá nos llenaba los platos de cappelletti mientras nos explicaba que el útero es el principio de la modernidad. Sirvió el caldo de gallina y dijo:

—Aprendamos de Francia, con sus oleadas de sufragistas que han liberado las conciencias.

—Y las mamadas.

Aquello fue el punto de inflexión. Mi padre soplando en la cuchara mientras sentenciaba: «Y las mamadas.»

Mamá se lo quedó mirando.

—No vuelvas a decir esas cosas delante del niño. —Se le escapó una sonrisa triste.

Él siguió enfriando los cappelletti y añadió:

—Son una de las maravillas del universo.

Corría el año 1975 y hacía poco que vivíamos en París, X Arrondissement, rue des Petits Hôtels. Nos habíamos marchado de Italia porque la empresa farmacéutica donde trabajaba mi padre lo había trasladado. Mamá había aceptado ir a Francia porque le encantaba el centelleo de la place Vendôme y el refinamiento libertino. Era una mujer elegante, religiosa, de cuerpo voluptuoso. Le gustaban mucho Jane Austen y la comodidad de su Bolonia natal. De joven,

13

había emigrado a Milán para estudiar y conocer a algún burgués que la mantuviera mientras ella juraba fidelidad al proletariado. Tenía cuarenta y dos años cuando mostró aquella tristeza a la hora de la cena. Fue suficiente para devolverme al trauma del mes anterior, el día de la mudanza a la capital de Francia.

Aquella tarde, Emmanuel, un amigo de la familia, estaba en casa. Papá había salido a comprar un taladro y pasarse por la oficina. Yo estaba en mi habitación vaciando cajas y mamá me dijo que haría lo mismo en su dormitorio. Emmanuel la ayudaba, con los pantalones bajados hasta los tobillos. Pude verlos por la rendija de la puerta. Él, de pie y con los ojos entornados, delante de aquella mujer casada y arrodillada, con sus grandes pechos aprisionados en el vestido. Esos grandes pechos que yo rozaba en cada abrazo de buenas noches. Me quedé inmóvil, volví a mi habitación y seguí destripando cajas hasta que se abrió la puerta.

—¿Qué tal todo, amor mío? —preguntó mamá con los labios recién pintados.

—Muy bien.

Ella sonrió, con la misma mueca triste de la cena de los cappelletti, y se marchó. Sólo entonces me percaté de la hinchazón de mis pantalones; contenía el espasmo que aún no había sido capaz de desahogar. Aquel día, por primera vez en mi vida, me acaricié y supe intuir el movimiento que me llevaría a la liberación. Arriba y abajo con constancia. El engaño de mamá, el éxtasis de Emmanuel... mis celos. Me apliqué con la mano una última vez, la decisiva, y entonces supe cómo funcionaba el mundo y cómo acabaría funcionando mi vida.

Mi carácter cambió desde aquella liberación. El bautismo erótico me volvió dócil e inteligente. Mamá empezó a llamarme «hombrecito de mundo»; papá, cher Libero. Ese «querido» antepuesto al nombre ratificaba mi entrada oficial en su círculo de atenciones. La ecuación resultó sencilla: la sexualidad emancipada había dado lugar a la clarividencia. Empecé a entender a mi familia y la manera exacta de interpretarla. Ante cada preocupación, me refugiaba en el retrete y me liberaba. Correrse significaba corregir mis cuestiones interiores sin interpelar a quienes deberían haberme educado. Era un niño autodepurado, sereno y magnífico, atento y previsor. Aquel goce filtraba mis aflicciones. Recuerdo perfectamente tres elementos de aquellos primeros autoerotismos: las mejillas encendidas, la floración del corazón y un inesperado rebullir cerebral. Esos desahogos de cinco o seis segundos me provocaban temblores, y yo intuía que aquello era sólo la punta del iceberg. La realidad que me rodeaba era distinta y mi nuevo espíritu me estaba abriendo las puertas de los mayores:

—Cher Libero, hijo mío, voy a llevarte a Roland Garros.

Nunca he olvidado la tarde en que papá me invitó a asistir a un partido en la pista central del Open de Francia, privilegio que durante años sólo le había correspondido a Emmanuel. Mi padre llevaba una camisa blanca, un panamá arrugado y dos lapislázulis opacos en lugar de ojos. Las mujeres se lo quedaban mirando mientras él observaba ensimismado a Björn Borg, que asaeteaba a pelotazos a Ivan Lendl.

—¿Por qué no has venido con Emmanuel? —le pregunté a bocajarro.

Papá permaneció en silencio ese día y los siguientes.

Emmanuel no se dejó ver por casa durante un mes, y nadie lo nombró hasta que a mamá, mientras nos servía un asado con ciruelas, se le escapó que era el plato preferido de Manù.

15

Aquella noche estuvo llorando. Papá había salido para su partida de bridge y yo estaba en la cocina acabando mi puzle de la Pantera Rosa. Cuando la oí gimotear, me acerqué al salón. Ella culpó a *Orgullo y prejuicio*, que estaba releyendo, y volvió a decirme que yo era su hombrecito de mundo, abrazándome con fuerza. Fue entonces cuando formulé mis mandamientos: escogería con cuidado a mi mejor amigo y nunca me casaría.

Emmanuel volvió una noche, varias semanas después. Cuando sonó el timbre, fue mi padre quien se adelantó a abrir. Mamá se quedó en su habitación y me llamó:

—¿Sabes lo que hace que la humanidad funcione, hombrecito de mundo?

—¿El útero y Francia?

—El silencio, el maquillaje y Dios.

Sacó el carmín del bolso y se pintó los labios. Me revolvió el pelo y se marchó al salón. Yo me quedé con la cara hundida en su almohada —mamá olía a glicinias— y esperé a que me llamaran para el rosbif con patatas y tomillo. De aquella velada lo recuerdo todo: el cambio de sitios en la mesa —a mí me colocaron entre Emmanuel y papá—, la televisión de fondo y, por primera y única vez, mamá todo el rato de pie, sirviendo comida... Recuerdo también un par de detalles: que Emmanuel no me miró en toda la noche y cómo se despidieron él y mi madre al final, ya en la escalera, mientras papá estaba en la cocina metiendo los platos en el lavavajillas. Ella hizo el gesto de darle un beso en la mejilla, pero él se limitó a estrecharle la mano para agradecerle la cena.

Cuando nuestro invitado se marchó, mamá se quitó el carmín, se atrevió con una broma sobre el rosbif francés, asegurando que era de lo más soso, y después me preguntó si al día siguiente me apetecía ir a conocer al Creador.

· · ·

Acepté, por más que papá dijera que la religión era la mayor illusion del hombre.

—Por dos razones, cher Libero: la primera, que Dios nunca se ha dejado ver para confirmar su presencia, y la segunda, que nadie ha regresado jamás de la muerte para confirmar tal presencia.

Le dije a mamá que quizá fuera cierto, y ella me contestó que era hora de irnos. Se había puesto el traje de chaqueta gris, de modo que la teoría de mi padre iba a saltar por los aires: Dios se dejaría ver ese día, como se dejaban ver los profesores, los pintores, los directores de sucursal bancaria, los vendedores de congelados y los padres de mis amigos de Milán cada vez que mamá invitaba a sus hijos a casa. Venían a recogerlos anticipadamente, incluso una hora antes, porque sabían que mi madre los entretendría charlando en gris. Tela de calidad, corte aceptable... de no haber sido por el tercer botón de la chaquetilla, que se estremecía de lujuria: una minúscula gema al borde del colapso. Unos pechos aprisionados valen lo que cien pechos libres. Lo intuí más adelante; si lo hubiera sabido por aquel entonces, habría comprendido por qué tantos hombres se arriesgaban a sufrir tortícolis con tal de mirarla. Alcanzamos la paz al entrar en Notre-Dame. Mamá me llevó delante de un crucifijo y dijo:

—Libero, ¿ves a Jesús en el centro del grupo? Bueno, pues no lo mires a él, mira a esa señora a sus pies.

—La Virgen.

—El útero que ve y provee.

Fue acabar de decirlo y el botón cedió. Mamá lo recogió, y yo le pedí a la Virgen que no dejara volver a entrar a Emmanuel en mi casa. La Virgen no me hizo caso, pero, a cambio, aquel verano se encargaría del más inesperado y misericordioso de los bautismos.

. . .

Papá decidió que pasaríamos las vacaciones en territorio francés. Teníamos que contribuir a la buena marcha de la economía del país que nos había acogido. Él y mamá optaron por Deauville, el litoral de los parisinos de coches caros y vicios dudosos. Nosotros teníamos un Peugeot 305 y verdadero terror a pasar las vacaciones solos. Acabaron invitando a Emmanuel. Me imaginé a mamá en pareo y a él mirándola desde la tumbona. Los celos me provocaban excitaciones amargas y mortificaciones corporales. Me examinaba desnudo delante del espejo, lampiño y tardío en mi desarrollo, aún porfiado en las eyaculaciones. Todo lo contrario que Mario y Lorenzo, mis amigos de Milán, ya florecidos los dos. Yo, en cambio, todavía era un fruto por madurar, con los hombros más estrechos que las caderas. Me salvaban mis ojos azules y un aura que transmitía paz. Jamás había recibido una mirada ambigua por parte de una compañera de clase: yo sólo era el mejor amigo de Stefania, el confidente de Lucía, el cómplice de María y el criado de Giulia, a quien Mario se había comido a besos.

Para Deauville, le pedí a mi madre un bañador nuevo.

Me lo puse el día que nos marchamos, un resplandeciente viernes de julio en un París desierto. Mientras bajábamos por la escalera, papá me comentó que Emmanuel iba a traer a una amiga. Lo esperamos delante de casa con el Peugeot 305 cargado como una mula, y con mamá enfundada en un caftán celeste. Lo que vimos tres minutos después provocó una mueca de satisfacción en mi padre y un silencio prolongado en mi madre. En el asiento del pasajero iba una treintañera de pelo castaño claro y una piel como la luna y moteada de pecas. Se presentó con un italiano inseguro: Marie. Nos fuimos presentando todos y, cuando llegó mi turno, ella exclamó:

—Y tú debes de ser le Grand Liberò.

El gran Libero. Titubeé y mamá me ganó por la mano:

—Le petit Libero.

Todos rieron, menos Marie; se colocó un fular de seda y me dijo:

—¿Por qué no te vienes con Manù y conmigo?

De aquel viaje me acuerdo de Emmanuel, que entonaba las canciones de la radio, y de nosotros, que coreábamos los estribillos. También del sombrero de paja que Marie encasquetó a su Grand Liberò. Era la primera vez que no tenía miedo de molestar. Me había colocado en el centro del asiento trasero, y por el retrovisor podía ver un hombro de Marie y parte de su blanco cuello. Poseía ya la perspicacia de las perspectivas, de modo que me desplacé a la izquierda y ensanché mi campo visual. Ahora entraron en él más hombro y menos cuello, y la silueta de uno de sus pechos. Era desproporcionado comparado con su osamenta y la dulzura de sus gestos. La observé en el reflejo y me encontré con su mirada. Me sonrojé.

Fue entonces cuando me pidió que tendiera una mano.

—Vamos, Grand Liberò, no muerdo.

—Yo no me fiaría —terció Emmanuel.

Me arriesgué y me sorprendí con tres cerezas en la mano. Me las comí mientras Charles Aznavour cantaba en la radio.

—Dame los huesos.

Y fue en ese momento, cuando Marie los cogió y me limpió los dedos con una servilleta húmeda, cuando le di las gracias a la Virgen de Notre-Dame por no haberme hecho caso.

Me mareé dos veces. La primera, a causa de las curvas del camino; la segunda, porque las dieciséis cerezas que me zampé me facilitaron breves encuentros con Marie.

Me explicó que era bibliotecaria y trabajaba en el IV Arrondissement. Allí había conocido a Emmanuel —Manù, el profesor más atractivo de París— unos meses antes.

Mi carácter dócil ocultaba premeditaciones insospechadas. Cuando Marie me preguntó si ya tenía amigos en París, dije que no, que era una isla sin mar. «Una isla sin mar...» Era una frase que papá me había aconsejado usar para causar impresión a las chicas. Ahondaba en un fondo de verdad y daba de lleno en el concepto de «ternura».

—Tu es adorable —susurró ella mientras me pellizcaba la mejilla—. El mar que buscas estará en Deauville, Grand Liberò. Y nosotros seremos tu archipiélago.

Cuando llegamos a nuestro destino, sentí que había derrotado a la soledad.

Habíamos alquilado un chalet con terraza y dos habitaciones en la rue Laplace. El verano precedente en Cerdeña, y el anterior en la Costa Azul, me había correspondido una habitación toda para mí. Aquel año, me dijo papá, tendría que conformarme.

Me limité a descargar la maleta y esperar en una hamaca colgada entre dos higueras en el jardín del chalet. Observé a los demás afanándose en los maleteros. Mamá tenía el maquillaje corrido y una de sus manos martirizaba a la otra. Vino hacia mí y me enseñó dónde iba a dormir: una especie de habitáculo encajado en un entrante del pasillo. Tenía a mi disposición poco más que un catre de acampada. Pegué la oreja al tabique de pladur: oí la voz de Emmanuel... y la de mi Marie.

Papá era un hombre práctico. Había salido al abuelo, oficial en la Primera Guerra Mundial, un temerario capaz de eludir siete emboscadas aéreas mientras cruzaba el canal de la

Mancha en un monoplano destartalado. Al igual que él, papá desbarataba las detonaciones de mi madre y sobrevolaba sentimientos impetuosos. El año anterior lo habían elegido mejor vendedor de flores de Bach de Europa central y meridional, y había celebrado catorce años de matrimonio con mamá.

Para festejar la primera noche en Deauville, decidió llevarnos al casino. De ese modo, consolidaría su complicidad en las cartas con Emmanuel y ofrecería a mi madre utopías de prosperidad económica.

—¿Y Libero? —preguntó Marie.

—Esperaré fuera —dije.

Papá entró con Emmanuel y mamá se ofreció a quedarse conmigo. Pedí y conseguí que me dejaran solo. Me dediqué a contemplar las casetas de la playa con nombres de estrellas del cine: Cary Grant, Jean-Paul Belmondo, Federico Fellini y muchos más. Cuando llegué a la altura del Bar du Soleil, oí que alguien me llamaba.

—Es una injusticia, Grand Liberò. —Marie venía hacia mí.

La saludé.

Me alcanzó y dijo:

—Es una injusticia que tú puedas quedarte fuera y yo no.

Así conocí un poco más a Marie Lafontaine. Me invitó a un jus d'orange y se pidió un rosé. Descubrí que poseía el arte de escuchar y de beber con el borde de los labios, que era capaz de deshuesar las aceitunas en la boca reteniéndolas contra la mejilla, que era seguidora del Saint-Germain y que su libro preferido era *El extranjero*, de Camus. Pizza de cuatro quesos, las películas sin final feliz, los morenos y los entrecanos, Provenza mejor que Normandía... Detestaba la ruleta y los caniches. ¿Si había tenido grandes amores?, se preguntó: uno, magnífico, durante cinco años; los demás, cosas sin importancia, por mala suerte o demérito propio.

21

Repicaba con los dedos en mi rodilla cada vez que se reía —lo hacía muy a menudo—, y se retorcía el pendiente derecho cuando se abstraía, también muy a menudo.

Y esto fue lo que le revelé de mí: había hecho una huelga de hambre de dos comidas para oponerme a nuestro traslado a Francia, no me gustaba el fútbol pero sí John McEnroe, era un as de los puzles y me encantaba el puré de patatas. También era capaz de dormir hasta quince horas seguidas. Y mi tortuga *Robespierre* había vivido veintiún años y muerto el día de mi cumpleaños.

—¿Qué más, Grand?

De mayor me gustaría tener el mismo trabajo que mi padre o ser guarda forestal; los libros me aburrían, excepto los de historias de indios. Me preguntó que por qué los indios. Dije que habían quedado pocos y a mí me gustaban los pocos.

—¿Te gusta Dios, Marie? —le pregunté.

—Depende.

—¿Y el útero?

Se me quedó mirando, luego dijo:

—No he tenido hijos, y no me importa. Y tú, Grand Liberò, ¿has tenido grandes amores?

Me acabé el jus d'orange de un trago y me quedé callado. Ella me abrazó de repente: se inclinó hacia delante, arrastró mi taburete hacia el suyo y me rodeó con sus cálidos brazos. Noté un aroma a tarta en el horno y la presión de sus grandes pechos. Unos pechos que se apretaron contra mi esternón, más que los de mamá, mejor que los de mamá.

Nada más salir del casino, nos encontraron en el muelle hablando de la caseta que alquilaríamos al día siguiente. Yo elegí la de Fellini y Marie la de Cary Grant. Papá y los demás dijeron que había que volver a casa para acabar con aquella horrible velada en la mesa de juego. Novecientos francos a la basura.

Cuando llegamos, me tumbé en la hamaca para escuchar el Deauville nocturno y el eco de las fiestas, mientras las luces de los dormitorios se iban apagando. Después, fui al baño y me lavé los dientes y la cara. Lo hice todo muy deprisa; desde que mi tía había muerto en un retrete, no podía permanecer allí demasiado tiempo, porque si no mamá venía a llamarme. Cogí un trozo de papel higiénico y me retiré a mi cubículo. Me tumbé en el catre.

Empecé a dar vueltas. Los muelles rechinaban en el lado derecho, pero podía usar el brazo izquierdo con una mínima rotación de la muñeca. Recobré entonces el sentido práctico de papá y consumé una masturbación circense que habría de mantener durante toda mi existencia. Aguardé a que los demás se quedaran dormidos y empleé la espera preparando mis pensamientos. A los doce años, uno suele ser de mucha mano y de poca cabeza; yo era distinto. Me había dado cuenta de que el eros es el arte de imaginarse situaciones realistas con posibilidades de fracaso: estoy de nuevo en el Bar du Soleil, con Marie, que lleva un vestido escotado. Ya se ha tomado dos rosé y me confiesa un amor que ha acabado en decepción. Él era un granuja, pero ahora ella se siente a gusto gracias a mí. Se echa a llorar, me atrae hacia ella con el taburete y, en vez de abrazarme, se apoya en mi hombro y yo noto sus lágrimas.

Me detuve. La goma elástica del pijama me estorbaba, me lo bajé. Presté atención al chirrido, todo estribaba en mantener elevado el codo y ser el John McEnroe del onanismo: usar la empuñadura Continental. Controlé la respiración y volví al punto en que había quedado: yo que noto las lágrimas de Marie, se las seco y la abrazo con fuerza. Ella hace lo mismo, me abraza con fuerza, con más fuerza aún, y yo siento que es el momento, preparo el papel higiénico —aunque sé que se quedará seco—, doy el golpe de gracia y el catre tiembla mientras abro la boca. La voz de papá resonó al otro lado de la pared:

—¿Quieres estarte quieto de una vez o qué?

Por la mañana desperté antes que nadie, salí furtivamente y me dediqué a armar un pequeño puzle de la Tour Eiffel en la mesa del jardín. Al cabo de una hora, sólo había encajado un mísero puñado de piezas y seguía mirando hacia la ventana de mis padres con la vergüenza de quien ha sido pillado en flagrante delito. Cuando mamá me llamó, todos estaban en la cocina poniéndose morados de cruasanes y otras delicias que Emmanuel había comprado en la boulangerie St. Augustin. Me quedé mirando las baldosas de color turquesa de la pared del fregadero, evitando intercambiar una mirada con ninguno de ellos.

—¿Qué tal has dormido, hombrecito? —me preguntó mamá.

Levanté la cabeza. Papá dejó de comer su cruasán y me guiñó un ojo. Fue el primer sello de nuestra alianza.

El segundo llegó en el mar. Fuimos a la playa y yo elegí la caseta de Fellini. Cuando vi que Marie salía de la de Cary Grant, en bikini, supe que esa noche reincidiría, y que el eros me causaba timidez.

Permanecí en mi tumbona sin sacarme la camiseta ni el sombrero, me negué a dar un paseo y rechacé las palas que me ofreció Emmanuel, que se puso a jugar con mamá. Mi padre charlaba con Marie en la orilla. Me llamó para que me acercara. Le hice gestos de que quería estar solo, pero insistió y acabé yendo hacia él.

—Vamos a darnos un baño.

Respondí que no tenía ganas. Entonces noté que alguien me tocaba por detrás: era la mano de Marie, que me levantaba la camiseta y me quitaba el sombrero. «Vamos, Grand Liberò, un baño corto», sonrió, y fue a la sombrilla para dejar las gafas y mi ropa. Echó una ojeada a Emmanuel, que seguía jugando con mamá. También papá los estaba mirando, así que lo agarré del brazo y lo arrastré al agua. Nos zambullimos, y cuando volvimos a salir Marie seguía en la sombrilla y se había sentado en la tumbona.

—Es muy guapa, n'est-ce pas? —aseguró papá mientras me subía a sus hombros como si yo fuera un gimnasta.

La brisa de Normandía me congeló.

—¿Te gusta?

—Moi, j'aime ta mère. —Y me arrojó al agua.

Volví a emerger y me encontré solo; mi padre se encaminaba rápidamente hacia la orilla y hacia quien era su esposa desde hacía más de una década. Así pues, me dejó con su segundo sello y mi futuro patrimonio: la devoción.

Volví el primero a casa y terminé el pilón occidental de la Tour Eiffel. Algo estaba enmarañándome la cabeza y el eros: Dios, el útero, la sensación de que todas las mujeres se me escaparían, y sobre todo la carrera de mi padre hacia su mujer. ¿Obsesionándome con los rompecabezas conseguiría poner en su sitio las piezas de mi infancia? Cuando empecé la tercera pata de la Torre, vi llegar a papá con gesto sombrío: me advirtió que Emmanuel y Marie habían discutido, y que yo tenía que hacer como si no pasara nada.

Me duché, cogí uno de mis libros sobre indios y me tumbé en la hamaca. Era sólo cuestión de tiempo. Mamá apareció poco después y se detuvo ante mí. Me besó y se quitó las gafas de sol. Estaba lívida.

—Mantente alejado de Marie, ¿entendido? —Y entró ella también.

Había habido una trama de úteros, y tal vez una víctima. Deauville era célebre por el glamour, las ambiciones pequeñoburguesas y los parvenu. Por el juego también, por supuesto, y su atmósfera proclive al azar me convenció de tomar mi cuaderno y anotar un desvarío: «Consuela a la rubia.» Era un cuaderno con Arsenio Lupin y su chaqueta roja en la cubierta. Tenía la costumbre de escribir las cosas que me superaban. Lo había llenado en Milán con una veintena de chispazos como aquél: «Los pieles rojas acompañan con el tambor a los que mueren»; «Lucía: besarla o casarme con ella», o «Aprende del camaleón: desaparece».

Me quedé balanceándome bajo la higuera. Emmanuel y Marie llegaron poco después, mudos y apresurados. Ella aceleró el paso, él lo aminoró y, antes de entrar, me sonrió. Lo ignoré y me convertí en un camaleón hasta que papá apareció con la sentencia definitiva: nuestros invitados regresarían a París a la mañana siguiente.

Fui a la habitación y saqué las cartas de brisca que me había traído de Italia: las barajé y corté el mazo con la izquierda. Salió el as de espadas. En el simbolismo de mamá, anunciaba un éxito abrumador. Fue el momento que decidió mi destino en Deauville.

Había aprendido a interrogar el futuro cuando aún estábamos en Milán. Vivíamos en Porta Venezia, el barrio de la burguesía joven. La casa la pagaba la empresa de mi padre, que suministraba flores de Bach y remedios homeopáticos a las farmacias. Mamá daba clases particulares de italiano y se gastaba el dinero en Montenapoleone y con sus santones. Tenía tratos con un grupo de fanáticos que le habían inculcado el culto a las premoniciones a cambio de cien mil liras por sesión. Examinaba los posos de café y los signos zodiacales, leía las cartas. Hasta que se cansó de todo aquello, porque el útero está hecho para generar, no para contener: mamá siempre justificaba así sus giros pasionales. Entretanto, yo había aprendido. Interpretaba una baraja de cartas mejor que el instinto. Me fiaba del futuro más que de mí mismo. Y esa noche, antes de la marcha de Emmanuel y Marie, el futuro preparó su coup de théâtre con detalles significativos.

Mis planetas se alinearon para la cena cuando papá se puso a leer *L'Équipe* en el jardín. Silbaba en chaqueta y camisa blanca. Mamá salió del baño con un peinado estilo piña. Yo me encerré en mi cubículo y apoyé una oreja en la pared: en la habitación de nuestros invitados no se oía una mosca. Emmanuel y Marie aparecieron de repente, vestidos como el día anterior. Ella tenía los ojos hinchados, él iba fumando un cigarro y se encaminó hacia el restaurante. Yo me quedé unos pasos por detrás y conseguí sonreír a Marie, que me devolvió la sonrisa. Caminaba rápido, todos caminaban rápido, y tan pronto como llegamos papá le pidió al maître una mesa en la terraza. El as de espadas dio su primera señal cuando me encontré sentado frente a Marie. Recuerdo que tomé media sopa de ostras y dos bocados de salmón. Papá mantuvo viva la conversación y Emmanuel lo secundó. Todo transcurrió sin problemas hasta que mamá se inmiscuyó con una filípica sobre la gauche italiana. ¿Qué había quedado del comunismo? ¿Adónde habían ido a parar las enseñanzas de Gramsci?

—Menos monsergas —replicó Marie: ahora estábamos en Francia y había que echar cuentas con Giscard d'Estaing. ¿O es que nos habíamos mudado sólo por los museos?

Temblé yo y tembló mi padre.

—Así que es cierto lo que se dice sobre la insolencia de los parisinos —respondió mamá.

—¿Y qué es lo que se dice sobre los parisinos?

—Pregúntaselo a tu Emmanuel, así por lo menos tendréis un tema de conversación.

—Pregúntaselo tú, a tu Emmanuel. —Marie se levantó de la mesa, pidió disculpas y se marchó.

Nadie la siguió, y yo tuve que asistir a las dos naturalezas de mi madre: su satisfacción por haber ganado la batalla de los úteros y sus lágrimas de disgusto. Terminamos los sorbetes y fuimos a dar una vuelta por el paseo marítimo de

Deauville. Pasamos por delante del Bar du Soleil, donde divisé los dos taburetes en que Marie y yo nos habíamos sentado. Sentí nostalgia. Le dije a papá que estaba cansado y él supo a qué me refería. Cuando volvimos a casa, evité despedirme de Emmanuel. Él se encerró en su habitación y mis padres hicieron lo mismo. Marie aún no había regresado.

Aquella noche me costó mucho conciliar el sueño, y cuando por fin lo conseguí me despertaron la sed y un aroma a profecía. Me levanté, salí de mi cubículo y fui a la cocina. Ella estaba sentada a la mesa.

Había dos cosas que no soportaba: que me vieran en calzoncillos y comprender que una situación me asustaba. Aquella noche, delante de Marie Lafontaine, viví ambas al mismo tiempo. Intenté retroceder, pero ella alzó la cabeza y se me quedó mirando. Luego dijo en voz baja:

—Grand, c'est toi?

Me adelanté y le dije que tenía sed. Ella se levantó para sacar una botella de agua de la nevera. Me sirvió un vaso y me lo tendió. Tenía el rímel corrido en una mejilla y el pelo revuelto. Bebí y fui a dejar el vaso sobre la mesa. Entonces ella dijo:

—Salgo un rato fuera, bonne nuit.

La única apuesta que se hizo en Deauville aquella noche fue la de un chico de casi trece años que, en lugar de volverse a la cama, salió al jardín de un chalet y esperó a que una treintañera se percatara de su presencia por segunda vez. Cuando eso ocurrió, ella lo llamó a su lado.

—¿Tú tampoco puedes pegar ojo, Grand?

Me acerqué a la hamaca. Marie estaba tumbada y yo me quedé pasmado.

Ella sonrió y se sentó. Me dijo que lamentaba lo de la cena y lo de las vacaciones, y la mala imagen que había dado. Era sólo que se sentía un poco nerviosa e insegura.

—¿Insegura?

Asintió.

Le dije que a mí también me había pasado. Al menos dos veces el año anterior, y hacía dos años con Lucía y Giulia.

—Se ve que no te merecían, Libero.

—Ni tampoco a ti.

Me abrazó y me dijo que me sentara con ella. Obedecí, no sin miedo, no sin estupor. Ella me dejó sitio y yo me acurruqué en un rincón.

—Eres un caballero. Menuda suerte la que se case contigo.

Se le había levantado el vestido hasta las rodillas y la parte de arriba se confundía con la noche. Agarró mi mano y la sostuvo entre las suyas. Miré la casa oscura.

—No te preocupes, dormiré aquí. —Me atrajo hacia ella y me dejó más sitio.

Acabé entre su pelo, con la pierna derecha rozando su costado izquierdo y con las manos sobre mi estómago, como los muertos. Notaba su pecho contra mi hombro, me volví y lo vi allí, mastodóntico y deformado por la posición. Se inclinó, confluimos en medio de la hamaca, me acarició la nuca y dijo:

—No tengo buen olfato para los hombres. Lamento haberte estropeado las vacaciones.

—Lo mejor de estas vacaciones eres tú. —Mi voz tembló, pero lo dije. Tenía una erección incipiente y, como iba creciendo, me di la vuelta, pero ella me retuvo y siguió acariciándome la cabeza.

No me moví, sintiéndome acalorado y más asustado aún. Presionaba contra su pierna, y notaba cómo su pierna presionaba contra mi intimidad. Cuando se detuvo, me encontré con un placer interrumpido. Durante toda mi vida me había mostrado ingenuo, adorable, dócil. Cambié mis prioridades: le toqué el muslo, y fue entonces cuando ella susurró «Mon petit Libero». Me ciñó en un abrazo que sabía a hermana y me dijo: «Ven a verme en París, trabajo en el Hôtel de Lamoignon, la biblioteca del IV Arrondissement.» Me dio un beso en la mejilla y de pronto me vi caminando hacia el cubículo.

Fui al baño, cerré la puerta con pestillo y, antes de entregarme a la liberación, me miré en el espejo. Era un niño a un paso de la adolescencia a quien le costaba abandonar la infancia.

Fueron unas vacaciones extrañas. Cuando nos levantamos a la mañana siguiente, Emmanuel y Marie se habían ido. Tal vez nunca habían estado allí. Encontramos una nota en la cocina: «Merci, merci, merci.» Tres gracias que me demostraban su presencia en Deauville. Salí fuera. El viento movía la hamaca, que tenía encima una hoja. La retiré y me tumbé. Acerqué la nariz a las cuerdas y percibí el olor a salitre, a Normandía. Escribí las últimas palabras de esa noche en mi cuaderno: «Biblioteca Hôtel de Lamoignon. Marie.»

Durante una semana volvimos a ser una familia. Mamá eligió la caseta de Marilyn Monroe y yo dejé la decisión a papá, que se inclinó por John Wayne. Mantuvimos ese emparejamiento entre el glamour y el wéstern durante todos los días de playa, plácidos y circunspectos, y la última tarde fui testigo de una curiosa escena: papá que se mete bajo el agua y sale entre las piernas de mamá, cargándola a hombros. Ella se queda arriba, se echa a reír y grita «¡Déjame, déjame!». Se zambulle y, cuando emerge, va hacia mi padre y lo abraza. Él la besa.

Fue un hermoso broche final. El balance de las vacaciones presentaba mi hermandad con papá, setecientos francos ganados por mamá en el 27 a la ruleta, cinco cenas a base de pescado en el restaurante y una intoxicación alimentaria por camarones, una mirada intercambiada con una inglesa e innumerables espasmos de desahogo. Y luego un mandamiento de mi padre, el día de nuestra marcha: «Tu devras avoir du courage, sé que serás valiente.»

Charmant, protector, franco. Papá era así, según mamá. Se lo oí decir a su amiga Manuela de Milán cuando ella le preguntó por qué se había enamorado de él. Faltaba algo: era un hombre desprovisto del sentido de la realidad. El mandamiento que mi padre me dio en Deauville era hijo de su pureza de ánimo y de una especie de presentimiento que tuvo sobre mí. Sabía que, a causa del traslado a Francia, podía sentirme un poco perdido. No tanto por el idioma como por la ansiedad del corazón. Ansiedad que también había sido la suya.

Lo comprendí al empezar el instituto. Mis padres me acompañaron el primer día. El Lycée Colbert había sido una elección de mi madre por ser un centro público, multiétnico, cuna de la nueva clase dirigente progresista. Era una escuela bobo, bourgeois-bohème. En la entrada había un enjambre de niños con fulares de pashmina alrededor del cuello. Yo llevaba una camisa de una talla más grande, y cargaba con la certeza de que la ubicación de mi pupitre habría de decidir mi adolescencia. Y así fue. Dependió del orden alfabético: Libero Marsell acabó entre Antoine Lorraine y Hélène Noisenau. Un negro y una rubita con una trenza que olía a mandarina. Estreché su mano para presentarme y comprobé que no me atraía: demasiado delgada, demasiado fría. Miré alrededor. Éramos treinta y tres, diecinueve chicos y catorce chicas. Descarté a las demasiado atractivas y sólo quedó una chica morena de trasero respingón. Se llamaba Camille. Me miró una sola vez.

Yo llamaba la atención a primera vista, pero me volvía invisible para el resto de la historia. Desde mi escritorio veía a los bobo socializando y pensaba en Mario y Lorenzo, que

31

habían ido juntos al Beccaria, en Milán. Añoraba la amable afabilidad de Marione y las barbaridades de Lorenzo. Me añoraba a mí mismo. Me levanté de repente y me acerqué a la ventana. Vi el tráfico parisino y a un hombre encorvado al otro lado de la calle: era papá. Iba echando una ojeada a *L'Équipe* y otra a las ventanas de la posible aula de su hijo.

Fui al baño y contuve el llanto; cuando salí, me topé con Antoine Lorraine. Se me quedó mirando.

—Nos acostumbraremos, no te preocupes. —Me puso una de sus manazas en el hombro—. ¿Eres italiano?

—Medio francés.

Él también lo era a medias. Congoleño y parisino. Un negro con la erre gutural y una absoluta certeza:

—Las mejores chicas están en las clases superiores. Tengamos los ojos bien abiertos.

Así encontré a un amigo. Éramos dos mitades que formarían un todo.

Cuando volví a casa, confié el nacimiento de aquella amistad a mi madre, que asintió mientras preparaba el pastel de foie gras y la tarta de membrillo. Emmanuel estaba sentado a la mesa. Forzó una sonrisa, pero no se la devolví. Me acerqué a papá, que se afanaba en los fogones. Él se anticipó a mi pregunta: lo vería frente al Colbert de nueve a diez durante el primer mes de clase.

—Para insuflarte un poco de valor, mon cher Libero —añadió.

—Pero si ya es un hombrecito. —Mi madre se sirvió una copa—. Déjalo que crezca.

El primer signo de crecimiento tuvo lugar en la actividad onanista. Pocos meses atrás, había detectado algunos cambios en mi cuerpo: una pelusa perceptible y los graves del timbre vocal. Eran mutaciones que acarreaban algunos efectos secundarios, pues el autoerotismo expelía mi ansiedad atávica. Un orgasmo era equivalente a diez gotas del Rescue Remedy que papá me daba cuando no podía dormir. Aproveché también las mañanas antes de ir a clase. El resultado fue una astenia recalcitrante y unas ojeras crónicas.

El otro cambio fue conseguir desprenderme un poco de mi invisibilidad. En el colegio, incluso los profesores tenían dificultades para recordar mi nombre y localizarme entre los demás. Las chicas me miraban como a un compañero al que debían sonreír por cortesía. La única que no lo hacía era Camille, que con su trato amable me preguntaba si me hacía falta ayuda con la gramática o la pronunciación. Mis coetáneos me interesaban poco, a diferencia de la profesora de francés, mademoiselle Rivoli. Morena, bajita, de cara ancha y un pecho que se esforzaba por mortificar. Esa mercancía deseable la convirtió en un cebo irresistible. Empecé a llamar su atención con pequeñas intervenciones y silencios inteligentes. Para mademoiselle Rivoli, yo era un inmigrante que se esforzaba el doble para obtener los mismos resultados que los demás. Me gané su atención preferente y, un día, un consejo: «Marsell, lea *El extranjero* de Albert Camus. Verá cómo ahí dentro encuentra usted algo.»

—Puedes ligártela —insistía Antoine.

Mademoiselle Rivoli perduró como prototipo erótico durante el primer cuatrimestre. Mis esfuerzos se reflejaron en las notas de mediados de curso: notable en Francés, suficiente en Matemáticas, bien en Historia y así sucesivamente para un promedio de suficiente alto. La única tacha: no haberle pedido un rendez-vous a la profesora de Francés y haber hecho caso omiso de ese libro de Camus.

La tarde que nos entregaron las notas organizamos una salida con mis compañeros: iríamos a comer a una brasserie en el Trocadéro y luego al cine a ver *La guerra de las galaxias*. En la mesa, Antoine se las apañó para sentarse junto a

Hélène, y yo acabé al lado de Camille, que me preguntó si extrañaba Italia. La extrañaba, por supuesto, a pesar de que en la Ville Lumière me encontraba a gusto. Le hablé de mi vida en Milán y, por primera vez desde el comienzo del instituto, no me sentí solo. Así pues, mi exilio acabó por obra y gracia de una chica de trasero respingón y gestos cautelosos. No tenía una cara bonita, pero su sonrisa borraba mi sensación de estar fuera de lugar. Le conté algunas anécdotas sobre mi estrafalaria familia: cómo había aprendido a leer el futuro gracias a mamá, cómo mi padre había tratado de calmar los gañidos de mi viejo perro con una mezcla de flores de Bach y gránulos homeopáticos... La hice reír, y yo también me reí cuando me confió que el primer día de clase me había tomado por un ruso desnutrido o un trapecista de un circo rumano.

Eso fue suficiente para que nos sentáramos juntos en el cine y para un petit bisou en la mejilla después de que Luke Skywalker lograra poner en fuga a Darth Vader.

En un solo mes sucedió algo doloroso, algo dulce, algo extraño y un pequeño milagro.

Algo doloroso: comprendí definitivamente que la estética contaba tanto como el factor hormonal. Camille no cumplía con los cánones. Con ella averigüé que me avergonzaba dejarme ver al lado de chicas que consideraba poco agraciadas. Me sentía culpable por ese racismo estético, de modo que decidí forzar una salida. Dos días después del cine, fuimos a tomar un helado. Ella me cogió la mano y yo sentí cinco dedos gélidos. Traté de apartarme con mis silencios. Camille insistió un rato, pero al final lo entendió. En clase dejamos de hablarnos, hecho que lamenté. Peor le fue a Antoine con Hélène: tuvo que oír que los noirs no eran para ella. Pensé en los indios, y sentí un desagrado cercano a la indignación.

34

Algo dulce: aquel beso, el legado de Camille. Su petit bisou me cambió el eros. Desde la tarde del cine, pasaba las noches seduciendo al dorso de mi mano izquierda. Hacía pruebas con los labios cerrados, con los labios entreabiertos y con los labios abiertos del todo sacando la punta de la lengua. Mi cerebro renunció a su obsesión por los senos en favor de la boca. El corazón se me aceleraba y me imaginaba historias de amor. Con mademoiselle Rivoli, con una chica de tercero que vi pasar por los pasillos del instituto... Mamá estaba desapareciendo de mi horizonte, a diferencia de Marie, que aún se asomaba de vez en cuando. No había vuelto a verla ni había oído mencionar su nombre desde aquella noche en Deauville.

Algo extraño: mi madre, vestida con un jersey de cuello alto de satén, me toma del brazo y me lleva a Notre-Dame y luego hasta la iglesia de Saint-Vincent-de-Paul, cerca de casa. El sacerdote nos saluda desde el fondo de la nave. Yo espero en una silla y Cristo me mira desde el crucifijo. Luego mis pasos hasta el confesionario; está oscuro, y una sombra detrás de la rejilla me dice: «¿De qué quieres que hablemos, hijo mío? ¿Te gusta el fútbol?» Yo le hablo de John McEnroe, de su habilidad y su ira, y de cómo a veces su cólera también es la mía. El sacerdote sonríe y me pide que le hable de otras cosas, y yo le digo que papá está cada vez más triste porque Emmanuel viene cada vez más a casa debido a mamá. Ya no tengo nada más que decir, y él susurra: «Reza un padrenuestro, hijo mío.»

Y un pequeño milagro: el segundo día de primavera, fui a casa de Antoine a hacer los deberes. Vivía en el XIX Arrondissement e iba al Colbert porque su padre trabajaba en el X. Nos enconamos con las matemáticas, a él se le daban muy bien, y luego nos quedamos charlando en su habitación. Tenía siete hermanos. Al caer la noche, alguien llamó a la puerta, él dijo «Adelante» y se asomó su hermana mayor, Lunette. Era dos años mayor que nosotros, de ojos

claros y labios grandes. Piernas de bailarina y pechos puntiagudos. Antoine me advirtió: «No mires, cerdo.»

Llegué a casa a la hora de la cena y tomé un guiso de
carne con mis padres. Recuerdo que Emmanuel no estuvo
allí esa noche. Luego me retiré a mi habitación y empecé
a besarme el dorso de la mano izquierda. «Lunette, amor
mío, Lunette.» En cuanto llegó el momento de acostarme,
puse manos a la obra. Mi primera pulsión sentimental se
consumió de inmediato y me cortó el aliento, y no preci-
samente a causa del placer: una gota pegajosa había salido
de mi intimidad.

Adolescencia

Durante cierto tiempo me concentré en mi esperma y en Dios. Contemplaba mis evoluciones orgánicas e iba con mamá a la iglesia los domingos por la mañana. Papá nos veía salir y decía «J'ai une famille de fous, mi mujer y mi hijo están chiflados».

Después de la misa, tenía la obligación de confesarme con el cura de Saint-Vincent-de-Paul, que se llamaba Dominique. En cada uno de aquellos encuentros hablábamos de tenis, de los indios y de las distintas contradicciones de la Iglesia que me había metido mi padre en la cabeza, entre las que destacaba el acto de contrición.

—En cierto punto de la oración se dice «porque he pecado, merezco que me castigues». —Entonces me acerqué al oído del sacerdote y susurré—: Pero mamá dice que Dios ni siquiera sabe lo que son los castigos.

—A veces el Señor pierde la paciencia, Libero.

—¿Por qué la pierde?

Se aclaró la garganta:

—Ante los pecados violentos y ante los pecados gratuitos, que significan comportarse mal por nada, ante las fechorías políticas, ante las blasfemias, ante los actos impuros y obscenos, que significan sexo y demasiada felicidad, ante los divorcios y los abortos, ante las injusticias y los comunistas, ante la impaciencia de los hombres.

Reflexioné un momento.

—Algunos de ésos los cometo.

—Tú concéntrate en los estudios, hijo mío. Cinco avemarías.

En el instituto, las cosas habían ido en parte como debían y en parte fatal. Las cosas que habían ido como debían: Antoine y yo nos habíamos hecho hermanos; al final del año tuve una media de 6,76; seguía siendo el favorito de mademoiselle Rivoli, a pesar de que aún no había leído *El extranjero*; era menos invisible, y a veces se reían con mis chistes.

Entre los asuntos que habían tomado un mal camino se encontraban el insuficiente en Matemáticas y la pérdida absoluta de atractivo de las compañeras que más prometían. Pero el auténtico desastre era otro: a los dieciséis años, seguía siendo virgen incluso de besos, a diferencia de Antoine, que había hecho muchos progresos con una turista estadounidense fascinada por su erre gutural.

En todo caso, durante aquel año John McEnroe ganó Wimbledon, logré armar puzles de mil piezas, dejé de leer el futuro con las cartas, Antoine me mantuvo alejado de su hermana Lunette, y en verano estuvimos una semana en Italia, donde volví a ver a Lorenzo y Mario. Ambos habían ligado con dos alemanas en Forte dei Marmi.

París me gustaba cada vez más.

Entretanto, mi voz se había vuelto sombría, y mi corazón también: presagiaba violentas revoluciones.

Y además el milagro se completó: me consolidé fisiológicamente y obtuve la completa dignidad de fecundar. Primero fue una gota, luego dos, luego varias. El placer también había cambiado, era más potente y caprichoso. Me dejaba vacío y algo preocupado por el prepucio, que se negaba a bajar.

El eros dejaba huellas y mi invisibilidad empezaba a extinguirse: las chicas retenían su mirada en mí, y la mujer de la limpieza me cambiaba con frecuencia las sábanas. Un día oí que a mamá le decía que era mejor cambiarlas dos veces por semana «porque Libero suda mucho por la noche». Libero suda mucho. A mi padre, ese incremento de sudoración le gustó tanto que comenzó a señalarme por la calle a las chicas guapas.

—Admíralas bien, cher Libero. Y concéntrate en las más tímidas.

Papá estaba cansado. Del trabajo, sobre todo. Había solicitado la jornada a tiempo parcial, y lo veíamos engullir las mismas engañifas que vendía para los deprimidos: Willow, Elm, Crab Apple, Rescue Remedy. Se quedaba en un sillón con *L'Équipe* abierto ante él, o delante del televisor viendo los duelos McEnroe-Borg. A veces salía a dar un paseo y volvía con una bandejita de pasteles. Me asomaba a la ventana de mi clase y lo veía al otro lado de la calle con la mirada encallada en el suelo.

Una tarde, mamá y él me anunciaron que se irían a Provenza un fin de semana. Yo me quedaría con Emmanuel y, si quería, podía invitar a Antoine. Me encerré en mi habitación y fingí dedicarme a mis puzles. Rechacé la compañía de Manù, que se esforzaba en tratarme como un viejo amigo. Me conmovía y me repugnaba. Cuando papá y mamá volvieron, yo estaba enrocado en mí mismo y ellos parecían sumidos en una calma antinatural. A madame Marsell le faltaban el rímel y el pintalabios, y el pelo de monsieur Marsell se veía demasiado bien peinado. Recuerdo que esa noche fuimos tres en la mesa, y que vi a mis padres sonreír. Al final de la velada, me dijeron que tenían una sorpresa: iría con mi padre a la semifinal de Roland Garros. No rechisté.

Así vimos el Borg-Solomon en la Central. El sueco le dio una buena paliza al estadounidense, pero yo vi el encuentro de refilón y me concentré en papá. Se abanicaba con el periódico y se quedaba mirando un punto de la pista sin seguir la pelota. Las nuestras eran las únicas cabezas inmóviles. De vez en cuando me ponía una mano en el hombro y repetía «¡Ánimo, Björn!», y a continuación se apagaba como un juguete sin pilas. Cuando terminó el partido, nos quedamos en las gradas observando a Borg mientras firmaba autógrafos a los empleados que se encargaban de la pista; luego nada, hasta que nos pidieron que nos fuéramos.

Fue en ese momento cuando papá me dijo:

—Cher Libero, voy a marcharme de casa durante una temporada.

Se separaron. Papá se marchó al barrio de Marais y mamá se quedó conmigo en el piso de la rue des Petits Hôtels. Emmanuel se unió a nosotros al cabo de tres meses.

Mi padre vino a recoger sus cosas una tarde, cuando estaba seguro de que no se toparía con nadie, pero yo había salido antes de clase a causa de una huelga. Así que me lo encontré con dos cajas pequeñas y las manos temblorosas. Ya se había llevado la ropa, sólo había venido a recoger su colección de discos y los recortes de L'Équipe, que asociaba a sus momentos sentimentales. Una carrera automovilística ganada por un desconocido, que había guardado porque le recordaba a su graduación. La victoria de Canadá en los mundiales de hockey, recuerdo de su primera cita con mamá... Y así sucesivamente. Lanzó una treintena de libros al tuntún en las cajas, entre ellos, en lo alto del montón, *El extranjero*. Lo ayudé a colocarlo todo en el Peugeot 305, luego corrí hacia casa, entré en la habitación de mis padres y me arrojé sobre el sitio de mamá, emprendiéndola a puñetazos con la almohada. Mi época de vida en familia había terminado, y con ella la mansedumbre.

Comenzó la era de la indignación. Su primera víctima fue el padre Dominique. Le comuniqué que Dios tenía poco que compartir conmigo, y eso no tenía nada que ver con los pecados, los castigos o la impureza. Era una simple cuestión de antipatía. Él murmuró algo acerca de la paciencia: «Aprende de Job.» Le di las gracias y dejé el confesionario por tiempo indefinido.

La elección de la segunda víctima fue muy fácil. Emmanuel se había vuelto incluso más amable conmigo, y a cambio sólo obtenía monosílabos. Cuando un domingo por la mañana me crucé con él en calzoncillos por el pasillo, huí en dirección a Belleville. Llamé a casa de los Lorraine y, en cuanto Antoine abrió la puerta, se lo conté todo. Comí con su familia, sentado en un pequeño taburete con el plato sobre las piernas y una mazorca tostada en la mano. Era un huérfano en el lugar adecuado. Lunette pasaba la mantequilla y la vinagreta, yo servía el agua. Ella me sonrió. Tenía un perfil delicado y una elegancia tímida, y deambulaba por la casa en unos vaqueros deshilachados que había cortado a medio muslo. Antoine me lanzaba miradas asesinas. Al acabar el almuerzo, le pregunté si tenía *El extranjero*, el libro que me había aconsejado mademoiselle Rivoli.

—¿Quieres impresionar también a mi hermana?

—¿Por qué lo dices?

—Es uno de sus favoritos.

—¿Lo tienes o no?

Su padre lo había prestado y tardarían en devolvérselo. Pero yo estaba decidido a que la maldición de aquel libro, que llevaba casi dos años esquivándome, acabara allí.

No quería comprarlo y tampoco pedírselo a papá. Abrí mi cuaderno de Lupin y busqué la nota escrita en Deauville:

«Biblioteca Hôtel de Lamoignon.» Comprobé la dirección en el callejero. Salí, tomé el metro en Gare de l'Est y bajé en Saint-Paul. Encontré la rue Pavée y la recorrí hasta ese edificio histórico camuflado entre las casas de Marais. Crucé el patio interior, un cuadrilátero de adoquines desgastados, y entré en la biblioteca.

La encontré muy cerca de la sala de consulta. Llevaba un traje de chaqueta de color mostaza, el pelo recogido en un moño y una delgada raya en los ojos. Estaba atendiendo a una pareja de ancianos y parecía un poco insegura. Cuando los acompañó a una de las mesas, reparó en mí. Nos quedamos un momento mirándonos.

—Libero, c'est toi?

Asentí.

Se acercó y me abrazó. Luego me llevó al patio trasero. Hacía calor, y allí estaba ella. La misma belleza, el pelo más alborotado que en Deauville, la piel diáfana... Entorné los ojos; prefería la ceguera antes que empezar a desearla de nuevo. Era la única forma de zafarme de la represión que se desencadenaría acto seguido. Buscaba desesperadamente, y aún la busco hoy en día, una contraprueba que la desmitificase. Un lunar de antipatía, una estría del alma, una falla moral. Marie era gracia más allá de la cortesía. Y sí, un pequeño detalle me atontó más de lo debido, modificando la arquitectura de mi eros: los pantalones del traje marcaban la forma de su sexo de manera casi imperceptible. Después de los senos, la boca y el trasero, mi espectro de excitación se ampliaba: la vagina, la entidad que hasta entonces me había aterrorizado. Algo demasiado grande, oscuro, peligroso. La había visto en algunas películas, en revistas pornográficas con Antoine, en un tríptico publicitario en Montmartre y una vez en mi madre: peluda y oscura, intimidante. Pero irresistible.

Le pedí *El extranjero*. Su rostro se iluminó, dijo que tenía más de una edición y me aconsejó la de Gallimard.

Me ayudó a rellenar la tarjeta del préstamo; debía llevar una foto, por el momento firmaría ella en lugar de mis padres. ¿Cómo estaban, por cierto?

—Se han separado. —La miré—. Emmanuel.

Marie asintió y dijo que la esperara en el mostrador de pedidos, un atrio tapizado con una moqueta verde que olía a polvo. Fue a buscar el libro a la planta baja, un amplio almacén donde se guardaban los volúmenes que los empleados hacían llegar arriba con un pequeño montacargas.

Regresó con la novela, que parecía querer proteger con sus manos, y me la dio.

—Lee a Camus y vuelve aquí de inmediato. C'est un rendez-vous.

Entre nosotros y el encuentro soñado estaba aquel librito amarillento.

Cuando llegué a casa, me metí en la cama y olfateé la tapa: olía a viejo. Con la punta de los dedos acaricié el papel, basto y rugoso. Aquello me provocó un bostezo. Leer me aburría hasta la médula, sólo me gustaban las historias de indios y vaqueros y las páginas de deportes del periódico. Pero sucedió: me acabé *El extranjero* en tres horas. Me salté la cena en homenaje a su protagonista: los condenados a muerte no comen por indiferencia. No hablan por desilusión. No aceptan a Dios por inútil. Buscan el amor sensual de la Marie de turno, en absoluto el amor romántico. Fuman sin lágrimas ante la tumba de su madre. Y entre aquellos gestos inconscientemente heroicos, elegí batirme con la religión, saltarme la comida (por una vez) y buscar el consumo carnal simulando el sentimental. Sobre todo, conocí la posibilidad de la injusticia. *El extranjero* era culpable y se mantenía impertérrito, pero ¿cuántos inocentes abandonados a su suerte esperaban el patíbulo? Camus había escrito una historia de indios.

···

Tuve que esperar una noche y una mañana de colegio, y soportar un almuerzo con mi madre y Emmanuel. Entonces pedí permiso para salir y llamé a papá. Le dije que quería verlo, que necesitaba hablar con él sobre un libro. En cuanto oyó el título, dijo que nos veríamos al cabo de media hora en el 6 de la place Saint-Germain-des-Prés, y que fuéramos puntuales.

Papá era un hombre flemático de alma ágil. Y aunque siempre había sido impuntual, cuando llegué me lo encontré en posición de firmes delante de un café de toldos verdes y blancos: Les Deux Magots. Se restregaba las manos, y me indicó que entrara y me sentara a una mesa. Me preguntó qué quería tomar —una Coca-Cola—, habló con un camarero y, acto seguido, desapareció con él. Regresó con mi pedido y con una fotografía en blanco y negro de un hombre sentado más o menos donde estábamos nosotros.

—Voilà, cher Libero: Albert Camus.

Me quedé mirando a aquel hombre de ceño fruncido, amplia frente y mirada afilada. Papá dijo que era su escritor favorito, y que sólo la muerte le había impedido completar el despertar de las conciencias. Había escrito otros libros fundamentales, pero *El extranjero* iba directo a los corazones. Tomé un sorbo de Coca-Cola y reparé en que casi todas las personas que entraban saludaban a mi padre. Me presentó a algunas y luego se dirigió al fondo del café. Desapareció tras un séparé de espejos que ocultaban la caja y la zona del bar.

Poco después, me llamó y fui hasta donde estaba. Junto a él, detrás de una pequeña mesa al lado de la escalera que descendía a la zona de los teléfonos, había un hombrecito con gafas redondas y una pipa. Fumaba y se apoyaba con los codos sobre unos periódicos reducidos a papel arrugado. Podía tener tanto setenta años como cien. Levantó la cabeza y trató de ubicarme, sonrió.

46

—Bonjour, je m'appelle Jean-Paul.

—Libero.

—C'est un prénom magnifique. Utilise-le bien. —Y entonces dio un par de chupadas a la pipa.

Le di las gracias y me retiré por donde había venido. Papá ya no estaba por allí y reapareció sólo cuando me había acabado la Coca-Cola, con el pelo encabritado y una mueca divertida. Se acercó y me susurró al oído:

—Ese hombre y Camus eran amigos.

—¿El viejecito?

—Jean-Paul Sartre, mais oui.

La excitación cerebral de aquellos días sustrajo sangre a mis partes bajas. Dejé de lado todo interés sexual, y me quedé en casa de papá las dos tardes siguientes. Vivía en un bonito apartamento de dos habitaciones, no muy lejos de la place de la Bastille. Según me contó, lo había comprado con mamá hacía unos años como inversión y para sus fugas amorosas. Recuerdo las cortinas turquesa y dos pilas de libros sobre una mesa plegable. Nos sentamos allí y hablamos sobre ese tal Sartre y sobre la náusea que le provocaba la dirección que tomaba el mundo, sobre el existencialismo, su novia Simone y la moda de citarlo sólo por citarlo. Me habló del Nobel que había rechazado y del comunismo, y de su amistad y sus disputas con Camus. Me reveló una sombra en la muerte del autor de *El extranjero*: detrás del accidente automovilístico que lo mató podía haber involucrados espías rusos. ¿Así que en ese café yo había conocido a alguien más importante que McEnroe?

—Oui.

Sentí más amor por papá que nunca. Tenía cincuenta años, unas ojeras profundas y una dulzura que me preocupaba. Era tierno, vivaz y un poco rarito. Un hombre solo.

Decidí protegerlo. Elaboré un plan antiaislamiento para mi padre y de boicot para Emmanuel. Mamá quedó atrapada en medio. Se encontró con un oponente inesperado en su hombrecito de mundo. Le dije que Dios, el útero y su progresismo habían causado más problemas que los discípulos del futuro, y que dejara de farolear con sus clichés de espiritualidad, que sólo ocultaban el miedo al esfuerzo.

—Eso lo dices porque todavía no has tenido una mujer, Libero.

Tenía razón, y yo lo sabía. Pero no fue suficiente.

—Destrozaste una familia delante de tu hijo —le solté, y me encerré en mi habitación.

Cuando Emmanuel llegó a casa, se la encontró llorando mientras reorganizaba la despensa. Manù vino a verme y también se llevó lo suyo: ¿cómo se siente uno al birlarle la mujer a su mejor amigo? Se batió en retirada. Y yo me quedé con mi Camus estrujado entre las manos.

Antes de acostarme, salí de mi cuarto. Emmanuel veía la televisión en la sala. Fui a la habitación de mamá, donde la encontré acurrucada entre las sábanas y con la lámpara encendida. Me senté en el borde de la cama y le di un beso en el pelo.

—Perdona.

—Perdona tú, Libero.

Devolví el libro al día siguiente. Fui a la biblioteca sin vestirme para la ocasión y me dirigí a donde estaba Marie. Cuando me vio, permaneció inmóvil. Llevaba coleta y un pantalón de corte masculino.

—Lo he leído —le dije—. Me lo he leído entero.

—¿Y?

—Es precioso.

Sonrió y se movió con agilidad entre los ficheros. Sacó una tarjetita y bajó al piso inferior. Regresó con un volumen igualmente delgado, *El desierto de los tártaros*, escrito por un italiano llamado Buzzati. Reconocí la cubierta porque papá tenía la misma edición.

Marie me invitó al jardín, donde encendió un cigarrillo y se lo fumó tranquilamente. Me preguntó qué tal el colegio nuevo, si me encontraba a gusto, y cómo iban las cosas en la familia. Le hablé de papá y de su refugio, no muy lejos de la biblioteca.

—¿Te has echado novia, Grand?

Negué con la cabeza.

—Pronto ocurrirá, ya lo verás.

Di dos pasos hacia ella. Desde Deauville, la diferencia de estatura se había reducido. La besé en la mejilla. Así percibí lo que significaba sorprender a una mujer. Daba una sensación de plenitud. Y cuando fui a cumplimentar el formulario para el préstamo, me di cuenta de que sí, de que estaba ocurriendo, de que mi sometimiento a lo femenino era menos pronunciado. Los libros desplazaban mi centro de gravedad e implementaban una ley: habían empezado a incluirme en el mundo.

De aquella noche, recuerdo la languidez que el beso de Marie me dejó y la luz de la lámpara entre las sábanas. Había esperado a que mamá y Emmanuel salieran y me había puesto el pijama y cepillado los dientes, había apagado las luces y me había enterrado en la cama con la novela de Buzzati. Había encendido la lámpara con forma de jirafa y la había arrastrado al refugio.

Cogí el libro. En la cubierta aparecía una especie de catedral blanca, lo abrí y lo olisqueé. También éste olía a moho. Leí una página y proseguí, y a medida que avanzaba y seguía a ese hombre joven incapaz de decidir nada y aterrado por sí mismo, ocurrió, sentí el peligro: el protagonista, Giovanni Drogo, era yo, y mi desierto de los tártaros corría el riesgo de ser yo mismo. El divorcio de mis padres, la invisibilidad, el temor al mundo, la inexorable soledad de los Marsell que me rodeaba, la indecisión atávica... ¿Estaba ya encerrado en la Fortaleza?

A la mañana siguiente fui a ver a Antoine y me invité a su casa. Teníamos que hablar de libros, le dije.

—¿De libros?

Asentí.

—¿Te va bien el jueves?

Desde ese día, durante un par de jueves al mes hasta acabar el instituto, Antoine Lorraine y yo nos reuníamos para hablar de novelas y de las palabras que podían cambiar el destino. Nuestro método era infalible: Marie me aconsejaba dos títulos, yo los sacaba prestados y le pasaba uno a Antoine. Luego los intercambiábamos, y al final de la lectura nos encontrábamos para comentarlos. Yo me concentré en escritores estadounidenses e italianos, él prefería a los sudamericanos y los rusos.

¿Y Buzzati? En mi cuaderno de Lupin hay una frase en rojo: «Cobra venganza en nombre de Giovanni Drogo. Huye del desierto de los tártaros.» Fue por él por lo que hicimos una excepción a la regla e invitamos a Lunette a participar en uno de nuestros debates. El desafío era entre *Un amor*, también de Buzzati, y *Lolita*, de Nabokov. Lunette los había leído, y la batalla dio comienzo. ¿Nabokov era un pervertido o un genio de la sensualidad? ¿Lo que había escrito Buzzati era un simple desahogo o un manifiesto de la fragilidad masculina? Lunette defendía a Nabokov, y sostenía que en la mirada del profesor Humbert estaba la verdadera derrota de las hipocresías. Antoine hacía de moderador: «Y tú, Libero, ¿qué opinas?» Yo no opinaba, sólo miraba a su hermana, con el pelo en forma de nube y los ojos como el océano, con sus pechos cada vez más pechos y sus caderas cada vez más caderas. Miraba sus piernas de mujer.

Lunettte de Belleville me abrió las puertas del universo. Así que le di al corazón esa posibilidad. Yo tenía diecisiete años, ella casi veinte y más de un pretendiente rondándola. Antoine me había confiado un comentario que su hermana había dejado caer: «Libero, comme il est mignon, qué mono es.»

Eso había dicho sobre mí: «mono». Tendría que reconstruir el futuro sobre ese adjetivo.

Por mucho que me esforzara en entenderlo, nunca llegué a ninguna conclusión sobre por qué no gustaba. La invisibilidad seguía siendo mi signo distintivo. Suscitaba simpatías y confidencias, impulsos amistosos o de admiración, pero nunca de atracción. Me daba cuenta por la forma en que me miraban mis compañeras de clase, las transeúntes, incluso la propia Lunette. Se acercaba al borde, pero sin intención de traspasarlo: «Eres un ami formidable, Libero.» Para ninguna de ellas pasaba de ser un maldito amigo. Me miraba en el espejo: medía un metro setenta y dos, pesaba cincuenta y tres kilos. Mamá decía que los hombres puntiagudos sólo les gustaban a ciertas mujeres, y que tarde o temprano daría con una de ellas. Paseaba por todas partes esa ligera curva de la espalda debida al estirón repentino. Mis ojos tenían un corte alargado, mi nariz era proporcionada y mi boca no desentonaba. Me afeitaba los pocos pelos de barba que se esforzaban por aflorar, y también el bigotillo. Sólo me faltaban los granos. Para compensar, tenía estopa en lugar de pelo. Desnudo, se me veía aún más delgado y pálido, excepto por la polla, que parecía pertenecer a una complexión robusta. El glande afloraba, nervudo y fuerte, severamente encapsulado por el prepucio.

51

Antoine era más feo que yo. Negro y desgarbado. Sin embargo, gustaba y no le faltaban candidatas. Tenía algo de protector, tal vez por su tamaño y por su voz grave y profunda. Lo llamé y le dije que necesitaba preguntarle algo: ¿cuántos encuentros íntimos había tenido con mujeres?

Su respuesta fue la de un matemático: dos besos a la francesa con otras tantas chicas, un rozamiento a fondo en horizontal y cuatro exploraciones más minuciosas. Su tacto le impidió preguntarme por el balance de mis experiencias. No habría tardado mucho en enumerarlas: un beso y un dudoso acercamiento en una hamaca.

Me vi obligado a recurrir a Marie, aunque sabía que la solicitud de explicaciones me supondría una tierna humillación. Fui a verla para que me diera otras novelas, elegí *Por quién doblan las campanas*, de Hemingway, y *La ciudad y los perros*, de Vargas Llosa. Antes de marcharme, le pedí que saliéramos al patio trasero.

—¿Algo no va bien, Grand?

Farfullé que sí, que había algo que no iba bien. Vacilé, y finalmente se lo solté:

—¿Por qué no les gusto a las mujeres?

Sonrió como si sonriera a su propio hijo, al bastardillo de la perrera, al mendigo en el semáforo. Reflexionó un momento.

—Tu fuerza está en la química, Libero —respondió. Y me explicó que había algo mucho más exquisito que la estética. Se llamaba alquimia de la carne. Pero hacía falta paciencia.

Le dije que no lo entendía.

La química no era atracción ni complicidad, ni siquiera vínculo: consistía en un burbujeo hormonal sin explicación. La clave de todo era ese «sin explicación». Más allá del rostro, del cuerpo, del olor, en algún lugar del organismo de algunas personas había un campo energético que manipulaba las chispas cerebrales. Las de acabar en la cama.

—¿Y yo tengo esas chispas, Marie?

Su «sí» fue el mejor posible. Yo poseía la alquimia de la carne. Entonces ¿por qué razón me ignoraban de ese modo?

Tenía que crecer yo y tenían que crecer las mujeres con las que me relacionaba. Cuanto más adulta era la feminidad, mejor captaba ese magnetismo. Permanecí en silencio mientras dibujaba con el pie un círculo en la grava. Seguí indagando.

—¿Y tú lo notas, Marie? Hacia mí, me refiero.

Asintió, y su sonrisa fue una mezcla de timidez y de temor a que la malentendiera. Pero la entendí, al menos por el momento. Le di las gracias y volví a casa con quienes habrían de enseñarme el arte de la seducción: Papá Hemingway y don Mario Vargas Llosa.

Fue un período de caos portentoso. La casa era un constante ir y venir de mamá y Emmanuel, a quienes les costaba aplacar su pasión. Una vez al mes se concedían un viaje de fin de semana fuera de la ciudad, al que siempre me invitaban y en el que nunca participaba. Paseaban de la mano, se besaban en bistros, compartían cenas a la luz de las velas y escuchaban a Édith Piaf mirándose a los ojos. Tanto mejor para mí. Yo también necesitaba alejarme de mi desierto de los tártaros, del destino del protagonista de Buzzati: ¿Cómo había podido morir de soledad? ¿Y cómo el otro hombre, el de *Un amor*, había permitido que le tomara el pelo una mujercita descarada? Eran dos islas sin mar, dos destinos que evitar, y probablemente ambos habían sufrido la misma enfermedad que yo: el anhelo atormentado de compartir un deseo y el miedo a conseguirlo. Sentía la urgencia de entregarme al cuerpo, así que, a pesar de mis miedos, decidí saltar al vacío. Sólo tenía un nombre: Camille. Mi compañera de clase representaba el salvoconducto para la catarsis y el reinicio. Después de nuestro efímero contacto, había pasado por un período de resentimiento hacia mí y luego por otro de acercamiento bajo la estrella de la complicidad. No haberla reemplazado por otra me proveyó de un sólido atenuante. Volvimos a intercambiarnos deberes y pequeñas miradas, algunas sonrisas...

Así pues, la invité a dar un paseo por los jardines del Trocadéro un sábado por la tarde, con la excusa de que habían abierto una heladería italiana que había que probar. Aceptó encantada, ignorando que era un mero instrumento de iniciación.

Nos encontramos a la hora prevista en la explanada de la Tour Eiffel. Se había puesto una falda corta y unas medias de canalé ancho, y llevaba un pintalabios que le remarcaba la boquita y no le quedaba nada mal. Arrastraba consigo una especie de gracia que aligeraba su tamaño. Paseamos un rato y tomamos un helado, luego nos detuvimos en el parc du Champ-de-Mars. El día anterior había hecho pruebas con el dorso de la mano y la almohada, pero aun así me sentía completamente falto de preparación. Aquello era peor que cuando me preguntaban en clase, peor que la confesión, peor que mi desnudez. Camille empezó a contarme que ese verano visitaría Puglia, Lecce y Salento. ¿Había estado alguna vez allí?

La besé después de ese signo de interrogación. Primero aplastando los labios en los suyos, presionando con fuerza y sin abrir los ojos. Sentí su aliento cálido y entreabrí la boca. Ella lo hizo todo. La punta de la lengua, el movimiento circular y luego la embestida a fondo. La abracé por la cintura y ella entrelazó sus piernas con las mías. O era una veterana o tenía un talento natural. Aquello dio lugar a varios efectos que no supe gestionar: una erección presuntuosa, una abundancia de saliva y una repentina timidez. Me detuve. Ella se apartó y sonrió. Empezamos de nuevo.

54

Y de esa manera, Libero Marsell, todavía menor de edad, se sacudió de encima el aprendizaje del beso a la francesa. Durante toda una semana nos vimos a escondidas para nuestros encuentros labiales. Y sí, ella ya lo había hecho. Guardé silencio sobre mi inexperiencia e intenté en vano ocultar mi torpeza. Me sentía avergonzado de cómo era yo y avergonzado de cómo era ella. Insistente y excesiva. A través de Camille Lacroix, supe que sólo amaría a mujeres de apariencia discreta. La gota que desbordó el vaso llegó un domingo por la tarde. Estábamos cerca de la Opéra y ella me invitó a su casa. Eso me asustó, pero acepté. Vivía en un edificio con dos porteros y un ascensor de hierro forjado. Cuando entramos en el salón, comprendí que sus padres no estaban. Empezamos a besarnos sentados en el sofá, y mientras yo intentaba seguirle el ritmo, ella se levantó la camiseta y se quedó sólo con el sujetador. Sentí la piel fresca y una mano que bajaba hasta mis pantalones: buscaba la dureza, encontró una mísera hinchazón. La acarició, la masajeó y sacudió, haciéndola remitir por completo. Abracé a Camille y, con una suave maniobra, interrumpí el beso.

—¿Qué ocurre? —preguntó.

—Tengo que irme.

Jean-Paul Sartre murió un mes después. Estaba en el apartamento de papá cuando oímos la noticia en la radio. Él estaba preparando una pasta a la carbonara. La retiró del fuego y se llevó las manos a la cabeza. Luego dijo: «Vamos al Deux Magots.»

Logré hacer una llamada a Antoine. «Ha muerto el mejor amigo y el peor enemigo de Camus. Vente a su café, ¡corre!» Antoine dijo que su madre nunca le daría permiso.

Colgué y seguí a papá. Ese día hubo algo que nunca podré olvidar: las alas en los pies de mi padre, las alas en los pies de aquel río de gente que susurraba la muerte de

Sartre. Y mientras tanto, la Ville Lumière piafaba con su brisa irregular, sus estancos abarrotados y sus traperos a cielo descubierto. Papá me cogía de la mano y me soltaba una y otra vez. «¡Vamos, Libero!» Corríamos uno al lado del otro sin saber muy bien si lo que nos empujaba era la alegría o el miedo. Era la comunidad. Era mi padre, con su pelo despeinado, era la gente con que nos encontramos frente al Deux Magots, los habituales y los nuevos. Nos abrimos paso y aguardamos medio dentro medio fuera, mientras algunos lloraban, otros fumaban y otros seguían buscando la mesa del maestro, ya para siempre vacía.

—¿Quién va a venir? —le pregunté a papá.

No es que fuera a venir nadie, era la ausencia. Aquellos hombres y mujeres se sentían huérfanos. Esperamos un rato que nos pareció corto y que vio llegar el atardecer a la place Saint-Germain-des-Prés. Sobre aquel enjambre de almas cohibidas y desorientadas caía el ocaso de París y de una época. Después oí que alguien me llamaba. No imaginé quién podía ser, pero entonces volvieron a llamarme y vi que se movía una mano al otro lado del ventanal. Era Antoine, que agitaba los brazos; Lunette estaba a su lado.

De aquella tarde tengo recuerdos confusos. Fue papá quien les dijo a los hermanos que se acercaran, y probablemente también quien los ayudó a abrirse paso entre la multitud. Permanecimos juntos mientras monsieur Marsell les contaba a mis amigos la historia de Sartre y Camus. ¡El amor de Jean-Paul y Simone de Beauvoir, el rechazo del Nobel y la guerra de Argelia, el comunismo, el existencialismo! Todo había acabado, todo. Ahora nos tocaba a nosotros, los de la nueva guardia. Lunette lo escuchaba fascinada con los labios entreabiertos, con sus dos coletas y los hombros desnudos, los ojos muy abiertos. Papá se volvió hacia mí y asintió lentamente, le había impresionado.

La velada acabó con un brindis al que invitó la casa. Todos tomamos un vaso de pastís y lo alzamos hacia el techo decorado: Pour Jean-Paul! Bebimos incluso los chicos, y sudados y exhaustos nos lanzamos al boulevard Saint-Germain. Papá nos invitó a una crêpe salade y una Coca-Cola en un bar al aire libre. Antes de comer, se puso en pie y dio unos toquecitos al vaso con el tenedor. Nos miró: «Y ahora, nouvelles vagues, ¿cómo pensáis hincarle el diente al futuro?»

Empezamos a reunirnos en el Deux Magots. Yo, Antoine, Lunette, una amiga suya y un chico del último curso con el que hablábamos en los pasillos del instituto. Fue Lunette quien hizo correr la voz. Papá auspiciaba aquellas reuniones poniendo a nuestra disposición su cuenta abierta en el local y saludándonos desde el otro lado del café. Bebíamos limonada y hablábamos de libros, ¡*El guardián entre el centeno*, qué himno a la revolución!; de películas, ¡*Zabriskie Point*, una obra maestra!; de manifestaciones y hasta de tenis y fútbol. Pero había algo que ocupaba mi espíritu más que el conocimiento: el cerebro de Lunette. Papá me había puesto en guardia: «Esa chica es sublime y peligrosa, fais attention, cher Libero, ojos bien abiertos y corazón entrecerrado.» Durante las reuniones, la miraba y escuchaba su voz sutil, precisa. Daba indicaciones, evitaba parloteos fútiles, fustigaba. Y bailaba el charlestón como una mariposa. Todos los sábados por la tarde, hacia las seis, Philippe, el maître, ponía dos temas de un viejo disco estadounidense. En una de esas ocasiones, mientras discutíamos sobre el sinvergüenza de Henry Miller y sus dos *Trópicos*, ella se levantó de repente e improvisó un claqué descalza. La gente se quedó fascinada viendo a aquella chica ligera y vigorosa, capaz de hechizar a cualquiera. Mi encandilamiento estaba virando hacia otra cosa, y la consecuencia inmediata fue el pánico a dirigirle la palabra. Me armé de valor una tarde de octubre en que los demás habían desaparecido de nuestra reunión. Antoine no había llegado aún, y me encontré solo con ella.

Charlamos sobre esto y aquello, yo con monosílabos, y ambos coincidimos en que, tras la muerte de Sartre, el Deux Magots parecía haberse convertido en una guarida para turistas, a diferencia del Café de Flore, que había logrado santificar su leyenda. Luego mencionamos a mi padre, y ella dejó escapar un «Comme il est charmant». La conversación volvió a centrarse en Miller: ¿de verdad era un misógino o es que sólo le gustaba follar? Si fuera lo segundo, bueno, lo mejor sería que se pusiera a la cola, porque no era el único.

Eso fue lo que le dije: lo mejor es que se ponga a la cola, porque no es el único. Ella se soltó el pelo y se atusó el peinado, sacudiendo su cola de caballo.

—¿No tengo razón? Creo que es un misógino al que le gusta follar.

La tenía acostumbrada al silencio, y ahora mi voz irrumpía con estridencia. Lunette detuvo el vaso de limonada a medio camino de la boca y me escrutó como si se encontrara de pronto ante un animal extraño.

—Y también me parece que no se le levanta para nada —agregué.

Se llevó la mano a la boca y se le atragantó el zumo, tosió y siguió tosiendo. Cuando le di unos golpecitos en la espalda para calmarla, me di cuenta de que no llevaba sujetador. Sustituí el último golpe por una caricia, de modo que pude percibir su consistencia. Nerviosa y suave al mismo tiempo. Se puso en pie y exclamó:

—¡Que a Miller no se le levanta! —Y esbozó un paso de su claqué estadounidense. Entonces le dije:

—Vámonos al cine.

Se detuvo y torció la boca.

—Estoy esperando a Antoine, tenemos que ir a cenar a casa de mi tío.

Intenté sonreír, pero me salió una mueca. Fui al mostrador para apuntar las limonadas en la cuenta. Me despedí de ella casi sin mirarla.

—Libero —me llamó.

Me di la vuelta.

—A Miller no se le levanta, vale, y tú te pareces mucho a tu padre.

El rechazo de Lunette no hizo mella en mí. Después de aquella frustrada invitación al cine, elevé mi nivel de penetración sentimental. Me convertí en un estratega del amor. Seguí saludándola con normalidad y escatimando palabras; improvisaba cualquier excusa para no quedarme a solas con ella; redescubrí la ironía inteligente, provocando las sonrisas de nuestro grupo, y volví a ser un manso italo-parisino. Era el único varón que no intentaba acaparar a la mariposa negra. Me convertí en el único con quien ella podía relajarse sin correr el riesgo de franquear el territorio de la amistad. En el Deux Magots me vi dirigiendo rumbos, motines y diatribas furibundas. La invisibilidad había abdicado en favor de una presencia astuta.

Fue un año fulminante. Lunette se graduó y se inscribió en la Sorbona, en la facultad de Ciencias Políticas. Yo me libré por los pelos, pues en Matemáticas y Química tuve serios problemas. Antoine, en cambio, era el mejor de la clase en todas las asignaturas, excepto en Francés, donde el abajo firmante sorprendía a mademoiselle Rivoli con preguntas decididas. Ambos nos enfrentamos al reconocimiento médico para el servicio militar: lo evitaríamos en cualquier caso para continuar con nuestros estudios, pero lo evitamos definitivamente porque nos declararon no aptos. Yo por un soplo en el corazón de carácter congénito, él por un daltonismo que nunca me había revelado. Mi Antoine en blanco y negro. Aquel verano decidí quedarme en París.

Envié a mamá y Emmanuel a la Costa Azul y me entregué a los cuidados de mi padre. Con él disfruté de París como turista, incluida la exploración del Sena en una canoa de dos plazas. Me llevó a ver el Louvre, un aburrimiento mortal, de no haber sido por un cuadro que encontré al hojear un catálogo en la librería y que encendió mi imaginación: *L'origine du monde*, una vulva retratada por Courbet de la misma forma que la entendía yo: entre el miedo y la avidez famélica. Había encontrado el ícono de una obsesión. Las coincidencias con esa epifanía fueron dos, y también ocurrió algo que me dejó abatido.

Coincidencia número uno: Antoine me citó una tarde en la escalinata del Sacré-Coeur y me anunció que había dejado de ser virgen. La desesperación se apoderó de mí. Nos habíamos prometido hacerlo juntos de alguna forma, conociendo a dos amigas o dos gemelas. Pero él se había adelantado con una nueva inquilina de su portal. Se llamaba Marion, era corsa y tenía un año más que él. Ya me había contado alguna que otra cosa de esa morena con la que se veía en el patio de hormigón del edificio. Sabía que se habían besado, pero al parecer no le había dado tiempo de contarme más cuando los acontecimientos se precipitaron. Marion era un manjar de porcelana. Se ve que en Córcega las destetaban temprano, todo había sucedido muy deprisa. ¿Deprisa? Pero ¿cuánto? Uno, dos minutos. ¿Cómo es por dentro? Cálido y húmedo. ¿Y qué más? Hermosísimo. Antoine se había convertido en un hombre. Presa del pánico, me levanté y subí la escalinata del templo con el jadeo del peregrino. Cuando llegué ante el portal de la iglesia, grité sin voz: «¡¿Por qué a mí no?!»

Coincidencia número dos:

Hola, Libero:

¿Qué tal el curso? Yo aprobé con un siete y medio, no te digo cómo está mi padre. El premio es irme de acampada con los demás y unas entradas para el Gran Premio de Imola del próximo año. También Lorenzo ha pasado, aunque le ha quedado Latín y Griego. No tiene ganas de hacer nada, siempre está en el bar Luna jugando a *Double Dragon* y dando vueltas por ahí con su Vespa. Escucha, si cambias de opinión, ven a vernos; hay una amiga de Anna que podría gustarte, y hasta es simpática. Te llamé la semana pasada, pero no me contestó nadie. Luego mi madre me dijo que ya estaba bien de llamadas internacionales. Quería contarte esto: Anna y yo lo hemos hecho. Lorenzo tenía razón... no sabes qué maravilla. Al principio tuve algunos problemas, pero luego todo fue como la seda. Llámame y te lo cuento (si te digo «ahora no» significa que me están oyendo). À bientôt!

Mario

Esta carta llegó dos días después de que Antoine me contara su iniciación sexual. Cuando la leí, estaba a punto de irme al Deux Magots. Me quedé pasmado y me llevé las manos a la cabeza. La emprendí a patadas con el paragüero y salí de casa corriendo. Bajé al metro, me metí por Saint-Germain y llegué el primero al café. Y allí sucedió algo que me destrozó: Lunette apareció con un chico moreno que ninguno de nosotros había visto nunca. Flequillo a un lado, barba descuidada y zapatos ingleses. Llevaba una bolsa de cuero en bandolera y dos periódicos enrollados bajo el brazo —uno era *Libé*—. Nos lo presentó. Se llamaba Luc y tenía algo que ver con los movimientos políticos estudiantiles. Iban cogidos de la mano. Me quedé mirando a Antoine, y le dije que se me había olvidado pasarme por casa para un asunto urgente. Con el rabillo del ojo vi que

Lunette me seguía con la mirada. Huí por el bulevar sin detenerme hasta el portal de papá. Cuando subí, él se disponía a volver al trabajo.

—¿Qué te ha pasado?

Hice un gesto indicándole que no tenía ganas de hablar. Me cogió y me llevó al sofá. Se acuclilló delante de mí, rebuscó en su maletín y sacó Rescue Remedy y Agrimony. Me ordenó que abriera la boca y levantara la lengua.

—Voilà, el antídoto contra el amor. —Me dio cinco gotas de uno y cinco del otro—. Ya sabía yo que te haría sufrir —añadió, y me dio un beso en la frente.

Esperé a que papá se marchara y luego me arrastré hasta el Hôtel de Lamoignon. Cuando Marie vio mi expresión sombría, borró la sonrisa. Dejó el montón de novelas que había en el pequeño montacargas y me arrastró fuera.

La angustia se llevó por delante toda mi cautela.

—Soy el único que sigue virgen, y ella está con otro.

Marie ni pestañeó.

—Si quieres, hablamos. Acabo dentro de una hora.

Dije que la esperaría, y lo hice en el patio trasero de la biblioteca. Dibujé en la grava cinco círculos con el pie.

Fuimos a Marais, paseamos hasta la place des Vosges y seguimos recorriendo el perímetro de los jardines hasta que terminé de contarle lo de Antoine, Mario y Lorenzo y empecé a hablarle de mis instintos. ¿Por qué la alquimia de la carne no daba sus frutos?

—Lleva su tiempo, Grand.

—¡A mí ya no me queda tiempo!

Ella sonrió, y sentí que aquella confesión había desbaratado definitivamente el eros que pudiera haber entre nosotros en favor de la complicidad. Éramos amigos. Me preguntó si quería comer algo con ella, y acepté después de llamar a casa. Le dije a mamá que me quedaría con papá, y a papá que iba a comer con mamá. Marie era patrimonio secreto de mi intimidad.

Vivía en un pequeño apartamento cerca de Père-Lachaise, con un empapelado floreado y lámparas industriales restauradas. Un chucho viejo y cansado salió a nuestro encuentro; se llamaba *Somerset*, como Maugham, el escritor que Marie nunca dejaba de releer. Me hizo pasar a un salón con dos pequeños sofás y las paredes forradas de libros. En los estantes también había fotografías, una de ella en la playa junto a otra mujer que se le parecía, otra de ella en una motocicleta, en la que Marie debía de tener unos veinte años... En la mesita había algunos envoltorios de chocolatinas y un cenicero lleno de colillas al lado de unas revistas de moda. Más libros, novelas, un ensayo sobre Jung y un tocadiscos con un disco de Pink Floyd. También tenía un cuadro del Dalai Lama retratado en clave moderna, y un televisor a cuyos pies se alineaba una colección de tinteros. Cuando Marie se sentó conmigo, se había cambiado: iba en chándal y con los pies descalzos. Me ofreció una bandeja con ciruelas pasas envueltas en beicon y una Coca-Cola para compartir.

Luego nos pusimos a ver *Los 400 golpes*. Truffaut tenía para Marie algo catártico. Ya la había visto con Lunette y los demás, y también solo, pero no se lo revelé porque su efecto era siempre el mismo: aquella película tenía la capacidad de liberarme. Antoine Doinel era yo, y yo también quería un mar en el final de mi historia. Marie echó las persianas y apagó las luces, se acurrucó en una esquina del sofá y me atrajo hacia ella. Asistí a la odisea de Antoine con su brazo rodeando mis hombros y su aliento en mi oreja. Nos quedamos dormidos antes de que acabara. Cuando desperté ya no me acordaba de Lunette y su chico moreno. El olvido duró un suspiro. Me entraron ganas de llorar, y ella se dio cuenta. Me abrazó con más fuerza.

—A uno todo se le pasa —dijo.

—¿A ti se te ha pasado lo de Emmanuel?

Intuí que estaba sonriendo.

—Oui, Grand. C'est passé.

Se levantó, tenía el cutis apergaminado por el sueño, y se sacó de la chistera uno de los hechos en suspenso de mi existencia: me reveló que en Deauville, aquel día en la playa, había visto a Emmanuel besando a mi madre detrás de la caseta.

—¿La caseta de Cary Grant?

—La de Fellini, Grand Liberò. La caseta de Fellini.

Esta vez la arrastré yo al sofá. Debería haber sido un final a la altura de mi carácter inofensivo, pero me entregué a la revolución.

—Me gustaría verte desnuda —farfullé—. Me gustaría verte los pechos.

Rió como nunca antes la había oído. Se calmó, rió de nuevo y se quedó en silencio.

—Me gustaría verte los pechos, Marie —insistí.

No nos movimos. Poco después, ella se levantó y se llevó a la cocina el plato con los restos de beicon y el cenicero desbordante. Oí el agua del grifo y un traqueteo de vajilla. El sufrimiento por Lunette y la vergüenza por lo que acababa de decirle a Marie acabaron conformando una extraña amalgama en mi cerebro. Me estallaba la cabeza. Cuando oí sus pasos volviendo al salón, hice ademán de marcharme.

—Lo siento —dije antes de mirarla.

Estaba delante de la librería. Seguía llevando los pantalones de chándal, pero se había puesto una toalla alrededor del busto. La sujetaba con una mano. Se la quitó cuidadosamente y la dobló. Se mostró.

Eran unos pechos blancos, de pezones rosados y areola amplia. Majestuosos, desbordaban por los lados y permanecían inexplicablemente erguidos y compactos. Hacían falta dos manos para cada uno. Aquellos pechos arañarían mi córtex cerebral para siempre: el Big Bang de mi memoria masturbatoria.

Volvió a ponerse la toalla y yo me dejé caer en el sofá. Las mejillas me ardían y notaba las muñecas temblorosas. Tomé un sorbo de Coca-Cola y balbuceé un «Merci».

—De rien, Grand.

Incluso la idea de rozarla me aterrorizaba. Fue ella quien lo hizo después de vestirse y volver al sofá. Me despeinó y me preguntó si me sentía bien. Estupendamente, respondí. Nos reímos. Balbuceé algo sobre Truffaut; la próxima vez veríamos *Jules et Jim*, si quería. Pues claro que quería. Le dije que el beicon estaba delicioso y esperé un momento para no ser grosero, después me marché con una sensación de calma.

Una vez en casa, me encerré en el baño y me lavé la cara. Desistí de todo propósito erótico. Respeté aquel bautismo sin profanarlo.

El impacto de aquella visión me dejó una huella tan profunda que por algún tiempo se convirtió en un antídoto contra los celos. Había culminado una empresa erótica que no sólo me ayudó a soportar la presencia del chico moreno de Lunette en el Deux Magots, sino también la ausencia de epifanías sexuales. En mi espíritu, en cambio, se producían pequeñas revueltas todos los días. Seguía pasando a ver a Marie, que ahora me estaba ayudando a orientarme entre las novelas italianas. Una de ellas, *Fontamara*, de Ignazio Silone, quebró algo en mi interior. Creo que fue después de la lectura de ese libro, combinada con la cárcel sin esperanza de Camus, cuando decidí qué iba a hacer con mi futuro.

Se lo comuniqué a papá mientras veíamos en su apartamento la final del Open de Australia. Era enero, y París estaba varado en las heladas y las esporádicas revueltas estudiantiles. El sudafricano Kriek estaba ganando al estadounidense Denton por dos sets a cero, mientras las juventudes comunistas conducían a una multitud de impacientes universitarios por las calles de la ciudad. Le dije que había tomado dos decisiones. Él quitó el sonido del televisor y se volvió hacia mí. Iba a ser abogado, de los del turno de oficio para la gente pobre. Ayudaría a los noirs por matar a un ruiseñor, a los Malavoglia del mundo y a los fontamarensinos de provincias. Me inscribiría en Derecho.

—France ou Italie?

—París.

Se levantó y fue al mueble de madera, sacó una botella de coñac y sirvió un dedo en dos vasos pequeños. Me tendió uno.

—Por ti, mon cher Libero.

Bebimos y nos abrazamos. Recuerdo que me besó en la oreja, como hacía en mi niñez.

—¿Y la otra decisión?

—Quiero operarme, y lo haré cuando cumpla dieciocho años.

Se pasó una mano por el pelo y frunció el ceño.

—C'est quoi? ¿En qué parte?

—Mi pene está mal encapuchado.

Le expliqué el asunto. Respondió que él se había enfrentado al mismo dilema en su adolescencia. No le conté mi deducción: el prepucio que me aprisionaba el glande era el evidente símbolo de un destino sexual que debía cambiar mediante la circuncisión. Los judíos habían conquistado el mundo con el glande liberado, ¿era sólo una casualidad? Incluso la mejor literatura pertenecía a los circuncidados: Singer, Primo Levi, Kafka.

Monsieur Marsell dio su consentimiento:

—Estaré allí contigo.

• • •

La operación tendría lugar casi un año después. Por lo demás, mis intenciones de convertirme en abogado se vieron reforzadas por las oleadas de racismo que recorrían Europa. En el Deux Magots cada vez éramos más, y cada vez eran más los chicos de color a los que Lunette involucraba en la Sorbona. Cuando las discusiones se centraban en la política, yo aprendía de ellos; por eso también el instituto se me quedaba pequeño. Luc, el chico moreno de Lunette de zapatos ingleses, se había desvanecido rápidamente, y en su lugar apareció un variado surtido de François, Bernard, Henri, Gaël... Sin embargo, su presencia apenas hizo mella en mí a lo largo de esos trece meses. Era la táctica que había adoptado con Marie para la conquista decisiva: «Permanece invisible, espera tu momento en la Sorbona y luego ataca.» Al menos un día a la semana, Marie y yo nos veíamos para sacar libros en préstamo y ver una película en su casa. No volvimos a hablar de mi petición indecente de la primera tarde en su casa.

El único que desertó del Deux Magots fue Antoine, que había capitulado con Marion, la chica corsa de su portal. Estaban siempre juntos, como si se hubieran encolado el uno al otro. Él me contó que Marion dominaba el arte de la boca y que no había palabras para describir sus efectos. Sólo me dijo: «Es mejor que el fútbol.» Vivíamos en dos mundos diferentes, y la distancia iba haciéndose mayor cada día. Yo le preguntaba por Lunette, incluso llegué a transmitirle mensajes para que se los transmitiera. Había encontrado otra manera de estar cerca de ella.

Me aferré al simbolismo judío. La circuncisión haría saltar mis cadenas, pero mientras tanto tenía que pasar el tiempo de la manera más serena posible. Como si la paciencia en la espera pudiera ir construyendo un futuro feliz.

Y así lo hice: era el confidente de mí mismo, y pasaba los fines de semana en el apartamento de papá. Con mamá me limitaba al trato mínimo imprescindible, mientras Emmanuel intentaba en vano estrechar lazos conmigo. Era un equilibrio temporal y milagroso, y duró hasta el verano de mi último año de instituto. Después de haber obtenido el bachillerato con 16 sobre 20 y les félicitations du jury, se fijó la fecha de mi operación para el 5 de julio.

Ingresé en la clínica con papá todavía muy afectado por la final de Wimbledon que se había disputado el día anterior: McEnroe había perdido contra Connors. Le sonreí mientras me sacaban en una camilla y él dirigió un saludo a mis partes bajas ocultas por un camisón azul.

La operación duró cuarenta y cinco minutos con anestesia local. Sólo podía ver los brazos del cirujano hurgando tras un muro de tela levantado ante mí. Me sacaron del quirófano y al poco volvieron a meterme por una hemorragia. Me las arreglé para ver fugazmente mi pene, de nuevo en manos de los cirujanos, negro e hinchado como una pelota de tenis embarrada. Me eché a llorar. Mi padre había dejado de sonreír.

Salí del quirófano una hora más tarde. Todo había ido bien. No podría volver a disfrutar de mi apéndice hasta al cabo de un mes, y tendría que limpiar los puntos de sutura con tintura de yodo y lavados con agua tibia. El doctor fue explícito: nada de autoerotismo, roces o relaciones de cualquier naturaleza.

Durante los veinte días siguientes me convertí en una especie de contorsionista chino. Ante cada endurecimiento, me recogía un testículo hasta que se desvanecía. Para desahogar el espasmo, me entregaba a mi actividad onírica; soñé con Marie y Lunette un par de veces, provocándome poluciones salvíficas.

A finales de julio cayó el último punto de sutura. Faltaban dos meses exactos para mi bautismo universitario. Aquel día, en plena noche, me levanté desnudo de la cama y experimenté una erección. Bajé la mirada para admirarla: era el símbolo de mi nueva vida emancipada e impaciente, dispuesta a todo.

Juventud

Papá murió en otoño. Lo encontró la mujer de la limpieza en el sillón de su casa, con el televisor encendido en Antenne 2 y un librito de Gianni Rodari a sus pies. Cuando mamá, Emmanuel y yo llegamos corriendo al hospital, hacía tres horas que había muerto. Un infarto. Monsieur Marsell no bebía mucho, fumaba aún menos, estaba atento a las grasas saturadas y hacía ejercicio cuatro veces a la semana. Se había tratado toda su vida con fitoterapia y flores de Bach. Y ahora se había ido. Me empeñé en verlo. Mamá trató de disuadirme, pero yo insistí. Aquel día, antes de la tragedia, yo estaba leyendo *1984*, de Orwell, porque me lo había asignado el profesor Clement como claro ejemplo de una sociedad sin ley. Me llevé el libro al hospital. No dejaba de mirar la última página, la última palabra, la última letra que había leído antes de la llamada de la señora de la limpieza. El antes y el después de un hijo.

Crucé la puerta del tanatorio con Orwell en el bolsillo del abrigo y Emmanuel a mi lado. Mi padre, tendido en una camilla de metal, llevaba la misma clase de bata azul que me había puesto yo para la circuncisión. Sólo tenía la cara al descubierto, tan relajada como antes de un partido de tenis. Lo habían peinado con el mechón rebelde recogido. Se lo alboroté y noté que estaba frío. Llevaba la cadenita de oro y también la alianza, de la que nunca quiso desprenderse. Creía en el matrimonio, en los regresos después de las despedidas, en el amor intermitente. Me quedé mirándolo durante media hora sin decir nada, mi papá gélido y sosegado. Después le dije: «Voilà, je suis seul. Tu seras avec moi.» Se lo repetí en su idioma natal: «Sarai con me», estarás conmigo.

Y lo besé en la punta de la oreja, despacio, como solía hacer él con su pequeño.

A su entierro asistieron algunos de los miembros de su empresa de remedios naturales, y sus amigos franceses e italianos. Volví a ver a Mario y Lorenzo, que vinieron de Milán con sus padres para la ceremonia y se marcharon de inmediato. También vinieron del Deux Magots —Philippe el maître y uno de los propietarios—, y todos mis amigos, Lunette, Antoine y los demás, y algunos de mis antiguos profesores. Vinieron personas a las que apenas conocía y otras a las que nunca había visto, supervivientes de las numerosas vidas de papá. A Marie la vi una hora antes de la ceremonia. Me abrazó con fuerza, «Tu es fort, Libero», la abracé con fuerza. Y por supuesto mamá, que estaba en primera fila sostenida por mí. Llevaba un impermeable ligero y un fular de seda; nada de negro, como siempre nos había dicho papá. Me di cuenta de cuánto lo había amado cuando ya estábamos ante la lápida del cementerio de Passy. Mientras bajaban el ataúd a la fosa, me susurró: «Sin él, ¿qué soy?»; me la quedé mirando, y en su rostro vi esa sonrisa que tan bien conocía: triste, ahora desesperada. El divorcio es a menudo un capricho contra la vejez.

Después de que todo acabara, sin decir nada, fui al apartamento de mi padre y empecé a ordenarlo todo. Tenía casi diecinueve años y un marcado sentido del olvido, iba a buscar lo que podría olvidar de él. Procedí con minuciosidad. Empecé por el dormitorio, rebusqué en los bolsillos de toda su ropa y comprobé que no hubiera un doble fondo en el armario. Encontré algo de tabaco de pipa, billetes de tranvía usados, pañuelos y folletos publicitarios, y una entrada del Louxor que me hizo sonreír: *Le Dernier Métro*, de François Truffaut. Continué por los cajones y el trumeau, había gotas y frascos de Agrimony, Elm y Chestnut, que usaba para dormir, y aceites esenciales de lavanda. Un pequeño crucifijo de hierro, que me guardé, y algunas monedas de oro, que dejé a un lado. Fui a la otra habitación, que papá usaba como trastero, donde me asaltaron miles de libros. Y discos, viejas revistas de tenis y recortes de periódicos. Guardé los recortes y me concentré en la cocina, repleta de recetarios de nouvelle cuisine y de la tradición gastronómica francesa e italiana. En una vieja artesa había un álbum de fotografías mías y de mamá: en una playa de Puglia, en la región de Gargano, las vacaciones en Andalucía y en Grecia, en Canazei, y los inolvidables días que pasamos en Islandia. Dejé el álbum en su sitio y me dediqué al salón. Abrí su maletín, rebosante de remedios milagrosos y de libros; escogí algunos de la Pléiade para quedármelos. En la parte posterior encontré una pequeña caja con bolsitas; abrí una y vi que contenía marihuana, pipas minúsculas y una bola de hachís. Lo metí todo en una bolsa de plástico. Aún me quedaba el baño, y papá era un metódico de la toilette: en el armario del espejo había loción para el afeitado sin alcohol, alumbre de roca, una crema hidratante, un frasco de ansiolíticos y tinte para el pelo. En una especie de aparador guardaba las toallas y los calzoncillos; hice una inspección apresurada: encontré dos braguitas de talla diminuta. Una era un tanga. Las metí en la bolsa de plástico. En la parte inferior vi una caja, y al sacarla comprobé que contenía una pila de revistas pornográficas, geles íntimos, algunos resguardos de entradas para el Crazy Horse, condones... y el carnet del Partido

Comunista francés del año anterior. Lo tomé y lo estudié con devoción: monsieur Marsell lo había firmado apresuradamente en la esquina derecha. Me lo guardé en un bolsillo. Entonces lloré.

Quedarme solo era una proeza, siempre había tenido a alguien a mi alrededor. Vigilaba a mamá de cerca. Emmanuel le servía sólo a medias, porque, como decía ella, sólo un hijo lleva el karma de un padre. En el tiempo restante, tenía que asistir a dos horas de clase en la Sorbona y a nuestra reunión habitual en el Deux Magots. Empecé a buscar algún trabajillo. Papá me había dejado el apartamento de Marais y algo de dinero, pero comprendí que mis padres habían llevado un nivel de vida por encima de sus posibilidades. Intenté enterarme de si alguna brasserie necesitaba un camarero extra, y cuando Philippe supo que estaba buscando empleo habló con los propietarios del Deux Magots, que me ofrecieron trabajar por las tardes los días laborables y un turno doble los fines de semana. Acepté. Sería el camarero de los nuevos existencialistas y podría asistir a nuestras reuniones al acabar mi turno.

Estuve echando cuentas: el dinero de las propinas y una parte del sueldo me bastarían para pagar las tasas universitarias y vivir solo en el apartamento de Marais. Para lo demás, echaría mano de mis ahorros. Era la única forma de separarme del lento declive maternal.

Mamá, sin embargo, me sorprendió. Me anunció que había pensado en un trabajo para ella:

PROFESIONAL SE OFRECE PARA
MAQUILLAR A DOMICILIO:
IDEAL PARA BODAS, FIESTAS,
CEREMONIAS Y VELADAS ESPECIALES.
EL ARTE DEL MAQUILLAJE A PRECIOS MÓDICOS.

La ayudé a redactar el anuncio agregando «veladas especiales», y sugerí que lo publicara en los periódicos de la ciudad y en las revistas de segunda mano. Fue un éxito: tres llamadas el mismo día en que se publicó. Mamá tuvo que comprar rímel, polvos y base de maquillaje en apenas una hora, y moverse de un lado a otro de París con el Peugeot 305. Maquilló su pérdida en los rostros de los demás, y el suyo se rehízo: independencia, modernidad, remodelación del útero... De un solo golpe, había redescubierto su progresismo encorsetado. Fue entonces cuando comencé a verla desde una perspectiva poco habitual. Era una mujer fuerte, y su potencia maduraba en sus insólitos silencios, en su pragmatismo adquirido, en su cuerpo envejecido y menos exhibido. En pocos meses, estaba tirando del carro con la fuerza de sus hombros burgueses, y sólo gracias a ella evitamos vender la casa de la rue des Petits Hôtels, que se convirtió en el nido donde reencontrarnos. Recuperamos un esbozo de serenidad y cada uno lidió a su manera con la ausencia de papá.

Yo me confié al caos. Pertenecer al signo de Acuario me ayudó en mis funambulismos; tener Tauro como ascendente modeló mis sueños en tácticas precisas. Para empezar, no olvidé mis prioridades: Lunette y los estudios. La defensa del corazón y de los débiles. Y entre los sentimientos y la razón, la misión primordial: la extinción de la virginidad. Papá había comenzado la empresa acompañándome en la circuncisión, ahora dependía de mí llevarla a término. Me había marcado como plazo límite los veinte años. El trabajo me ayudó a conocer gente nueva, turistas intrigados por el mito de Sartre que se sentaban a las mesas del Deux Magots a tomar un café. Había muchos españoles, alemanes e italianos, a los que entretenía con unas pinceladas de la historia del local. Los enternecía y los hacía sonreír con mi paso tímido y mis buenos modales, ganándome generosas propinas, pero no conseguí avanzar en mis escarceos. Me permití acariciar de forma casi imperceptible a las mujeres que me dejaban billetes como agradecimiento: un roce en un dedo meñique, un toquecito en el índice... Antoine me sugirió que fuera menos educado. Según él, la aspereza atraía a las mujeres latinas. Predicaba bien y actuaba mejor; Marion y él le daban al asunto como conejos. Mi amigo había procurado mantenerse cerca de mí desde la muerte de papá: me llamaba todas las noches y, cuando salía de la universidad, pasaba por mi apartamento a tomar algo. Se había matriculado en la Pierre et Marie Curie, en la facultad de Matemáticas, después de haber obtenido el bachillerato con un estupendo 20 sobre 20. Algo había cambiado entre su hermana y yo desde el día del funeral. Antes me la encontraba por la universidad y casi ni me saludaba. Ahora se detenía a hablar conmigo después de clases y me seguía con la mirada en el Deux Magots, mientras yo atendía las mesas. Le preguntaba a su hermano qué tal estaba, si me hacía falta algo, si podía acompañarlo a verme. Y renunciaba a tomar la iniciativa incluso en las discusiones en el café: la mariposa negra había cedido a la melancolía y ya no bailaba el charlestón. Su rostro exhibía la misma gracia de siempre, pero ocultaba una nueva impaciencia en su cuerpo. Sus posaderas conmocionaban la Sorbona y el Deux Magots.

Se presentó en mi casa un par de semanas antes de Navidad. Cuando oí «Lunette» en el interfono, me quedé con el auricular en la mano. Abrí la puerta y esperé con la cabeza medio dentro medio fuera, oyendo sus leves pasos mientras subía. Cuando la vi, me disculpé por el desorden del apartamento, me disculpé otra vez y la invité a entrar. Miró alrededor.

—¿Aquí vivía monsieur Marsell? —Rozó la mesa con el estupor de una niña, se adelantó y se sentó en el borde del sillón.

—Murió donde tú estás sentada ahora.

Se levantó de un brinco y se cambió al sofá. Llevaba dos pendientes largos que se toqueteaba a menudo. Se quitó uno para ponérselo otra vez, se sacó el abrigo. Vestía unos vaqueros ajustados y un fino jersey de cuello alto.

Yo me balanceaba de pie, delante de ella. Rebusqué entre un Faulkner y un Calvino y saqué el carnet del Partido Comunista de papá. Se lo enseñé.

Lunette lo observó con atención.

—¿Podía haber sido de otra manera?

—Pues se definía como burgués.

—El comunismo es burgués.

Preparé una tortilla de queso stracchino y pimienta, y una ensalada de canónigos con rodajas de naranja, tomate, sésamo y aguacate. La receta de papá para quedar bien. Como postre le serví un trozo del bizcocho Paraíso de mamá. Bebimos un rosado, gentileza de Marie. No recuerdo una cena más silenciosa. Al final, Lunette se mordió los labios y puso una mueca divertida.

Yo fui el primero en reír.

Y ella me imitó.

—Ha sido como ir al cine. —Quitó la mesa y dejó los platos en el fregadero—. ¿Te apetece que vayamos?

Me quedé quieto y supe cómo era el deseo: una maraña de miedo e incredulidad.

—Sí, claro que sí.

Era martes. Y los martes se convirtieron en le jour du cinema avec Lunette. Salía del Deux Magots y quedábamos en mi apartamento para poner a prueba alguna receta de quedar bien. Luego nos íbamos al Louxor o cualquier otra sala para reforzar nuestro esnobismo intelectual o para traicionarlo. Medíamos el impacto de la película según el tiempo de discusión que generaba. La primera fue *L'argent*, de Bresson: hablamos de ella por la rue La Fayette hasta el quai de la Seine. Veinte minutos. También vimos *E.T.*, que provocó un paseo hasta la place de la République. Una hora y poco más. Pero la película que nos obligó a vagar durante más tiempo fue *El baile*, de Ettore Scola. La acompañé hasta Belleville y volví con el nocturno de las tres y veinte de la madrugada. Mientras tanto, iba especializándome en platos italianos. A Lunette la volvía loca la pasta carbonara, otro legado de papá, y los cappelletti con ralladura de limón y ricota que mamá había aprendido de sus parientes de la Romaña. Comíamos y paseábamos. Aquella mariposa negra tenía un paso ligero y atlético, y caminar a su lado era embarazoso. Los hombres volvían la mirada más que con mamá y Marie, y yo me sentía fuera de lugar. Demasiado delgado y abatido para tanto esplendor. La superaba en altura por unos centímetros y eso me salvaba, pero ella seguía estando en otra jerarquía estética. Lo convertí en ostentación.

Nuestros amigos nos dejaron en paz. Antoine nunca hacía mención de nuestras salidas al cine, y el grupo del Deux Magots fingía no saber lo que estaba pasando. Fue el período más prolongado de abstención de mi actividad onanista. La sangre afluía a mi corazón y allí se quedaba. Me había puesto de acuerdo con Marie en la estrategia: nunca la malicia forzar, nunca a la amistad llegar. Había que perseverar en la sustracción de palabras, y en eso yo poseía un talento natural, enardecido por los escritores de la mesura: Camus, Hemingway, Malamud, Buzzati. Preparé mi seducción aprendiéndola de los maestros. Pero fue Lunette quien escribió el íncipit.

Sucedió un día de marzo. El mes anterior había cumplido los veinte años y mi pureza aún no había sido mancillada. La apuesta perdida por abandonar la virginidad dejaba de tener importancia ante la belleza de los martes en el cine y en la universidad. Acababa de terminar el período de exámenes con una media de 18,8 sobre 20. Mi madre se con-

movió: «Mi hombrecito de mundo trabajador y estudioso.»
Llamé a Lunette para decírselo y ella me citó en los jardines
del Trocadéro para dar un paseo.

—¿Por qué no en la place des Vosges?

—En el Trocadéro.

Avisé al café de que llegaría tarde, y esperé en la entrada
de los jardines. Lunette apareció con un ramo de gerberas
amarillas y enfundada en unas mallas que acababan en dos
botas de agua negras. Señaló con la mirada la Tour Eiffel.

—Vayamos por aquí —dijo, y echó a caminar.

Pasamos por delante del Musée de l'Homme y salimos
por el lado izquierdo de la place du Trocadéro.

Me detuve al comienzo de la rue du Commandant
Schloesing. Era la calle del cementerio de papá. Lunette se
acercó, me tomó del brazo y susurró:

—Antoine me ha dicho que no has vuelto desde el funeral.

—Las tumbas son una invención del dolor.

—No; lo son de la memoria. Ven.

Me condujo a la entrada, y luego hasta la lápida familiar. Papá nos miraba desde la fotografía tomada en la
Marmolada, con sus ojos soñadores y el pelo al viento.

Reinaba el silencio de los camposantos, y también
nuestro silencio. Lunette me dio el ramo de gerberas, y yo
se las dejé a monsieur Marsell. Fue en ese momento, mientras depositaba las flores sobre la piedra, cuando la mariposa negra tomó mi mano. La apretó poco a poco, y yo hice
lo mismo.

Pasó una semana entera sin que volviera a verla. Incluso
nos saltamos el cine del martes. En esos siete días, rompí
dos vasos en el café y más de una vez me refugié en Marie.
Me prestó *El filo de la navaja*, de Somerset Maugham, y me
dijo que esa novela explicaba lo que significa estar en vilo.

—La leo cada vez que me enamoro y cada vez que termino una historia.

Le pregunté desde cuándo no la abría.

—Desde Emmanuel.

Así conocí la inexplicable ecuación de la pasión: la estética, el eros, los buenos modales y una mente que albergara sensibilidad y cultura no eran directamente proporcionales a los resultados. Marie Lafontaine era el ejemplo de ello. Sólo más tarde creí entender el porqué: los hombres percibían sus ansias de desposorio. Y su hambre de maternidad. Sin embargo, aquellos pechos habían eludido su fin primario, la lactancia, en favor de otro más torvo, la excitación. El resultado eran las paredes llenas de libros que Marie tenía en su salón. No recuerdo quién dijo esta frase desgarradora: «Cuantos más libros encuentres en casa de alguien, mayor será su grado de infelicidad.» Papá también había vivido en una biblioteca hogareña. En vista de su condena, Marie trataba de evitarla en los demás. Me impuso una nueva estrategia amorosa: la abolición de cualquier estrategia. Bastaría con la intuición y el sentido común, más un toque de elegancia.

Me quedaba tiempo hasta el martes para asimilar mi nueva técnica de seducción. Pero me faltó tiempo, ya que cuando volví a mi apartamento Lunette me estaba esperando delante del portal. La saludé y, sin mediar palabra, la hice pasar. Se sentó en el sillón de monsieur Marsell. Nos miramos, pero apenas pude resistir su mirada, así que bajé la mía al libro de Rodari que papá estaba leyendo cuando murió.

Eran cuentos para niños: *Cuentos por teléfono*. Le enseñé la marca en la página diecinueve, que tenía la esquina doblada. El libro estaba abierto en ese punto cuando la señora de la limpieza encontró el cuerpo. Mi padre había exhalado su último suspiro mientras leía la historia del edificio de helado en Bolonia que los niños se apresuraban a lamer mientras se derretía. Leí la conclusión: «Aquél fue un gran día, y por orden de los médicos nadie sufrió dolor de estómago.»

—C'est une histoire communiste —murmuró Lunette.

Me senté en el sofá y continué con Rodari. Ella se quedó en el sillón y yo comencé entonces otro cuento. Vino a sentarse a mi lado. Mientras leía el del niño que mantenía a su familia haciendo de espantapájaros, Lunette me besó.

Una vez más, *Cuentos por teléfono* marcaba un momento vital. Antes, la muerte de mi padre; ahora, el amour fou, al menos por mi parte.

La mariposa negra poseía el arte de los labios, no por su tamaño sino por su delicadeza. Besaban despacio y, tras darme unos picos, ahondaron con dulzura y noté su suave lengua... Recuerdo cómo el temor se volvía necesidad. Teníamos las piernas entrelazadas, bajé una mano y la deslicé por el muslo hasta la rodilla. La retiré porque estaba temblando, la apoyé en su cadera y ya no la moví de ahí. Seguimos siendo sólo dos bocas hasta que el tráfico de la rue Froissart se atenuó. Ya era de noche. Cuando nos separamos, fue ella la que se detuvo. La miré.

No sabía qué hacer, de modo que reanudé la lectura de la historia del niño espantapájaros y del pueblo con la «ese» delante. Mis mejillas ardían; busqué su mano, y ella me la agarró como si robase algo. Todo empezó así, con un beso y dos manos que se perseguían mutuamente, el italo-francés aún virgen y la mariposa negra a la que todos deseaban. Fue Somerset Maugham quien me reveló por qué llegó a ocurrir de esa manera. Hay algo que cuenta más que la belleza, la sensualidad y el poder: la pureza. Ningún hombre, ni ninguna mujer, deja escapar la oportunidad de apropiarse de la inocencia. Y eso fue lo que Lunette hizo.

···

Estaba tan ebrio que, en cuatro días, rompí otras tantas tazas en el Deux Magots. Lunette se reía y los demás no entendían nada. Philippe me cogió por banda, pero me excusé diciéndole que, por alguna razón, tenía la cabeza en las nubes. No pensaba revelar mi secreto. A la naturaleza le place ocultarse, escribió Heráclito, y mi profesor de Derecho no dejaba de repetírnoslo: la moralidad futura del hombre está en sus secretos actuales. Mientras tanto, la mariposa negra y yo continuábamos con el cine de los martes y dando rienda suelta a nuestros instintos, sin saber lo que nos estaba pasando.

Mamá lo entendió todo. Me llamó por teléfono y me invitó a cenar esa misma noche. Cuando llegué, descubrí que estábamos solos porque Emmanuel tenía una convención en Nantes. Madame Marsell me contó que el maquillaje a domicilio iba viento en popa, y que nunca había visto tantas cabezas de chorlito como en París. Esos rostros melindrosos, esas arrugas de pastelería humana, esa muerte de la feminidad... Estaba segura de que nos estaban llevando a la definitiva censura de la maternidad.

—¿Está el útero en extinción? —le pregunté.

—Tendría que pensármelo. —Y se lo pensó un momento—. No, no está en extinción. Pero preveo víctimas, hombrecito de mundo: vosotros los varones.

Luego quitó los platos y me dijo que la esperara en la mesa. Miré alrededor y encontré la casa repleta de recuerdos. Las siestas de papá tumbado en el sofá, las noches de insomnio de madame Marsell para abrir el tercer ojo a través de la levitación doméstica, las ollas que borboteaban al amanecer... Cuando me volví hacia el pasillo, mamá venía hacia mí con su baraja de cartas. Me pidió que cortara el mazo con la mano izquierda.

—Pourquoi?

—Corta.

Corté, y mientras ella extendía las cartas dijo que la madre de Antoine la había llamado a propósito de Lunette. Y de mí.

—Es una amiga mía.

—Marie Lafontaine es amiga tuya, no Lunette.

Se me cortó la respiración.

—¿Y tú qué sabes de Marie?

—Lo sé por la madre de Antoine. Ha visto todos esos libros en su casa y les pidió explicaciones a sus hijos. —Me hizo un guiño—. Es una bibliotecaria de las buenas.

—Lunette también es amiga mía.

Mamá se echó a reír y observó la posición de las cartas, las rozó una a una. Al final dijo:

—Toma tus precauciones, hombrecito.

Fui a ver a mi padre y le dije que estaba asustado. «Soy virgen, y está claro que Lunette no, ¿qué debo hacer?» Me miraba desde la foto de la Marmolada, con el pelo despeinado por el viento y aquella sonrisa socarrona. Le dejé un guijarro sobre la lápida. No sé de dónde me vino este ritual judío, supongo que de algunos escritores a quienes admiraba, de Malamud en primer lugar, el autor favorito de papá junto con Camus. Me había dejado fulminado con *El dependiente*, una historia sobre el sacrificio y la dignidad. La modesta existencia de Morris, el protagonista, resultaba tan intolerable como el hecho de que su rectitud lo llevara a palmarla bajo la nieve. Por no hablar de esa figura del muchacho que se convierte en dependiente de su tienda por expiación: quiere amar a la hija de Morris, pero no encuentra la forma de conseguirlo. Era un alma en estado de alarma. El dependiente era yo, por supuesto, pero ya había expiado lo suficiente.

Llegué al Deux Magots y, antes de empezar mi turno, me encerré en el baño para contemplar mi circuncisión.

Buscaba el oráculo de una futura revolución: la piel rosada, la corona de puntos cicatrizada alrededor del glande, el dobladillo perfecto bajo el tronco. En aquel trabajo de sastrería estaba la historia del mundo, la mejor literatura y el destino de los elegidos. Era de una simplicidad conmovedora. Además, corrían rumores sobre la revolución perceptiva de los circuncidados: durante las relaciones sexuales, el placer cambiaba de connotaciones. Más lento, inexorable, abrumador. El hecho de que el glande estuviera desnudo llevaba a una aparente desensibilización de las áreas de placer, que acababan reorganizándose: más tardías en su despertar, con mayor control y potencia durante el acto... Envalentonado por aquel pensamiento, me puse la camisa blanca y empecé a servir las mesas. Fue un turno dedicado al Este, con turistas checos y polacos abarrotando las mesas de las primeras filas. Las sillas situadas debajo de la foto de Camus fueron ocupadas por una cordada de madrileños que dejaron una generosa propina. Me la ofreció una chica olivácea con ojos andaluces y boca de cereza. Me preguntó si era italiano y le contesté que la cosa era más complicada. Ella insistió con una sonrisa maliciosa. Me preguntó si me apetecía dar un paseo al acabar el turno, acaso por Saint-Germain. Le di las gracias y negué con la cabeza. Estaba rechazando la primera invitación explícita de mis veinte años de existencia, pero me dejó una nueva felicidad: había sido fiel a mi pureza.

Cuando acabé mi turno, me encontré a Lunette esperándome. Estaba sentada al otro lado de la place Saint-Germain, con un ojo en el *Libé* y otro en el Deux Magots. Me hizo un gesto para que fuera hacia ella. Crucé la placita con mi paso desgarbado y me acerqué. Enrolló el periódico y dijo: «J'aime quand tu es etonné.» Adoraba mi desconcierto, una perplejidad que arrastraba conmigo desde niño. Daba la impresión de estar perdido y necesitado de salvación. Ella me dio la mano y me llevó al metro. Bajamos y fuimos hasta Marais sin pronunciar palabra. Nos besamos en el vagón y luego en la calle. Ella llevaba medias oscuras y una faldita plisada, y su lengua se mostraba voraz. Cuando llegamos al portal de casa, me di cuenta de que nunca la había tocado de verdad. Tembloroso, saqué las llaves y a duras penas conseguí encontrar la cerradura.

—¿Tienes miedo? —preguntó.

—Oui, j'ai peur.

Entramos en el apartamento. Recuerdo que, en ese instante, fui consciente de una anomalía: aquel día la casa estaba ordenada. Me quité el abrigo y vi que Lunette se dirigía al baño; dejé las propinas en el tarro del azúcar y encendí el televisor. Ponían un documental acerca de los dragones de Komodo. Había una cabra encorvada sobre una pequeña charca y uno de esos enormes lagartos a su espalda. Su mordisco le arrancó una pata de cuajo. Los dragones de Komodo están dotados de una mandíbula de dinosaurio y su boca está llena de bacterias letales. Me volví. Lunette me estaba mirando desde la puerta del baño, se soltó el primer botón de la blusa.

El susto y el deseo provocaron en mí una reacción contradictoria: habría dado cualquier cosa por poseerla y cualquier cosa por salir corriendo de allí. Escogí la inmovilidad.

Me sentí como la cabra.

Lunette se acercó y me acarició la mejilla, me llevó hasta el sillón y se sentó en el reposabrazos. Empezó a besarme largamente. Apoyé la mano en su espalda y de los omóplatos pasé a la cadera. Su cuerpo era firme y suave y su aroma, agridulce. Me pasó la lengua por el cuello y rebuscó a tientas el cinturón. Yo encogí el vientre y ella me bajó los pantalones sin desatarlos. Mi sexo estaba a medio camino, y añoré su dureza por mamá, por Marie, por las pequeñas sensualidades que descubría por la calle.

—Dis-moi que tu as peur.

—Tengo miedo —dije en italiano.

Se me quedó mirando y, sin bajar la cabeza, empezó a masajeármelo. Me dolía de lo lleno que estaba. Lo sacó y me deslizó los calzoncillos hasta los pies. Los apartó cuidadosamente a un lado. Me lo apretó, y vi la palidez de mi sexo en su mano negra. Eso era lo que se sentía. La pérdida de uno mismo. La certeza absoluta de que eso y nada más era la existencia. Sentí cómo se estremecía entre sus dedos. Empujé mi pelvis hacia delante. Lunette me detuvo y dejó resbalar las manos hacia mis testículos. Los acarició con la palma, y luego dijo: «Ta bitte est grosse.» Se quitó la blusa y el sujetador como por arte de magia. Tenía unas tetas mucho más rotundas de lo que aparentaban estando vestida. Las aferré. «Pas vite, Libero, con calma.» Guió despacio mis manos hacia la areola. Me incliné y se las besé con cautela, y después con desenfrenada avidez. Ella gimió y yo bajé las manos hacia su ombligo, rocé el comienzo de su pubis... Me detuvo. Me empujó contra el respaldo y bajó la cabeza. Se metió mi sexo en la boca. Apenas pude contener un espasmo de incredulidad. Gimoteé mientras ella susurraba «Vas-y, Libero, vas-y». Volvió a engullirlo y yo balbucí que iba a correrme. Lo tomó en la mano y lo meneó. Me arqueé en el sillón y cerré los ojos.

Había comenzado a perder mi pureza, allí, donde mi padre había encontrado su final.

«El exterior más que el interior.» Escribí esta frase en el cuaderno de Lupin para traducir el desbarajuste de aquella noche. Dormí solo, inmóvil y boca arriba, y cuando desperté supe que algo había cambiado. Desde hacía unas horas, mi carne se había vuelto autoinmune: sólo reconocía la mano ajena. La idea de regresar a la masturbación me inquietó. Me dio una nítida sensación de vacío y una inconsistencia perfecta. Había roto mi simbiosis conmigo mismo. Me había convertido en el exterior. Estaba en los otros, estaba en Lunette.

Me salté la universidad para correr al Hôtel de Lamoignon. Cuando me vio, Marie asintió antes de que yo pudiera abrir la boca. Se rió.

—Así que ha salido bien, Grand.

Respondí que sí, que había salido bien, aunque todavía era virgen.

Prefirió no conocer los detalles, pero quiso indagar en el desorden de mi corazón. «Menudo jaleo todo, pas vrai?» Entonces me pidió que la escuchara con atención. Me contó que estaba saliendo con un arquitecto llamado Jacques que le gustaba mucho. Estaba casado, la historia de siempre. Pero ahora tenía una estrategia segura sacada de una novela que acababa de publicarse. Me dijo que la esperara y entró. Regresó con *El amante*, de Marguerite Duras.

—¿Es tan lista como Miller?

Negó con la cabeza y me aseguró que en esas páginas se hallaban las respuestas que yo buscaba. Ella las había encontrado, y estaba dispuesta a descubrir con Jacques lo que siempre había sacrificado.

—¿El qué? —pregunté.

—Moi-même. —Y lo repitió en italiano—: A mí misma.

En los días siguientes salió a relucir esa parte de mí que era yo mismo. *El amante* me pareció una novela asombrosa por la gracia con que una mujer se atrevía a todo. La chica y el amante rico eludían los clichés lolitianos y se concedían la verdad del eros: el goce. Y el desembarco en la autenticidad. La había escrito una mujer que había logrado dejar fuera de combate a Henry Miller y su intelectualismo sexual. Me impresionó, aunque no extraje consejos prácticos. Tuve que apañármelas solo. Me reuní con Lunette en el Louxor, para la última sesión de *Qaid*, una película india a la que ninguno prestó atención porque estábamos enzarzados en lidiar el uno con el otro. Nos besábamos y acariciábamos, las expectativas generaban alborozo. Yo aguardaba sumido en una especie de trance, mientras la mariposa negra custodiaba mi virginidad como una criatura en peligro de extinción. Yo convertía la vigilia en una fiesta, y avanzaba dando pequeños pasos hacia la sagrada iniciación. Probaba de ella todo lo que podía, avistaba el acontecimiento, pero cuando intentaba quemar etapas ella me contenía: me bloqueaba las manos, luego me apoyaba una mejilla en el pecho. «Tant pis mon amour, ten paciencia, amor mío, sólo estamos al principio.»

Y sí, estábamos realmente al principio. Y *El amante* fracasó, porque fuimos más allá del encuentro de los sentidos. Aún seguía siendo virgen, pero ya estaba muy cerca del moi-même tras el que Marie había decidido ir tardíamente. La gramática de la libido se apropió de mi configuración neuronal, más que la literatura o el estudio del Derecho. Tenía que aprender, había perdido demasiado tiempo. Y ése fue el asunto que habría de llevarme a mis impudicias futuras: los tiempos de represión habían terminado con mucho retraso, creando pulsiones de redención. Un año fallido de sexualidad en la adolescencia puede suponer cinco años licenciosos en la edad adulta, y ése era el destino al que acabaría enfrentándome si no conseguía alinear mi alma con las hormonas.

Así logró Lunette la caída de mi pureza: con dulzura y bajo la ley de lo impredecible. Protegió mi virginidad durante días, en los que convertí las expectativas eróticas en una revuelta creativa, a veces sobrenatural. Escogí la paciencia, e invertí en el acto fallido. El verdadero coito es el que no se realiza, el que nunca se alcanza, el roce, la caricia eterna: aguardaba la consumación de la seducción en un feliz preludio. Irradiaba un aura celestial, generaba sorpresas. En el trabajo, me ofrecí a echar una mano para reemplazar al chef enfermo con recetas de quedar bien. Preparé variaciones de omelettes a las hierbas aromáticas y miel, sopas agripicantes y albondiguillas de pescado, e inventé la «crêpe Magots», un mejunje de manzanas y mascarpone que sorprendió a clientes y dueños, y que acabó incorporándose al menú por aclamación popular. También en casa mi ouverture erótica desembocó en una suerte de empatía, y empecé a acompañar a mamá en sus maquillajes nocturnos al servicio de melindrosas a las que embellecía antes de la discoteca, haciéndole de chófer por París y pasándole las herramientas del oficio durante las sesiones de maquillaje. Brindábamos juntos por lo grotesco de la nouvelle vague con un vasito de pastís antes de dormir, y mamá se quedaba mirándome y reía para sus adentros: «Estás floreciendo, hombrecito de mundo.» Y además, leía, leía y leía: *Albertine desaparecida* enmarcó mi sábado de la aldea sexual. Es el libro de la *Recherche* que Proust escribió en memoria de su amante, muerto en un accidente aéreo. Su desesperación amplificó mi alegría: yo el amor lo tenía, y estaba a punto de explotar. Era la búsqueda del tiempo futuro.

Me quedé al abrigo de las Columnas de Hércules durante semanas, feliz y más que feliz, saciándome de un nuevo alfabeto de expectativas que taponaba las grietas de mi vida. Después, acabé por cruzar esas columnas.

Regresábamos del Deux Magots, habíamos estado debatiendo con los demás sobre Simenon. ¿Los Maigret estaban a la altura de las novelas serias? Lunette y yo chocamos. Para mí, la narrativa policiaca de Simenon era literatura; para ella, libros como *Carta a mi juez* humillaban a Maigret.

Lunette echó leña al fuego con su absoluta censura de la misoginia de Simenon, que lo reducía a la categoría de narrador parcial. Le dije que no podía proyectar sus paranoias feministas en los libros. Era un ataque a mi madre, mais oui, y me lo concedí. No hablamos durante todo el camino de vuelta, y cuando llegamos a mi edificio me abstuve de pedirle que subiera.

Sin embargo, ella esperó a que abriera el portal, se coló escaleras arriba y luego en mi piso. Me tomó de la mano y me llevó a la habitación. Me dejó ahí de pie, se sentó en el borde de la cama y me desabrochó los pantalones. Me los quité y se quedó mirándome desde ahí abajo durante unos largos segundos, con sus grandes ojos cuya mirada yo era incapaz de sostener. Se introdujo mi miembro en la boca y lo trabajó con la lengua hasta que se me puso duro. Se quitó los pantalones y el jersey y se quedó en sujetador tras desprenderse de las braguitas. La luz de las farolas entraba por las persianas y disipaba la penumbra. Bajé la mirada y lo vi: pequeño, ennegrecido por la pelusa rasa, el monte de Venus apenas perceptible.

—¿Tienes miedo, Libero?

Asentí.

Ella me condujo. Nos tumbamos y ella abrió los muslos. Yo exploré el origen del mundo con los labios, la lengua y la nariz. Sabía muy bien, olía a Lunette, que era salitre y confitura. Me rodeó el cuello con la mano y me invitó a tenderme sobre ella. Me apoyé en los brazos y me dejé guiar. Le restregué mi turgencia por los labios mayores y, por un momento, quise que todo acabara allí, pero Lunette me abrazó y me presionó para que la penetrara. Con calma, despacio, osciló hacia la derecha y yo me vi desaparecer en aquella ranura mínima. Ella gimió, yo le besé los pechos y agarré sus muslos y brazos. Recuerdo sus ojos vítreos mientras la tomaba y perdía el sentido del tiempo y de mí mismo.

· · ·

Mario, ya lo he hecho. Con Lunette. Díselo a Lorenzo, para que deje de propagar rumores. No te llamo porque en casa no tengo teléfono y tendría que ir a la de mi madre y ya sabes lo que pasa. A ver si puedo mañana desde el trabajo. ¿Por qué no vienes a verme a París con Anna? Yo estaré fijo aquí todo el verano. Lunette te gustará, le gusta a todo el mundo.

Adiós, mon ami,

Libero

Hacíamos el amor cada día. En los lavabos de la universidad, en mi casa, en el sillón de monsieur Marsell o en la cama, sin prisas. A veces incluso en el servicio del Deux Magots. Ignoré la advertencia de mi madre: toma tus precauciones, hombrecito de mundo. Lo intenté un par de veces, pero se me aflojaba. Así que seguí los embates de mi vigor sin barreras, con el absoluto estupor de un descubrimiento: que el sexo desafiaba la fantasía y la vencía. Practicarlo era mejor que imaginarlo. El sábado de la aldea daba paso a un domingo sublime.[1] Con esta conciencia arrancó mi temporada lumière.

Todas las tardes iba al café, fluctuaba de una mesa a otra, sostenía cada vez más vasos en la bandeja sin dejar que se cayera ninguno, controlaba hasta seis pedidos al mismo tiempo. Philippe me miraba desconcertado, y también los demás chicos: a esas alturas, todos estaban ya al corriente.

---

1. Como anteriormente, alusión al célebre poema de Giacomo Leopardi *Il sabato del villaggio*, en el que desfilan distintos personajes de un pequeño pueblo en vísperas de la fiesta dominical y que se remata con una apelación del poeta a gozar de la juventud. *(N. del t.)*

Lunette y yo nos besábamos en su presencia. Antoine se tapaba los ojos; con él no podía hablar de mi nueva vida erótica, por celos y porque nos estábamos distanciando. Sólo nos veíamos en nuestras reuniones y en cortos paseos por el Sena. Dejó incluso de ir a mi casa. Lunette me confesó que temía por la amistad entre su hermano y yo, e intentó salvaguardarla invitándome a su casa. Su madre preparaba arroz con piña y pollo, y con toda la familia reunida en el salón comíamos y discutíamos sobre las nuevas oleadas racistas europeas, sobre Italia, sobre los parisinos y sobre la fondue au fromage. Y sobre Mitterrand. Y sobre los Bleus —la selección francesa me unía a su padre y su hermano en mi único foco de interés futbolístico—. De esta forma, Antoine y yo dimos con algún que otro retazo de comprensión, era nuestra hermandad y poco a poco se adaptó a mi relación con Lunette. La familia Lorraine me estaba adoptando y preguntaba por mi madre. «¿Por qué no te la traes un día a cenar, Lib?» Yo farfullaba un «sí» a medias y ganaba tiempo. Después, fue Lunette la que insistió en invitarla. Llegamos a un acuerdo: iríamos nosotros a casa de mi madre para limitar los daños.

Mamá había entrevisto a Lunette en el funeral de papá y la había bautizado según su pasión por los minerales: un ónice de Madagascar. Siguió llamándola así, Ónice, con un siseo elegante y sinuoso. El día de la cena, me llamó al café para que la calmara sobre los gustos culinarios de mi piedra preciosa.

—Os espero a las ocho.

Yo confiaba en que también estuviera Emmanuel. Era el hombre que había dado pie a un trauma, pero tenía una cualidad que nunca traicionaba: la discreción. Era capaz de contener a mamá sin reprimir su excentricidad, y siempre había estado presente para mí. Fue él quien me ayudó a arreglar el apartamento de Marais, fue él quien acudió a recogerme al trabajo durante una semana entera, fue él quien me ofreció en vano la ayuda de un amigo psicoterapeuta cuando me encontré sin padre. Y fue él quien durmió en el sofá de mi nueva casa las primeras noches después de irme a vivir solo. Y, por encima de todo, Emmanuel nos había permitido a mamá y a mí relacionarnos bien en la distancia, transformando mi ausencia en un ejemplo de sacrificio. Cuando entramos en la vivienda de la rue des Petits Hôtels, nos recibió con zapatos de charol y un corbatín de fantasía. Besó la mano a Lunette y cogió la botella de chardonnay que habíamos llevado. Afirmó estar entusiasmado con la idea de pasar una velada con gente de menos de sesenta años, y nos reímos mientras mamá salía de la cocina luciendo una falda y una blusa: había engordado. Me besó y se colocó frente a la mariposa negra. Se la quedó mirando arrebatada durante unos largos segundos, luego dijo «Tu es superbe» y la abrazó. Le preguntó si le molestaba que la llamara Ónice por su belleza mineral. Emmanuel y yo nos miramos. Lunette contuvo una sonrisa y respondió:

—J'aime Onice.

Nos sentamos a la mesa. Allí dio comienzo el entendimiento entre mamá y Lunette Lorraine, que no se derivó de lo mucho que le gustaron a ésta los cappelletti con ralladura de limón, o del hecho de que estuvieran de acuerdo con la reverberación feminista y con la posibilidad de que educación religiosa y progresismo pudieran convivir, ni siquiera del extraordinario maquillaje que madame Marsell le hizo. Tampoco de la pasión común por las esculturas cubistas y de su costumbre de visitar el Centro Pompidou a horas vespertinas. La chispa del vínculo entre las dos mujeres de mi vida simplemente nació de un episodio que tuvo lugar durante la cena, cuando una fuente estuvo a punto de marcar a fuego los dedos de mi madre. La estaba trayendo de la cocina a la mesa y se detuvo a mitad de camino con gesto de sufrimiento, y Lunette se levantó de golpe y se la cogió sin pensar en posibles quemaduras. La depositó sobre la mesa y mientras se soplaba los dedos dijo: «También mi madre tiene las manos llenas de cicatrices.»

Antes de marcharnos, madame Marsell le enseñó la casa a su invitada. La biblioteca ocupó la mitad de la visita y Lunette se quedó asombrada por la variedad de los volúmenes. Mamá le dio *La vie aigre*, de Luciano Bianciardi. Luego la acompañó a mi habitación y, antes de irse con Emmanuel a la cocina, la animó a demorarse en el refugio de mi adolescencia. Lunette curioseó y, por los escasos libros que vio, comprendió que yo había sido un tardío y fervoroso lector de temáticas indias. Se topó con el cuaderno de Lupin y lo acarició lentamente, volvió a colocar los dinosaurios en miniatura que siempre se caían al suelo, pellizcó mi vieja bufanda de rayas azules y blancas... Con su peculiar forma de rozar las cosas, se detenía en un pisapapeles o en un bolígrafo y permanecía absorta buscando interiorizar los materiales de que estaban hechos. Me puse detrás de ella, que estaba mirando la fotografía de mi tortuga *Robespie-rre*, y le acaricié el cuello. Ella se volvió y me abrazó. Nos quedamos así y, por primera vez desde que la conocía, tuve miedo de que le sucediera algo y comprendí que ahora mi felicidad dependía de la suya. Percibí también el dolor y la aprensión, y la posibilidad de algo bueno. Ya no me sentí vulnerable sólo por mí mismo, sino por los dos. Pasé de la primera persona del singular a la primera del plural. Intuí allí, en ese abrazo furtivo, que podría tomar las heridas de otro ser humano e intentar curarlas, y que yo mismo podría confiarle las mías. Aquel día lo hicimos en mi habitación. Le pedí que se sentara en mi cama de adolescente y me desabroché el cinturón, y no tuve que explicarle que era la única forma de liberar ese lugar de mi pureza, de las soledades, los sueños y las represiones. Del trauma de mamá y Emmanuel. Lunette lo hizo, me liberó, y mientras me chupaba con aquellos labios pintados por mi madre yo perdía mi infancia de mansedumbre, de hombrecito de mundo, de individualidad, a favor de un punto sin retorno.

Entonces, ¿era eso el amor? ¿Una primera persona del plural? Se lo pregunté a papá, y por la fotografía soñadora de la lápida comprendí que sí, que también era eso.

Así fue como Lunette y yo nos forjamos a nuestra medida aquel año. Nos veíamos en la Sorbona para tomar un café o para almorzar, charlábamos en las escalinatas. Ella había encontrado un trabajillo como correctora de pruebas en una editorial universitaria, y empezó a ayudar al profesor de Sociología en un seminario. Los estudiantes de primer año se agolpaban para asistir a sus explicaciones de contenidos académicos sazonados con películas y novelas. Y para verle el culo. En la Sorbona, me topé con las reacciones desconcertadas de los estudiantes del último curso que pululaban a su alrededor; les escandalizaba su relación conmigo, un italo-francés insípido e inmaduro. Aquellos cuchicheos me resbalaban, pero a Lunette le costaba ignorarlos y trataba de justificarse. Discutimos al respecto, y poco después ella adquirió un orgullo de pareja que barrió todos los cotilleos. Desarrolló una entrega a nuestro vínculo similar a la mía, y aprendimos un alfabeto meticuloso de pequeños gestos y protecciones minúsculas. Yo me presentaba en el portal de su casa para acompañarla a la universidad, le daba a Antoine notitas irónicas para que las pusiera bajo la almohada de su hermana y la hicieran reír antes de acostarse, cocinaba rarezas al asociar cada ingrediente con los matices de nuestro carácter y luego las tomábamos en pícnics en la place des Vosges. Sacábamos la energía de las palabras para dársela a los sentidos; a ella le bastaba con mirarme y a mí con mirarla, así desarrollamos nuestra telepatía sentimental. La nombraba mentalmente sin hablarle en todo el día, ella afirmaba que hacía lo mismo, y a veces llamaba al café para susurrarme una sola frase: «Aparta los ojos de las turistas.»

Estaba celosa, voilà. Había notado en mí un cambio que yo también había percibido: por fin gustaba. Los ojos de las mujeres me buscaban, se demoraban en mí. Estaba desarrollando la alquimia de la carne que Marie había predicho. Y Philippe lo observaba estupefacto desde el mostrador: el ex virgen por excelencia alborotaba a los grupos de chicas en las mesas, incluso a algunas mujeres maduras.

—¿Por qué no te aprovechas? —me dijo una vez.

—Moi, j'aime Lunette.

Aun así, el más posesivo era yo. Tendía a vigilarla con preguntas trampa, pero ella siempre lograba disipar aquellas dudas gratuitas. Sin embargo, había algo más en todo aquello, algo que me asustó: cuando los hombres la miraban, yo sentía placer. No era orgullo, sino una auténtica epifanía que me llevaba a magníficos desahogos. El demonio había hecho acto de presencia, y se tradujo en una pregunta que le planteé una noche, antes de acostarnos:

—¿Alguna vez piensas en irte a la cama con otro?

Lunette sonrió.

—Quelquefois, c'est normal. Et toi?

—Yo también, a veces...

Me guardaba para mí las fantasías peligrosas: verla poseída por otros, por Philippe, por el baboso de su profesor, por un chico moreno que asistía a las reuniones, por los estudiantes universitarios, por quienes la ansiaban desde siempre. Me imaginaba sus facciones alteradas durante aquellos actos de infidelidad; sentía su acto liberador aplastado por el sentimiento de culpa; sentía la excitación de quien la estuviera poseyendo, sorprendido de tenerla para sí. Mientras hacíamos el amor, llegué incluso a fingir que era otro, a fingir que encarnaba el éxtasis de quien la había conquistado más allá de toda expectativa. Eran excitaciones reincidentes. Tripliqué mis onanismos, todos dedicados a la traicionera Lunette, y me corría, me corría, me corría.

Fue un deslizamiento de tierras que intensificó mi pasión por ella. No nos despegábamos, conmovidos y embriagados, cómplices. Establecimos una regla antidesgaste: a lo sumo se quedaría a dormir en mi apartamento dos veces a la semana. Dejó un cepillo de dientes lila en el baño y una especie de camisón en el armario. Llegaron meses furiosos de cine y libros y filosofía, aunque topamos con una divergencia de intereses: la política; ella estaba metida hasta el cuello y a mí me aburría. Le regalé el carnet del Partido Comunista de papá, que se guardó en la cartera.

En mi vida también estaba mamá, por supuesto. Ónice y ella empezaron a verse. Iban a alguna exposición y al teatro o a caminar por el V Arrondissement, a veces a Notre-Dame o a Saint-Vincent-de-Paul para charlar un rato con Dios. Lunette conoció al padre Dominique y me dijo que le había revelado todos sus pecados, y en consecuencia también los míos. Mamá le hablaba poco de mí por respeto. Y también por inteligencia. A Lunette le parecía una mujer excéntrica sólo en apariencia, y aseguraba que su médula hundía sus raíces en la ética y en el valor. Era verdad.

Su alianza me proporcionó cierto alivio y un nítido sentido de solidez. El último año y medio, mi cerebro había cambiado: la connivencia sentimental y el sexo habían invadido de endorfinas mis neuronas, que se volvieron inteligentes. Agregué unas dosis de inconsciencia a la iniciativa intelectual: me presenté a los exámenes universitarios con menos preparación y más audacia. El segundo año fue mejor que el primero. La placidez resistía, incluso como rehén del coito: aquí di voz a lo contradictorio. Lo llamé «el lado insospechado». Recibí una primera advertencia la noche que vimos *El color púrpura*, de Spielberg. Regresamos a casa en silencio, abrazados y pensando en los abusos sufridos por Celie y en su afán de redención. Y mientras follábamos para aliviarnos de las injusticias de la película, emergió lo insospechado. Ella estaba boca abajo y yo la poseía aferrando sus caderas, y de repente le di un cachete en el culo. Lo repetí con la mano abierta; Lunette levantó un puño para decirme que me calmara, y en ese momento susurré: «Cállate, negra.» Eso dije: «Cállate, negra», y la sujeté con más fuerza. Ella se volvió de repente, mirándome. Sabía, y yo también, que estaba perdiendo del todo la pureza.

El lado insospechado apareció de nuevo, pero tanto ella como yo lo ignoramos. Lunette hurgaba en mí en busca del viejo candor que había sobrevivido a mis inseguridades: mientras atendía en el café, durante una discusión acerca de libros, cuando me presentaba a nuevas personas.

—Tu as peur, Lib? —Insistía en esa pregunta una y otra vez, y confiaba en mi respuesta afirmativa.

—Oui. —La tranquilizaba, pero ella no me creía y tampoco yo lo creía ya. El miedo había dejado espacio a la exploración afectiva y a un eros controvertido.

Hacíamos el amor a menudo, pero no tanto ni como al principio: ella se retraía para terminar de leer una novela o por la ansiedad que le provocaba la tesis de licenciatura. Entonces le preguntaba si podía seguir yo solo. Lunette asentía, y yo daba inicio a los movimientos de liberación mientras le acariciaba el culo, los pechos, mirándola y escenificando sus traiciones en mi cabeza. Buscaba las complicaciones; a la normalidad erótica le faltaba aliento. Los

100

tonos medios se habían extinguido, ahora ya sólo existían los graves y los agudos.

En los últimos meses se había quedado cinco veces por semana a dormir, y cada una de esas noches erosionó nuestros choques pasionales, que al final se convirtieron en nuevas geometrías de entendimiento. Trocamos los coitos por conversaciones nocturnas en la cama, con las piernas entrelazadas y las cabezas arrimadas, mirando al techo e imaginando hechizos. Ella se convertiría en una política de la gente normal, yo en un abogado de causas justas; tendríamos tres niños y dos perros, y posiblemente una tortuga. La imaginación más que la realidad, eso era lo que había cambiado. Buscábamos mundos de pertenencia y dejábamos que se nos escaparan las órbitas que nos habían reunido, las de los detalles y el estupor, las de la soledad vencida con el ímpetu del cuerpo. Se lo musitaba mientras dormía acurrucada sobre su costado izquierdo; me acercaba y sentía su respiración pausada, y le susurraba: «Volvamos a lo de antes.»

La transformación de nuestra relación me llevó al Hôtel de Lamoignon. Le pedí consejo a Marie. Le confié las distracciones de Lunette y también mis furores eróticos cuando la imaginaba con otros.

—El eros exige lo inesperado. No lo temáis, Grand. Y no tengáis miedo a asentaros.

Según Marie, me hallaba en la curva amorosa que estructura una relación en la verdadera complicidad, algo que ella nunca había sido capaz de superar. Ni siquiera con Jacques. Dijo que era una cuestión de vaciamiento:

—Cuanta más pasión hay al principio, más difícil resulta más tarde. Hace falta empeño, Libero, y hay que sacar conejos de la chistera.

Empeño y conejos de la chistera.

Qué extraordinariamente hermosa, e infeliz, era Marie Lafontaine. La abracé.

101

Un mes antes de la graduación de Lunette, abrí el tarro de azúcar y saqué mi conejo. Las propinas. Las conté, cogí un folio y lo troceé en diez pedacitos. Fui a ver a mi mariposa, que estaba estudiando en la habitación, y me tumbé a su lado. Cuando leía, se ponía las gafas en la punta de la nariz. Se las quité y le dije que tenía que escribir en cada trocito de papel un lugar del mundo que le gustaría visitar conmigo.

—Je dois étudier, Lib! —siseó ella. La besé.

—Diez lugares —insistí.

Escribió: «Nueva York, Italia, Lisboa, Jerusalén, Tokio, Polinesia, Cuba, Buenos Aires, Vietnam, Moscú.»

Hasta entonces, habíamos ido a Londres, Ámsterdam y la Costa Azul aprovechando algunos fines de semana largos. El problema era el trabajo, que me tenía atado. Además, para ella estaba la cuestión del dinero: la corrección de pruebas y las suplencias en la universidad le daban lo justo para ir tirando y echar una mano a sus padres.

Yo había ahorrado cada franco de los últimos seis meses y obligué a Philippe a concederme una semana de vacaciones en verano. Era mi regalo de graduación para ella. La dejé que siguiera estudiando y fui a la agencia de viajes que había cerca de la place des Vosges. Antes de entrar, saqué uno de los trozos de papel: «Nueva York.»

Reservé dos billetes de avión para el Nuevo Mundo, un pied-à-terre en el Village y un espectáculo en Broadway.

Para las vacaciones, papá y yo solíamos hacer una sola maleta. Mamá tenía la de Louis Vuitton, nosotros una bolsa de deportes Spalding con correas de cuerda. Monsieur Marsell me dejaba tres cuartos y, además, el bolsillo exterior. Allí metía un trenecito o un indio de plástico, a veces un puzle de pocas piezas. Luego me sentaba encima y papá trataba de cerrarla. «¡Vamos, Libero, empuja!»

Fui a buscar la Spalding a la rue des Petits Hôtels. Estaba al fondo del armario, todavía con la etiqueta de Air France de un antiguo vuelo a Marruecos. La limpié, tenía arena y una de las cuerdas rota. Me la llevé a casa y llené una mitad exacta.

Partimos a principios de septiembre. Lunette subió al avión con un panamá en la mano y una licenciatura con honores de la Sorbona. Le habían ofrecido una modesta plaza en la universidad, la posibilidad de un doctorado, y un trabajo provisional de becaria en la redacción de *Le Monde*. Decidió que elegiría en Central Park mientras daba de comer a una ardilla, paseando por las calles de Brooklyn o tomando una hamburguesa en algún bar de mala muerte de Alphabet City.

Sin embargo, Nueva York desbarató sus cartas, y las nuestras, como ninguno de los dos podría haber imaginado. Todo se debió a un conjunto de coincidencias y al demonio, que decidió reaparecer de pronto.

Los de la agencia nos habían reservado una habitación en Bleecker Street, limpia y barata, con baño compartido y en un sitio envidiable. Recuerdo la fiebre de Lunette: por el estilo de los neoyorquinos, por el sentido de adecuación de todos, por los capuchinos walking, por la incansable experimentación. Me confesó que se sentía desgarrada: estábamos en la tierra del capitalismo, pero todo le parecía magnifique. Teníamos que ir a bailar. O a comer. O a abrazar a la gente. Fue entonces cuando le mostré las dos entradas para Broadway. Su agradecimiento consistió en un beso, largo y casto, aferrados el uno al otro en la única silla de nuestra habitación. Ella desnuda, con el panamá en la cabeza; yo desnudo, abrazándola. Nueva York, Nueva York.

Fuimos a ver *Los miserables*, y poco faltó para que yo cambiara de opinión sobre el teatro, que siempre me había aburrido, y sobre los musicales. Un colosal espectáculo bien producido y con inteligentes detalles kitsch, música y disfraces un pelín exagerados... Lunette estaba en éxtasis. Salimos, contento yo, entusiasmada ella. Nos tomamos una hamburguesa en el Corner Bistrot, un soplo de Philippe, y dimos un largo paseo. Discutimos sobre cómo nuestras ínfulas nos impedían disfrutar de las emociones adocenadas, que no dejaban de ser emociones, n'est-ce pas? A Lunette le costaba ceder, pero prometió que emplearía esas vacaciones para sorprenderme. Nos dirigimos hacia Chelsea con paso lento y estupefactos. Las neoyorquinas mostraban su aprecio hacia mí; los neoyorquinos la asaetaban con la mirada. La negritud francesa catalizó las atenciones durante todo el trayecto. Entonces le confié que el deseo de los demás por ella me llevaba al éxtasis.

—Pourquoi?

—No lo sé.

Se quedó pensativa y luego me besó. Era una noche maravillosa. Se quitó el fular de pashmina y caminó con el pecho más a la vista. Recuerdo mi mezcla de sentimientos encontrados: celos y deseo, terror y vértigo. Elegimos un club que le había recomendado uno de sus compañeros de universidad. Tocaban jazz hasta medianoche y luego música que animaba la velada. Me pararon en la entrada, pero, al ver que estaba con Lunette, me dejaron pasar. Mi passepartout para la Gran Manzana. Bebimos lo suficiente para engañar el aburrimiento del jazz, hasta que empezaron a poner rock y más cosas. Me acuerdo de los Stones y de Bowie. Lunette se desató. Desde la mesita, yo observaba cómo se movía en la diminuta pista. La atmósfera se calentó y mucha gente acabó bailando, incluido yo. Había chicas magníficas, algunas alucinantes, y hombres con clase. Y otros cuerpos y olores con los que Estados Unidos derrotaba a

Francia. Una rubia con un vestido sucinto se contoneaba pegada a un vividor con traje oscuro. Un grupo de chicos de aire exótico los observaban desde las mesas, y algunos de ellos se levantaron para unirse a la pareja. Zumbaban a su alrededor, y tanto al vividor como a la rubia pareció hacerles gracia aquella especie de cerco al que los sometían. La mariposa negra bailaba como en los viejos tiempos, arqueaba la espalda y meneaba las caderas, se quitó el chaleco vaquero y se quedó sólo con la blusa. Cuando se desplazó de un extremo de la pista al otro, dos de los chicos exóticos la interceptaron y la rodearon. Ella me buscó con la mirada y yo asentí, no me molestaba. Tenía un pie en el territorio del diablo. Volví a la mesa, me acabé el martini de un trago y disfruté del espectáculo.

Mi padre había sido un jugador de cartas con una atracción irresistible por el riesgo. Yo detestaba las cartas, no el riesgo. Los dos chicos apretujaron a Lunette entre ellos, ella se zafó y volvió a mirarme, y yo asentí de nuevo. Dejó que la encajaran entre ellos de nuevo y bailaron en una composición encantadora. Uno era un tipo esbelto y huesudo que se movía con la misma ligereza que Lunette. Debía de ser bailarín, o tal vez músico. Bailaba detrás de ella, con la mirada clavada en su trasero, intercambiando el sitio con el otro chico, bajo y más corpulento. Ahora se rozaban. Bebí del gin-tonic de Lunette y asistí a la primera violación: el chico huesudo cogió una mano de mi novia y se le aproximó. La sujetaba sin dejar de seguir el ritmo, se contoneaban juntos, con los ojos cerrados, hasta que Lunette se soltó, pero poco después volvió a acercársele. Se puso a su lado y extendió los brazos, el chico los agarró y la acercó a él. Segunda violación. Yo temblaba como antes de un coito. El alcohol aislaba mi sentido de la alarma, y Lunette me miró de nuevo. Sonreí. Buscaba la intriga. Salí a la pista y bailé aproximándome al trío. Le grité al oído un «Me gusta» en italiano, y volví a mi posición. Los dos chicos me miraron y también les hice un gesto de asentimiento con la cabeza. Ya no volví a levantarme de la mesa. Estaban al borde de la pista y pude ver el pacto entre los dos amigos: el más corpulento abandonó la escena después de haberle dicho algo al otro. Comenzaba el cruce de la frontera. Me contuve cuando aquel tío delgado le puso una mano en la cadera, y también cuando le puso las dos. Vi que una de ellas bajaba hasta el trasero. Me acabé el gin-tonic, y me di cuenta de que Lunette le guiaba los dedos hacia la nalga derecha. Él ocupó también la izquierda y bailaron un rato así, como un lento sobre un fondo de rock'n'roll. Apoyé un brazo sobre las piernas y usé mi muñeca para acariciarme, estaba excitado.

Lunette me buscó de nuevo con la mirada. Quería una señal para volver a ser mía, pero se la negué. Estaba a gusto, engreída, regia. Entendí la esencia de su materia más oculta: el deseo absoluto de placer, y de perturbar. Hasta ahora, la había dedicado a nosotros y a la empresa más difícil con que había topado: la interrupción de mi pureza. Ahora le estaba permitiendo ir más allá: podía enturbiarla. Y ella lo hizo. Bailó, desplazándose frente a mí, apoyándose en el otro y guiándolo. Me lo quedé mirando, con la camisa medio desabrochada y el rostro desencajado por el sudor y el ansia. Recuerdo que Lunette me miró largamente, y de pronto sonrió. Decidí dar el último paso: asentí por última vez. Los vi bailar una pieza más y alejarse a través de la pista. Los seguí. Vagaron por el local, él sujetándola por el dobladillo de la blusa y ella dejándose arrastrar. Se detuvieron frente a los servicios y, cuando estuvieron seguros de estar solos, se colaron en el de hombres. Entré poco después. Era un largo corredor con urinarios de pared y cuatro cabinas con váteres. Oí que estaban en la última y me metí en la adyacente. La respiración de ambos, la fricción de la ropa, la viscosidad de los labios. Escuché el tintineo del cinturón e intenté masturbarme, pero el terror estranguló la excitación y me dejé caer al suelo. Veía sus pies asomar por el séparé y los pantalones de él en los tobillos cerré los ojos y llamé a Lunette, a Lunette.

—¡Lunette!

Se detuvieron. Ella le susurró algo al chico, hubo un silencio y nuevos tintineos. Él maldijo y salió, al pasar dio un puñetazo en la puerta de mi cabina y se marchó. Al poco rato, Lunette entró en la cabina. Tenía la blusa abierta y las tetas desencajadas por el sujetador, con un pezón fuera. Me abrazó, estrechándome con fuerza. Se arregló la ropa y nos fuimos.

Tomamos un taxi y, cuando llegamos a nuestra habitación, nos tiramos a la cama. Dormí dándole la espalda.

Al día siguiente, paseamos por Central Park sin hablar y luego fuimos al MoMA. Nos separamos casi desde el principio. Lunette exploraba las salas del museo con impaciencia y pasaba a otras, la perdí completamente de vista frente a Picasso. Nos reencontramos en una exposición temporal dedicada a la fotografía experimental. Había una obra en la que, sobre un fondo blanco, cuatro líneas curvas se rozaban sugiriendo una cruz o una hendidura; retrocedí un paso y distinguí que era el punto donde las nalgas y las piernas convergen. Me quedé contemplándolo, delicado y ambiguo, brutal: aquel cuerpo me contenía. Contenía la profanación de la noche anterior, su apuesta, y el arrepentimiento del día siguiente. La pureza irremediablemente dispersa. También Lunette lo estaba contemplando. Se acercó a la pared y continuó escudriñándolo. Finalmente dijo:

—Quiero volver a París.

Y se alejó. Yo también quería volver. Salimos juntos y nos dirigimos a Harlem. Comimos en un pequeño local donde servían costillas y patatas al papillote. Desde la mesa veía al dueño del local, un viejo huesudo que daba dos palmadas con cada pedido. Lunette leía los relatos de Somerset Maugham que le había recomendado Marie. Me habría gustado llamar a mi Marie para contárselo todo, pero en vez de eso me quedé mirando al viejo que aplaudía a los clientes y observando de reojo el rostro trastornado de mi novia. Le pregunté qué tal había ido en el baño con el chico.

—Quoi?

—¿Te gustó?

No respondió, siguió leyendo y, de repente, dijo que lo mejor era que nos fuéramos.

Pagamos la cuenta y salimos a la calle, caminando entre los negros de Harlem con sus mochilas a la espalda y los niños que se acercaban a los turistas en las aceras. Lunette habló después de un par de manzanas, para decir que lo de la noche anterior era un tema cerrado.

Me contuve durante media tarde y luego volví a atormentarla sobre lo sucedido en aquel baño. Me debía detalles y minucias, percepciones e impudicias.

—Tu es fou, Lib.

No estaba loco, estaba excitado y destrozado. Pude sonsacarle algo mientras comíamos un hot dog frente a Staten Island. Dijo que sólo había hecho lo que yo quería.

—¿Eso qué significa?

—Arrête-toi, Libero!

Le confié un mecanismo masculino: un hombre tiene que saber. Sólo sabiéndolo todo, en sus detalles más recónditos, puede elaborar y exorcizar la traición.

—Pas de trahison.

Claro que había sido una traición, legalizada sí, pero traición al fin y al cabo. Volví a preguntarle por el chico cuando enfilamos la Quinta Avenida; me contestó frente al Rockefeller Center. Dijo que le había gustado por cómo se movía, me explicó que era un profesor brasileño de capoeira. ¿Olía bien? Asintió. ¿Qué olor era? Un buen olor. ¿Era musculoso? Lo justo. ¿Lo justo o más que yo?

—Lib!

Me disculpé y le reiteré mi necesidad de saber. A mitad de la Quinta Avenida, logré que admitiera que la había besado. ¿Cómo besaba? Ella hizo una mueca de impaciencia, yo la ceñí por la cadera y la besé lo mejor que pude. ¿El brasileño era mejor que yo?

—Tu es incomparable.

Su respuesta me aplacó durante un rato. Cuando volvimos a la habitación, deshuesé todos los detalles: la piel de él, suave; sus labios, demasiado delgados. ¿Cómo la había tocado? Se lo pregunté a gritos, y ella contestó que la había tocado como todos los hombres. En el culo, agarrándoselo, y en los muslos, y luego le había desabrochado dos botones de la blusa. ¿Y después?

Lunette se echó a llorar. Esperé a que se calmara y volví a empezar. El brasileño había hundido las manos en sus tetas, había logrado sacarle una del sujetador y chuparle el pezón. ¿Y cómo chupaba?

—Normal.

Le desabroché el sujetador y se las chupé, me apartó y se refugió en el baño comunitario del hotel. Cuando salió, me encontró desnudo, esperándola. La besé con dulzura y le quité el jersey y los pantalones. La conduje a la cama y nos quedamos uno al lado del otro. Le pregunté si la había tocado en la entrepierna. Dijo que no le había dado tiempo. Y ella, ¿ella lo había hecho?

Se volvió hacia el otro lado y susurró: «Pourquoi, Lib, pourquoi tu as voulu faire ça.» Lloraba y el temblor de sus sollozos le recorría todo el cuerpo. Le quité las bragas. Había tocado al brasileño en la entrepierna, n'est-ce pas?

—Oui.

Fue un sí rotundo, exasperado. Me dejó de piedra. Me quedé quieto a su lado, inmóvil, y saboreé la desesperación mezclada con el deseo. Tuve una erección amarga. Traté de penetrarla en la postura de la cuchara. Ella yacía inerte. Lo intenté de nuevo, mientras le tapaba la cara con las palmas. Me ayudó y pude entrar poco a poco, lentamente. Sentí una excitación inusual: yo era el brasileño, que se la había llevado a su casa, un cuartito en el Village, y ahora podía poseerla. El novio de ella estaba esperando fuera, un italo-francés que no se la merecía. Tampoco el brasileño se la merecía, y su incredulidad por haberlo logrado lo llevaba al éxtasis.

Aumenté el ritmo y le pregunté si le había gustado hacerlo con un desconocido. Gemía de placer, yo insistí y ella me dijo que me callara; seguí con más ímpetu y volví a hacerle la pregunta. La vi asentir. ¿Se la había chupado al brasileño? Ahora la estaba follando profundamente, ella se mantenía en el borde de la cama y jadeaba sin aliento. ¿Se la había metido en la boca o no?

Susurró: «Un petit peu.»

Un poco. Me bloqueé en el mismo momento en que acabó de pronunciar esas palabras. Me incliné y le miré los labios, allí donde habían sido profanados, y murmuré para mis adentros las palabras que ella me había enseñado: «Ten paciencia, amor mío. Tant pis, mon amour.»

Nos quedamos dormidos y cuando desperté estaba solo. Ella estaba mirando Bleecker Street desde la ventana.

Durante el resto del viaje perduró el silencio. Dábamos paseos y tomábamos café, ella abandonó a Maugham y no lo reemplazó con nada. Se quedaba mirando a la gente liberada de Nueva York. La última noche estuvimos en un concierto de gospel, en Harlem. Nos fuimos nada más acabar y dimos la última caminata hasta el Village.

Después de aterrizar en suelo francés, fui directamente al Deux Magots para el turno de la tarde. Rompí dos tazas a causa del jet lag y de la melancolía: Lunette y yo pasamos tres días sin vernos. Cuando por fin vino a mi apartamento, reencontramos nuestros rincones e hicimos el amor en el sillón de papá. Nos abrazamos con fuerza, éramos nosotros, era el terror de perdernos. Y la ilusión de habernos reencontrado.

Al día siguiente le llevé un pequeño recuerdo a Marie. Había encontrado en una librería de Brooklyn la tercera edición de *El viejo y el mar*, y no pude resistirme. Me abrazó con fuerza y yo le dije que la había echado de menos.

—Alors, c'était un mauvais présage.

Era una mala señal, sí. Pero no le confié la historia del brasileño.

También le llevé un regalo a mamá: un lápiz de ojos adquirido en un bio-vegan shop donde Lunette se había comprado una base de maquillaje.

—¿Quieres una ronda de cartas?

Rehusé la propuesta, y mientras yo engullía el vitel toné, madame Marsell me anunció que Emmanuel iba a participar en el negocio del maquillaje con la liquidación de la jubilación. También había novedades para mí: la habían llamado desde Milán, el marido de una conocida estaba buscando un pasante para su bufete de abogados. Respondí que no me interesaba: «París est ma vie.» Pasamos el resto de la cena hablando sobre su intención de ir a Jerusalén y de la posibilidad de alquilar o vender la casa de Marais. También nos preguntamos por el destino del universo al menos un par de veces, y acabamos por recordar a papá cuando tomaba la sopa con la cucharita de té. Mamá tenía un aspecto impasible y una sonrisa que parecía querer ahuyentar la tristeza. En el momento de la despedida se me acercó, me abrazó con fuerza y me susurró al oído:

—Yo también me peleé con tu padre en San Francisco. Estados Unidos juega malas pasadas, hombrecito. Vive la France!

· · ·

Faltaba Antoine. A él le había traído una gorra de los Yankees y una reproducción de la Estatua de la Libertad. Lo llamé un viernes por la noche, y nada más contestar empezó a despotricar:

—Por fin te dignas. Llevo una semana tratando de hablar contigo.

Le propuse vernos en el Sacré-Coeur al cabo de una hora. Cuando llegué, me estaba esperando al pie de la escalinata, con sus enormes brazos abiertos por completo. Nos abrazamos. Luego me contó que en nueve días no había logrado sonsacarle nada sobre el viaje a Lunette, que sólo había pasado por su casa para cambiarse de ropa y volver corriendo a mi lado.

—¿Para cuándo la convivencia oficial, cuñado?

Evité responderle sacando el regalo. Rió entre dientes por la sorpresa y, antes de desenvolverlo, me dio la noticia: se graduaría en primavera y se iría a hacer un máster con una beca a California.

Lo felicité. Y le oculté que su hermana no había dormido en mi casa ni una sola noche desde nuestro regreso.

Evité llamarla al día siguiente, confiaba en verla fuera del café esperándome mientras leía el *Libé*. Sólo vi las hojas secas de París.

Al acabar el turno, me preparé una omelette y leí unas páginas de un autor estadounidense que había sido finalista del Pulitzer con una recopilación de cuentos: Raymond Carver. Escribía sin oropeles y tenía una forma de presentar a la gente humilde que me recordaba a Camus, o por lo menos el efecto que causó en mí fue parecido: una melancolía carente de esperanza. Añadía la posibilidad de una leve redención.

Le pedí una moneda a Philippe y llamé a Lunette. El teléfono sonó en vano, de modo que subí a un autobús que me llevaría a su casa. Ese día París me pareció diferente, mezquino, con sus geometrías regias y sin el encanto de la nostalgia. Me molestó, y sólo sentí cierto alivio en el suburbio de Belleville, herido y pululante, con sus pobres diablos en la encrucijada. Cuando llegué al edificio de los Lorraine, me apoyé en el portal, tomé aliento y pulsé el interfono con insistencia. Nadie respondió. Me confundí entre la gente que fumaba en el bar de la calle y esperé. La familia de Lunette fue llegando poco a poco, pero ella no. Pensé en pedirle ayuda a Antoine. Al final, decidí apostarme otra vez allí a la mañana siguiente.

Así lo hice, y también al día siguiente, hasta que vi que una motocicleta inglesa metalizada se detenía frente al portal. La conducía un hombre de unos cuarenta años con barba y chaquetón de cuero. El pasajero era Lunette, con el pelo recogido en una coleta. Estuvieron un rato hablando y se besaron.

Volví a casa andando. Pasé por donde ella y yo habíamos pasado aquella noche, al salir del Louxor después de ver *El baile* de Scola. Me detenía cada veinte minutos para descansar y leer tres o cuatro páginas de Carver. En uno de los relatos, una pareja se peleaba por quedarse con su recién nacido después de la separación, era una tarde de nieve derretida. Tiraban del niño, él por un lado y ella por el otro. El asunto se resolvía de forma brutal. Yo era partidario de las soluciones invisibles, reprimidas, inocuas. Pululantes de remordimientos y hojas secas. Fui a ver a quien me había transmitido el sentimiento de la condescendencia. Monsieur Marsell me miró desde la fotografía con expresión soñadora. Le conté lo de Lunette y dejé otra piedra hebrea en la lápida. Antes de irme le dije «Tenías razón».

113

Madurez

Me marché un mes después. Apilé mis veintitrés años en la Spalding y en dos macutos de marinero, y le pedí a mamá y Emmanuel que me llevaran al Charles de Gaulle.

Fue una decisión que no topó con obstáculo alguno: mamá dijo que era la elección más inteligente, consultó las cartas y llamó a su amiga para decirle que había aceptado el trabajo en el bufete. Hablé con uno de los socios, el señor Leoni, y confirmé que era una buena oferta: seis horas al día por trescientas cincuenta mil liras al mes, además de pequeños incentivos. Les echaría una mano en las causas de extradición de ciudadanos extracomunitarios. El desgarro más difícil fue con el Deux Magots y con Marie. En el café organizaron un brindis con los clientes más asiduos, en el que participaron mis amigos pero no Lunette. Philippe se conmovió, yo no derramé una sola lágrima, me bebí cinco flûte de champán y me marché con Antoine. Mi amigo no se lo había tomado demasiado bien, y no dejaba de disculparse por el comportamiento de su hermana: ella era una cabeza de chorlito, pero Antoine creía que debería superar el trauma quedándome en París. Le dije que no era ningún trauma y que no quería volver a hablar de su hermana.

—Te conozco, Lib.

Mon ami tenía razón, estaba destrozado. Me ocultaba y no hablaba con nadie, aunque al principio mantuve mis costumbres de forma impecable y me puse una bufanda roja de mi padre que había encontrado en el apartamento de Marais. Incurrí en un único episodio deplorable en el Hôtel de Lamoignon: lloriqueé desconsolado con Marie. Evitaba dejarme ver por la calle, tomaba el metro lo mínimo indispensable, no volví a aparecer por la universidad... Estudiaba en casa, y a mamá le dije que sólo volvería de Italia para los exámenes.

Y efectivamente, me fui. Despegué del Charles de Gaulle en una tarde clara, y mientras el avión tomaba altura y mi vecino de asiento se aferraba a los apoyabrazos con una mueca de miedo, miré por la ventanilla y contemplé mi París, que desde lo alto es plateado, y lo desprecié con todo mi ser por su deslumbrante belleza: «Adieu!»

En Milán, me instalé en un estudio en corso Lodi, una calle de adoquines y raíles de tranvía muy cerca del centro histórico. El dueño era el mismo que nos había alquilado el apartamento cuando vivíamos en Italia. Llegué un martes y, en cuanto crucé la puerta principal, me senté en la Spalding repleta con el cuaderno de Lupin, unas treinta novelas y alguna ropa. Yo era el extranjero en casa.

Les había dicho a Mario y Lorenzo que aterrizaría el jueves para reservarme un día de invisibilidad. Me fui a vagar sin rumbo por la ciudad. Mi nuevo barrio, Porta Romana, era una antigua zona popular que se estaba poniendo de moda. Para los parisinos podría pasar por un perfecto arrondissement bobo. Me topé con dálmatas con correa y jubilados con cara de espanto. Algunas viviendas todavía tenían estufa de carbón; en mi estudio había calefacción individual y una ventana que daba a un jardín interior con un olivo.

Lo primero que hice fue escribir en el cuaderno: «Cruza el desierto de los tártaros.» Sabía que mi marcha de París era una huida, y que me había encerrado en una fortaleza contra el dolor de la que debía escapar. Tomé una pizza en un local egipcio debajo de casa y, mientras la comía, le escribí a la única persona con la que quería hablar:

Querida Marie:
El papel que te llegará probablemente esté manchado de rojo. No es mi sangre, sino una cuatro estaciones que me está haciendo compañía en este momento.
Milán sigue igual que como lo dejé, tiene el tráfico de París sin ser París. Pero ya ha mantenido su juramento de hacerme sentir como un perro abandonado. Te he prometido que explotaré esta emancipación, y así lo haré. Contraseña: azar. Soy incapaz de llorar, por lo que apenas termine de escribir me someteré a tus ejercicios. Ah, otra cosa: te echo mucho de menos.

Libero

Redacté esas líneas en una postal antigua con las lavanderas de los Navigli.[2] La metí en un sobre sellado y cogí el walkman que Marie me había regalado antes de marcharme junto con una cinta con temas seleccionados por ella. Allí estaban Mozart, Pink Floyd, Brian Eno, cosas de New Age y tal que ella usaba para llorar y liberar el organismo. Eso fue lo que me dijo: «Debes liberar el organismo antes de que se te sobrecargue de dolor y te comprometa.» Me

---

2. Los Navigli son los antiguos canales navegables de Milán, que unían la ciudad con las zonas limítrofes. Los que quedan al descubierto pueden verse en un pintoresco barrio al sur de la ciudad, repleto de locales y de animada vida nocturna. *(N. del t.)*

puse los auriculares, me tumbé en el sofá cama, le di al play y pensé en Lunette. El cine Louxor, las reuniones en el café y nuestras miradas clandestinas, los paseos hasta la place des Vosges, los labios suaves, Ettore Scola, el charlestón... Me faltaba el aliento y se me secaron los ojos. Salí de casa, tomé por corso di Porta Romana y continué por una calle estrecha que desembocaba en una plaza barroca sin tiempo, piazza Sant'Alessandro. Una iglesia la dominaba apareciendo como de la nada, majestuosa y casi desentonando, con su escalinata para bodas. Escogí el tercer escalón empezando por arriba. Los domingos, papá hacía que me sentara en ese mismo escalón mientras mamá estaba en misa. Me senté, él no estaba allí.

Marie me explicó que aquélla era una de las fases del luto: lloriqueos y colapso de la libido. Al principio, debería haber habido incredulidad por el trauma. Yo me la había saltado a pies juntillas, porque sabía desde el primer encuentro que Lunette era sinónimo de riesgo. Papá me lo había advertido, y mamá me confirmó la intuición de monsieur Marsell: era una chica extraordinaria, y lo extraordinario es difícil de controlar. Mi madre la había visto una vez después de nuestro regreso de Nueva York; Lunette aceptó tomar un café y buscó un pretexto para desvanecerse en cuanto pudo. Ahora era a mí a quien le tocaba desaparecer, pues si no me concedía esa parábola descendente, según Marie, comprometería mi magia. ¿Magia? «Oui, Grand, tu as la magie.»

Cuando me vi con Lorenzo y Mario, tenía ojeras marcadas y aspecto demacrado. Me abrazaron, estrujándome como lo hacíamos de críos. En ellos estaban mis opuestos. Mario Crespi provenía de una familia burguesa con un sentido del control innato. Sosegado, fornido, cauteloso, me había protegido desde el primer día de primaria. Era como un hermano mayor, aunque fuera un mes más joven que yo.

Lorenzo Bentivoglio era imprudente, elegante y fabulador; probablemente la cabeza mejor amueblada que yo había conocido.

Se interesaron por Francia, por la virginidad perdida, por mi trabajo en el Deux Magots. Y por Lunette.

—Putain —dijeron a coro tan pronto como les conté mis problemas.

Me pusieron al día: tan sólo Mario tenía novia, llevaba toda la vida con Anna. Una chica con un corazón que no te esperas. Y un lado oscuro.

—¿Oscuro?

—En la cama.

Y añadió que Anna lo hacía sentir completo. Me la presentaría cuando yo saliera de esa muerte roja. Eso dijo: muerte roja. Y antes de añadir nada más, me informó de que no leía novelas y estaba al día con los exámenes de Ingeniería. Lorenzo, en cambio, iba siempre por ahí con su Vespa Special, se pasaba el día en el bar Luna y era el mejor de su curso de Ciencias Políticas. Había encontrado la manera de ganar dinero: jugaba al tresillo en cualquier garito. Sacó de su chaqueta un billete de cincuenta mil liras.

—¿Quieres venir?

—He dejado las cartas.

Me aferré a ellos. A las charlas en el bar con Bentivoglio, saboreando su cóctel especial, y a los paseos con Crespi. La víspera de empezar en el bufete, mientras caminábamos por las tiendas de via Torino, Mario me recordó que Anna tenía una amiga que podía presentarme. Le dije que había perdido todo estímulo.

—Ella sabrá cómo resucitarte.

—Rien à faire, merci.

Cher Grand:

En primer lugar, quiero recomendarte un libro que no puedes dejar de leer, *Mientras agonizo*, de

121

William Faulkner. Sigue a la madre Addie Bundren y a su hijo Cash: te transportarán al limbo de la despedida y te garantizarán la fuerza del tránsito. ¿Sabías que Faulkner lo escribió durante tres semanas sobre una carretilla volcada cuando trabajaba de fogonero en una mina de carbón? Es la historia de un viaje. De ese viaje.

Ayer en la bibliò estuve colocando un expositor especial con los regalos navideños y no dejaba de volverme hacia el escaparate: podía verte allí, con tus ojos curiosos y el paso suave.

¿Y Milán? ¿Y todos esos abogados? He estado pensando que podrías encontrar alguno para tu Marie, en cuyo caso tomaría un tren mañana por la mañana. Por cierto, si no tienes intención de volver a París en el plazo de dos meses, ya iré yo.

Recuerda: no tengas prisa.

Tu M.

Me había enviado una postal con Betty Boop bailando el cancán. La traduje al italiano y la transcribí en el cuaderno de Lupin. Marie valía una página de mis mandamientos y la obediencia a sus consejos: para Faulkner, sin embargo, surgió el problema de encontrar una biblioteca, y lo cierto era que mis ganas de leer se habían extinguido. Y peor me iba con los estudios. En los últimos dos meses, sólo había habido un libro, *La insoportable levedad del ser*, abandonado a medias porque Kundera era magnífico en las relaciones frágiles y me despellejó. Sólo hallaba alivio al caminar, en nada más. Me esforzaba en evitar a los parientes lejanos, a los conocidos cercanos y el Milán que mamá me había preparado. Emmanuel me confió que madame Marsell estaba ansiosa: la idea de que estuviera solo en Italia la asustaba. Le hice un encargo: «Dile que me estoy enganchando al verdadero karma.» Manù se lo dijo, pero ella no se apaciguó.

Confié mi aterrizaje kármico a los pies. Me entregué a la caminata incluso la noche antes de empezar en el bufete. Fui por las callejas ocultas de mi vecindario hasta el parque Ravizza, un cuadrado de hierba raída estrangulado por el cemento. Me senté en un banco donde había un anciano con un alano perezoso. Me puse el walkman y me levanté, di la vuelta al parque once veces. Tenía el problema de la sobrecarga. La víspera de mi marcha, Marie me había hecho leer un artículo sobre interrupciones abruptas: un cerebro acostumbrado a producir endorfinas y dopamina con regularidad se verá metido en un lío si, de un día para otro, invierte esa tendencia. Estar con Lunette equivalía a un organismo acribillado de sustancias de bienestar, y su repentino abandono había acarreado una carencia química y un estancamiento energético. El único remedio era encontrar una vía de escape: el deporte (mi ilusión de siempre), la agresividad (mi irresolución de siempre), la comida, las drogas, el sueño o el sexo. Dormía cinco horas por noche, comía minucias, odiaba perder el control y carecía de erecciones; me quedaban las lágrimas y el «conatus sese conservandi» de Spinoza, por el que el profesor Balois me había preguntado en mi último examen en la Sorbona. El instinto de conservación, ese centelleo miserable que erradica el destino cuando lo creemos irrevocable. Se manifiesta subrepticiamente, ínfimo, decisivo. Lo noté en el parque Ravizza, tenía el aspecto de un aguijón en el estómago: Lunette, Nueva York, el brasileño, la moto inglesa y el cuarentón de barba descuidada... Apreté el paso y continué hacia la Bocconi, después por viale Toscana, la estrecha carretera de circunvalación que une Porta Romana con los canales de los Navigli, un recorrido que Lorenzo me había enseñado unos días antes. Enfilé la avenida y me topé con la primera chica, una nigeriana de unos treinta años. Me preguntó cómo me llamaba con voz amable. Ella era Marika y, si yo quería, podíamos pasar un buen rato juntos.

Llevaba los hombros desnudos y tenía un cuello esbelto, de mariposa negra. Observé la negritud en ella y en la chica que vino después, y en la siguiente, y a lo largo de los doscientos metros de la avenida. Mi conatus anidaba en el color que me había iniciado. Volví sobre mis pasos, me acerqué a Marika y le pregunté si podía acariciarle el cuello. Le dije que no tenía dinero, tan sólo quería acariciarla. Ese cuello era el de un amor perdido. Ella se alejó después de sonreírme.

Antes de marcharme, mamá me había regalado un trío de camisas y mandó que me acortaran tres trajes de papá. La mañana que empecé a trabajar en el bufete me puse el azul y metí en el bolsillo interior *El extranjero*. Me presenté a las nueve en punto en corso di Porta Romana, 23. Me acompañaron a ver al abogado Leoni, un señor que llevaba años y años jugando al bridge con la amiga de mamá. Después, la secretaria me enseñó mi sitio: una sala pequeña con otros cuatro chicos y una chica que destacaba, con flequillo y traje de chaqueta. En mi escritorio había una Olivetti, un bolígrafo rojo y otro azul, líquido corrector, folios en blanco, un teléfono... Delante había una ventana con la persiana a medio bajar y la chica que destacaba en su traje de chaqueta, que debía de rondar los treinta. Me dio la mano sin presentarse y reanudó su trabajo.

El Deux Magots, Philippe, los turistas, el furor de las reuniones, el cine Louxor, el apartamento de Marais y el sillón de papá, mamá y Emmanuel, Marie y el Hôtel de Lamoignon, el idioma francés, Roland Garros, las cedillas... Me faltaba el aire. Me senté y me quedé inmóvil. Luego tomé una hoja en blanco y escribí en letra muy pequeña: «Por todo lo insoportable.» Por esa razón había abandonado la Ville Lumière, la Ciudad de la Luz. La insoportable ausencia de papá. La insoportable ausencia de Lunette.

Más que un amor acabado, más que una desesperación o un sentimiento, Lunette era la depositaria de mi pureza. Al dejarme, había eliminado todo mi bagaje, dejándome a merced de la muerte de monsieur Marsell: me había vuelto otra vez invisible en el París de la consistencia.

La noche que vi a Lunette con el motorista me metí en la cama. Dos días después, me levanté y tomé la decisión de encomendarme a Milán, a Mario y Lorenzo: a lo que quedaba de mis raíces. Y a un estudio de abogados para regenerar el ímpetu de defender a los desarraigados. Durante veinticinco minutos nadie me dirigió la palabra. Después, la chica tiró de la cinta de la persiana sin conseguir levantarla. Al alzar el brazo para intentarlo de nuevo, su traje de punto azul se ciñó a su cuerpo. La ayudé.

—Mucho gusto, soy Libero.

—Frida.

Se llamaba Frida Martini, tenía treinta y un años y era la responsable de mi departamento. Dependería de ella para sacar a los extranjeros de las cárceles existenciales. Presumía de una licenciatura con las notas más altas en la Universidad Estatal, vivía en Assago y, en sus ratos libres, hacía escalada y mosaicos. Veía películas americanas y leía textos legales. Estaba a punto de casarse con un tipo que siempre calzaba unas Timberland y pasaba a recogerla al final de la jornada. Nada en ella destacaba en exceso. Tenía los ojos veteados de verde y un cuerpo proporcionado. En tres horas, me pidió que fotocopiara una sentencia completa y rellenara un formulario. Después, la oficina se quedó desierta para el almuerzo y yo fui a un parque público de cemento a veinte pasos del bufete. Saqué el único amuleto que me había traído de París: el carnet del Partido Comunista de mi padre. Lunette se lo había dado a Antoine para que me lo devolviera.

• • •

Durante la primera semana, fotocopié cinco sentencias y me convertí en el chico para todo que rebuscaba en el archivo del bufete. Sólo hablaba con la secretaria del señor Leoni, una madre de familia con las mejillas flácidas, y con Frida. Nos comunicábamos con monosílabos, excepto cuando la ayudaba con la persiana. Esperaba unos segundos antes de ofrecerle mi ayuda: dejaba que aferrara la cinta y la observaba. Tenía un trasero extraño, abundante y compacto. Fue la primera muestra de la vitalidad de Milán. Y me convenció lo suficiente como para tumbarme en el sofá cama de mi estudio y resucitar el cadáver de mi eros: pensé en ella con concentración, obtuve un esbozo de alivio y me quedé dormido.

En el bufete seguía con las fotocopias, y un día de la tercera semana, al salir de la salita, me percaté de que se burlaban de mí por mi atuendo. Papá tenía un estilo que sólo le pertenecía a él, y que a mí no me cuadraba. Comprendí frente a un espejo que esa hilaridad tenía justificación: los hombros de la chaqueta me quedaban caídos, por no mencionar los pantalones de payaso. Pedí ayuda a Frida, y ella me dijo que sí, que bastaba con unos toquecitos para solucionarlo todo. Me dio la dirección de un sastre y una sonrisa, y yo se la devolví con tres bisous en la mejilla. De esa manera rompí el protocolo. Era una técnica que Philippe me había enseñado en el Deux Magots para las clientas interesantes que dejaban propina. Un gesto arriesgado que descolocaba a esas mujeres generosas y vulnerables. «Azotar el potro», era la expresión que él utilizaba. Describe una aproximación que se salta los pasos naturales del proceso de seducción. Azoté el potro con Frida Martini, y lo que obtuve fue ropa acorde con los tiempos y una sonrisa sincera todas las mañanas. Así, a las seis semanas de mi entrada en el bufete Leoni, algo le sucedió a la parte de mí que preservaba la confianza en la mujer. Los franceses lo llaman «colibrí»: ese batir de alas rápido e imperceptible que el

126

alma masculina realiza para reconciliarse con la hermandad de Venus.

Ensayé mi vuelo. Tenía las alas cansadas, pero había que entrenar el aleteo. Comencé a mendigar la atención de las mujeres en cuanto tenía oportunidad: sonreía a la dueña del bar de debajo de mi edificio, a la cajera del supermercado, a las mujeres que me transmitían placidez y que no bajaban de los cuarenta y cinco años... Cada una de sus respuestas desinfectaba un poco más la laceración de Lunette; así supe que mi colibrí, aunque malherido, había sobrevivido. Lo comprobé una mañana, dos meses después de mi llegada a Italia. Paseaba por corso di Porta Romana. Era temprano para entrar en la oficina, de modo que seguí caminando calle abajo. Iba escuchando la K.377 de Mozart que Marie me había recomendado para casos de melancolía con parpadeos de esperanza. «Suivre le violon, Grand.» Tenía que seguir a ese violín, y le pisé los talones hasta que llegué a piazza del Duomo. Apagué el walkman y levanté la cabeza: la gran madre, la feminidad sanadora, voilà: una catedral de marfil. El Duomo, la Notre-Dame de Italia, y la ciudad que la albergaba: Milán. Los pináculos, los rosetones, las estatuas y los palazzi escondidos, los patios tímidos: había algo que provenía de mi París, pero que era menos desvergonzado. Una pequeña belleza que proporcionaba paz. Aquí había nacido, aquí estaba mi arquitectura del alivio. Menor, discreta. Era el ojo, antes que el corazón, antes que el cerebro, antes que el instinto eyaculatorio. Tenía que regresar para verla mejor.

Pedí ayuda a quienes poseían mi código originario. Mario y Lorenzo habían intuido que la explosividad de la Ville Lumière era el símbolo de la felicidad perdida y de una

127

juventud que había que diseccionar. Había que reeducar el ojo, la apertura al mundo. Había desanidado al colibrí, liberándolo en un nuevo bosque.

—Monta.

Ésta fue la palabra, y vino de Lorenzo. Nuestro azotacalles me ofrecía su histórico instrumento de indolencia, una Vespa Special a la que llamaba *Assunta*, el nombre de su abuela. Era de color salvia, y su sillín había acogido a chicas sucintas, a alguna mujer madura, a compañeros de aventuras y a su chucho *Palmiro Togliatti*. Me lo encontré frente al bufete Leoni un martes por la tarde, a eso de las siete. Lorenzo me ordenó que montara. Le contesté que debía volver a mi piso.

—¿Para qué?

—Para reflexionar.

—Monta.

Cuando llegamos a su casa para recoger a *Palmiro Togliatti*, supe que Lorenzo se las apañaba peor que yo. Vivía en un enorme edificio de Barona, la primera periferia milanesa. Se había mudado allí después de que la empresa de importación de su padre quebrara. Subió solo, y poco después bajó con aquel chucho trasquilado con ojos de ratón. Lo colocamos en el cestillo. Tenía una forma de disfrutar del paseo que me contagió: asomaba la cabeza como una jirafa y observaba la vida que se deslizaba ante él.

Lorenzo conducía de un modo un tanto temerario. Recuerdo los bocinazos de los coches que nos adelantaban y los gañidos de *Palmiro*, la tenacidad con que me aferraba a mi amigo mientras esquivábamos un choque frontal. Y recuerdo su voz pasando entre el tráfico de corso Buenos Aires («la mejor concentración de norteamericanas, recuérdalo, Libero»), corso Garibaldi y Brera («el Patuscino por su piano-bar, Café Resentin por los artistas»), la exploración de la zona de Sant' Ambrogio, donde se ocultaban los grandes patios interiores. Cuando veíamos un portal abierto, parábamos para colarnos en esos jardines privados, suntuosos y catárticos. Era un Milán áspero desde el exterior, íntimo detrás de las fachadas. El petardeo de *Assunta* reemplazó a Mozart y me acompañó todas las noches después del trabajo, y constantemente los fines de semana. Pagábamos a medias la gasolina, pero siempre conducía Lorenzo, y en las calles adoquinadas colocábamos a *Palmiro Togliatti* entre ambos: *Assunta* iba dando botes y los tres aullábamos al unísono en honor a la secreta belleza de Milán.

Las alas del colibrí volvieron a agitarse poco a poco. En el trabajo, sonreía a Frida y ella me correspondía, y seguíamos con los tres bisous: eran gestos de amabilidad que me ayudaban a digerir las tareas más aburridas. Pensé en Camus: ¿Adónde había ido a parar el ímpetu del extranjero? ¿Y la ética de la defensa? Consistía en una búsqueda en un archivo que olía a polvo. Había abandonado la misión en París, me estaba aferrando a la mirada. Me esforzaba por reconocer la gracia de los seres humanos, de las cosas, la acogida de las mujeres: *Assunta*, Lorenzo y *Palmiro Togliatti* eran el líquido amniótico de mamá y Marie. Y, sobre todo, de monsieur Marsell. Pensaba siempre en él, aunque nunca lo mencionaba. Su ausencia tenía la forma de un carnet plastificado del Partido Comunista firmado a toda prisa. Afloraba de la billetera, un amuleto en ciernes, y sólo lo saqué el último día de septiembre porque ése era el mes de mi padre: «Por los atardeceres, por las solapas levantadas de las chaquetas, porque en septiembre empiezan las cosas, cher Libero.» El olor de los cuadernos, los bistros repletos de humo y de historias de las vacaciones, las hermosas costumbres, París en otoño.

Encendí la lámpara de pie, la arrastré hasta el sofá cama y la dirigí hacia el carnet, hacia la cara de mon papa, que se parecía más a un científico que a un revolucionario. Le confié lo hermoso que podía llegar a ser Milán, le dije que los años de plomo y las matanzas y la especulación inmobiliaria lo habían dañado en sus distintivos, pero no tanto en su identidad. Aquí podía conseguirlo, en la ciudad del atardecer, y comenzar de nuevo. Llamé a mamá y se lo repetí, ella me contó que el monsieur Marsell universitario la recorría con su Bianchi cromada, el cigarrillo en los labios y un Borsalino très charmant.

—Ir en bicicleta por Milán es de locos.

—No, hombrecito de mundo. Es de gente libre.

Su Bianchi y nuestra Vespa. Voilà! Una tarde de octubre la estacionamos en el Arco della Pace y fuimos a pasear por el parque Sempione. Todavía era posible tumbarse en el césped. Los jóvenes se reunían allí para fumar, besarse, algunos incluso pernoctaban en sacos de dormir. En los estéreos sonaban Metallica, Alice in Chains, AC/DC, Bikini Kill... Palmiro deambulaba entre tanta felicidad, Lorenzo y yo le compramos dos cervezas a un vendedor ilegal y nos sentamos a beberlas en un banco. Después de abrir la mía, la dejé en el suelo y saqué mi billetera. La abrí y extraje el carnet de mi padre. Se lo enseñé.

Lorenzo lo miró y levantó el puño. Luego dijo: «Te pareces a él.»

Me parecía a él en constitución física y en esa particular atracción por las grandes esperanzas. Papá adoraba a Dickens, el escritor de los sueños cumplidos, y los únicos libros que protegía bajo la cama era suyos. Cura para el insomnio, suero de las ilusiones. De él había heredado los hombros estrechos y la confianza en las empresas humanas, por eso fui capaz de resistir aquellas primeras semanas en Milán. Creía en los pequeños virajes, en los milagros en la calle 34, en los goles de los porteros y en los pequeños acontecimientos que cambian el destino. Era el juego al estilo McEnroe: servicio y carrera a la red, el destino del punto está en las piernas.

Mi saque-volea llegó un mes después, cuando comprendí que el dinero no me alcanzaba. La gratificación de Leoni cubría la mitad del alquiler, y con los ahorros que me había traído de París no llegaría ni a la primavera. Mamá y Emmanuel me enviaban lo que podían —de eso comía tres semanas al mes—, y también estaban las llamadas internacionales, que me gravaban más de lo esperado. El apartamento de Marais seguía sin alquilarse, así que me vi forzado a hablar con los muchachos. Mario se ofreció a hacerme una transferencia, Lorenzo me comentó que estaban buscando un chico para todo en una taberna de los Navigli. Me acompañaron a la entrevista, también *Palmiro Togliatti*. El dueño era un señor en silla de ruedas, con el pelo recogido en un moño ensartado con un lápiz. Se llamaba Giorgio y estaba siempre enfurruñado. Mientras le contaba mi experiencia en el Deux Magots, me dijo que podía empezar de inmediato.

—¿Le valgo entonces?

—¿Es que quieres una invitación?

Los muchachos lo celebraron palmeándome la espalda, *Palmiro* aulló y yo no sabía qué pensar. Me volví hacia el Naviglio, que en otros tiempos había pertenecido a las barcazas y ahora era de los patos.

Esa misma tarde, descubrí que la taberna, un tugurio con diez mesas de madera, era el refugio de los vagabundos de Milán. Servíamos vino sangiovese de Romaña, chardonnay y cerveza Moretti de doble malta. En lugar de dos barriles de cerveza, teníamos uno; en el sitio que debía ocupar el otro encontré una cesta repleta de libros, discos y cachivaches. Hubiera sido un local ideal para papá. Giorgio estaba siempre situado detrás del mostrador, marcando los tiempos con el chirrido de la silla de ruedas, y yo servía las mesas. Y como dijo uno de los primeros clientes: «El francesito sabe lo que hace.»

Acordé salir media hora antes del bufete para llegar puntual a la taberna. A cambio, me encargaría de ir a buscar los bocadillos de mis compañeros al bar habitual. En aquellos días, el bufete llevaba el caso de tres inmigrantes de Burkina Faso que habían solicitado asilo político. El revuelo era general, y aquella mañana todos nos saltamos el almuerzo. Me preguntaba cómo un viejo con traje cruzado como Leoni y su chusma de burgueses podía preocuparse por gente tan desdichada. No lo entendí hasta el final del día: lo que estaba evaluando el bufete Leoni era la posibilidad de expulsar a aquellos tres desgraciados. La amiga de mamá jugaba al bridge con un fascista, y yo estaba a su servicio.

Todos los días recogía los pedidos uno por uno: Leoni siempre pedía un cóctel de camarones y un bocadillo de bresaola; los demás, bocadillos de jamón serrano y brie con salsas variadas, y Frida una ensalada nizarda. Tenía el mismo oficio en dos contextos opuestos: un bufete de abogados y una taberna mugrienta. La diferencia estribaba en la música. Cuando empezaba mi turno, Giorgio ponía a Guccini, a Lucio Dalla, a De Gregori y, a veces, a Queen o Bob Dylan. La música sonaba mientras yo ponía las mesas con manteles individuales de papel amarillo y un cisne de papiroflexia hecho por él. Giorgio tenía una barba al estilo Hemingway, una nariz agraciada y, según decía, el cuero cabelludo de trescientas mujeres. Me llamaba LiberoSpirito, todo junto, o Francesito para pincharme cuando rompía algún vaso. Yo servía con ojos asustados debido a la fealdad de la clientela: viejos desdentados y jóvenes solitarios, padres separados y esposas abandonadas. También chinos, africanos y exiliados de todos los rincones de Italia. Allí encontré la celda del extranjero.

132

Giorgio era seguidor del Inter y solía citar a Gramsci, y cultivaba su pasión por García Márquez y Pessoa. Su única afinidad conmigo tenía que ver con las mujeres de color y con los indios. Lo intenté con el foie-gras, y me insultó. Lo intenté con McEnroe, pero el tenis no lo convencía. Le hablé de una amiga francesa que me había aconsejado *Mientras agonizo*; entonces se me quedó mirando, deslizó la silla de ruedas hacia la portezuela que ocultaba el sitio de los barriles y sacó la cesta de libros. Había visto la novela de Faulkner el segundo día que estuve allí. Me la dio y dijo:

—En esas páginas también están mis piernas.

Giorgio me enseñó a servir la cerveza con la cabeza alta. Aquél fue un detalle que provocó toda una revolución. Llenaba jarras y observaba a la humanidad que apenas había rozado en el París de Belleville: caras desolladas por el cansancio, bocas sedientas, ojos pacientes de quien ha perdido demasiado. Bebían mucho y no hablaban casi nada. La taberna era un lugar de silencios y de tentativas de redención. Éramos colibríes que se refocilaban, y Giorgio era el ejemplo de quien había reanudado el vuelo. Había nacido un 30 de marzo, vestía camisas a rayas y cinturones El Charro, lanzaba pan seco a los patos del Naviglio. Como el Holden de Salinger, decía, que había buscado consuelo en los patos. Nunca decía si mi trabajo le satisfacía o no, pero tenía la habilidad de adelantarse a cualquier descuido por mi parte: simplemente me lo encontraba allí, a él y su silla de ruedas, en el instante que precede al problema. Me liberaba de un vaso antes de que lo dejara caer, me ablandaba a un cliente borracho, me ordenaba que trabajara duro cuando veía que la melancolía me asaltaba... El octavo día, intenté hablarle de Lunette. Me tomó del brazo y me preguntó cómo me llamaba.

Lo miré extrañado.

Él insistió:

—¿Cómo te llamas?

—Libero —dije, apartando su mano.

Giorgio me colocó bien la camisa.

—¿Respetas tu nombre?

Llegaba al bufete Leoni con ojeras y cuatro horas de sueño. Mamá intuyó la nueva existencia de su hijo y amenazó con tomar el primer avión si no le decía la verdad. Le hablé de mi doble trabajo y ella se conmovió, eres mi hombrecito de mundo. Le pedí que confiara en mí y me dijo que confiaría en mí. Sin preguntarme por Lunette y por el estado de mi corazón, se limitó a decirme: «Come mucha pasta, que te sostendrá.» Sondeó el terreno de la universidad, ¿estaba estudiando? Le respondí con un silencio y cambié de tema hablándole de la gran cantidad de perros que había en Milán.

—Hombrecito, te hablo en serio. No te olvides de los estudios.

Después de que ambos colgáramos, le dije en voz alta: «Te quiero, mamá.» Luego me encomendé a los muchachos. Mario se pasaba por la taberna a la hora del aperitivo, y pedía una cestita de pan fresco para mojar en tres tipos de salsas: la roja, de tomate sazonado; la verde, de perejil y ajo; la anaranjada, de pimientos. La taberna nunca había visto a un señorito como él. Lorenzo, en cambio, se hizo parroquiano y aparecía alrededor de las once, a veces con *Palmiro Togliatti*, siempre con *Assunta*, a la que daba gas ya desde la dársena.

Desde que era milanés, había eludido en varias ocasiones la invitación de los padres de Mario y la cita con su novia y sus amigas. Les había pedido a los muchachos que no llevaran a nadie a la taberna. Yo era invisible y quería seguir siéndolo. La única excepción eran Marika y las chicas que hacían la calle con ella: tan pronto como acababa en la taberna, iba en el autobús nocturno hasta viale Toscana y la recorría a pie. Las chicas me saludaban con recelo, hasta que les conté la historia de Lunette a dos de ellas. A partir de entonces aceptaron que me sentara al borde de la avenida. Me bastaba con mirarlas. Mirar a Marika con los ojos entornados, su silueta negra indefinida, la sinuosidad y la gracia de su postura... ¿Eres tú, Lunette? ¿Te acuerdas de los *Cuentos por teléfono*? ¿Te acuerdas de los jardines del Trocadéro y del Louxor? ¿Del sillón de Marais y de las notitas bajo la almohada? Le pregunté si sabía bailar, pero ella siguió sin hacerme caso. Luego, una noche cualquiera, se acercó y me dijo que claro que le gustaba bailar, pero que por la noche siempre estaba exhausta. «Entonces te llevaré a bailar por la tarde. ¿Te suena el charlestón?»

Eran días de vuelo y de caídas. Giorgio reconocía mis maremotos y ponía los discos de la remontada, Rino Gaetano y los Stones, o los del equilibrio, Fossati y Dalla. Guccini para estimularme. Frank Zappa como reconstituyente general. Una noche de ánimo funesto, me agarró por la manga y me preguntó si Lunette era guapa.

—Maravillosa.

Giorgio se lo pensó un momento.

—La aventura, Libero. Eso sí que es maravilloso.

Abrí los ojos después de que aquel hombre rudo pronunciara aquellas palabras: «La aventura.» Mi ceguera se desvaneció de repente y empecé a mirar. Esa misma tarde, volví a casa y fue como si entrara por primera vez en ella: el estudio era un agujero de tres metros por tres, incluido el baño. Había un sofá cama y un armario de doble hoja, una mesita y una cocina con una nevera de hotel. El único lujo era un teléfono inalámbrico Panasonic. Tenía los libros apilados en el centro, lo que me obligaba a hacer malabarismos para salir. Faulkner estaba en lo alto de la columna. La idea de abrirlo me pesaba tanto como me aterrorizaban los estudios: me faltaban aún siete asignaturas y la fiebre por convertirme en abogado. Leoni había contaminado aquel objetivo. Dejé de pagar las tasas universitarias sin decir nada, y disparé mis últimas salvas en el bufete. Mi sitio no había cambiado, a excepción de un paquete de rotuladores para una nueva tarea: subrayar los puntos útiles de antiguas sentencias. Me mostraba impecable, puntual, siempre disponible. Frida estaba al corriente de mi trabajo en la taberna y se ofreció a echarme una mano aligerando mis cometidos. Rehusé y continué a su servicio como un soldado.

Hasta que un día la vi llorar. Ocurrió la misma tarde en que dimos por cerrado el planteamiento de la causa de Burkina Faso. Estaba sollozando en el pasillo, y en cuanto me vio corrió al baño, apartándome. Cuando regresó, le ofrecí un pañuelo. Siguió así toda la semana. Se hizo con reservas de kleenex, hasta que un miércoles por la mañana acabó con una crisis de angustia poco después de llegar a la oficina. Estaba temblando detrás del escritorio, tratando de que nadie la viera. Le pedí que me siguiera al archivo. Se levantó y, cuando nos encerramos en el pequeño almacén de las carpetas, me la encontré de pronto abrazada a mi costado, llorando. ¿Era por el trabajo? No, el trabajo no tenía nada que ver. Se quedó en silencio, se secó las mejillas y se sonó la nariz. Luego dijo que estaba decidida a anular su boda. Amaba a su novio, pero quería recuperar su libertad después de todos esos años. ¿Cuántos años? Once.

—El amor es una mala bestia, Libero.

—Bien que lo sé, Frida, estoy aquí, en Milán, por esa mala bestia.

136

Y así fue como empezamos a compartir confidencias. Yo le hablé de Lunette, y ella me contaba todas las mañanas en qué punto se encontraba el desmoronamiento de su relación. Su futuro marido, el de las Timberland, se lo había tomado muy mal. Fue entonces cuando le aconsejé *El filo de la navaja*. Se lo leyó en un fin de semana, y el lunes me dejó una nota en el escritorio: «En vilo como Larry. ¿Encontraré la meta, como Larry?» Le indiqué que nos viéramos en el archivo y, cuando entró, le pregunté si podía abrazarla. Me miró con cierta inquietud, pero asintió. La abracé con fuerza, a ella y su perfume —siempre olía a almizcle blanco después del almuerzo—, le acaricié el pelo. Tenía dos posibilidades: apartarme o sondear su malicia. Opté por azotar el potro. Le sugerí *El amante*.

—Un libro para gente apasionada.

Se lo pensó un momento.

—Podría ser conveniente, en mi caso.

Manejaba la sensualidad de forma inconsciente, aunque sabía mantenerse en el territorio que precede a la seducción. Empleaba las piernas para caminar, la boca para hablar, los pechos como oropel, las nalgas para sentarse: Frida Martini se atenía a su funcionalidad burguesa, que acaso encubría algo insospechado. La idea de sacarlo a la luz me estimuló.

Aquella noche tomé un bocadillo con Mario, Lorenzo y *Palmiro Togliatti*. Los muchachos vinieron a buscarme al cierre de la taberna y fuimos al bar Crocetta, el histórico lugar de encuentro de los taxistas a la hora de la pausa. Pedimos tres de atún y alcachofas, y recuerdo que *Palmiro* se conformó con los pistachos que le pasábamos por debajo de la mesa. Era de noche y me sentía aliviado. La primera vez desde la muerte de papá. Una calma total e incorruptible. Duró lo que tardé en dar un mordisco al bocadillo, que sabía a salsa tártara. Cuando esa sensación se acabó, me dejó exhausto. Me quedé dormido donde estaba, y fue Mario quien me despertó. Me llevó al coche y allí, mientras volvíamos a casa, reclinado en el asiento trasero con *Palmiro* encima, comprendí que podría conseguirlo.

Dos días después, al llegar al bufete advertí que la gabardina Burberry de Frida estaba tirada sobre su escritorio, junto con el papeleo habitual. También había un kleenex manchado de algo que parecía sangre. Era el viernes anterior al día de Difuntos y Leoni lo había dado libre, menos a los que estábamos trabajando en el caso de un desastre petrolero frente a las costas de Sicilia. Frida y yo éramos los únicos en nuestro departamento. Esperé hasta las once, pero ella no apareció. Salí y deambulé por los pasillos, y cuando me topé con la secretaria de Leoni le pregunté si Frida estaba reunida con el jefe. Me dijo que se había cruzado con ella temprano por la mañana y que no la había visto más. Recorrí, sin encontrarla, los baños y los despachos. Regresé a mi departamento, cerré la puerta y volví a acercarme a su sitio. Cuando recogí la gabardina, vi que en la mesa había más sangre, gotas que manchaban la silla y la alfombra. Mire con más atención: un papel asomaba del bolsillo de la Burberry. Era un sobre abierto y vacío, sin sello, y se leía algo escrito con mala caligrafía: «Para Frida.» Lo devolví a su sitio y limpié las manchas. Me senté sin poder apartar la vista del sobre que asomaba del abrigo. Me quité la corbata de color burdeos que monsieur Marsell reservaba para las excursiones fuera de París. Pensé en avisar a alguien, desistí y opté por darme tiempo. No había recibido instrucciones, aparte de una breve búsqueda de casos históricos sobre los desastres petroleros de los últimos veinte años. Fui al archivo y busqué en los años setenta. Estaban en la estantería más alta. Tenía un método infalible para encaramarme a la escalera y lanzar las carpetas sobre el puf abandonado en la esquina.

Hice una pausa antes de pasar a la siguiente década. Desde allí arriba, el archivo parecía un almacén de trastos. Había pliegos de documentos amontonados, cajas de Asti Cinzano que le habían regalado a Leoni y que nunca se habían abierto, escritorios con carcoma, viejos teléfonos y una serie de litografías de Milán apiladas contra la pared. El olor a polvo se pegaba a la garganta. Todas las paredes estaban revestidas de estanterías repletas —excepto una con las baldas vacías—, y en un extremo había dos puertas siempre cerradas con llave. Ese día, una de las dos estaba entornada. Se filtraba un hilo de luz. Bajé la escalera y me acerqué. La abrí un poco más... Y ahí estaba Frida, sentada en un sillón y casi de espaldas. Llevaba unos auriculares y tenía el pulgar izquierdo envuelto en un pañuelo. Estaba leyendo a la luz de una lámpara azul. Llamé a la puerta, no me oyó. Volví a llamar. De los auriculares llegaba una música apagada. Cuando ya retrocedía para salir, de repente ella se dio la vuelta.

—¡Libero! —exclamó, quitándose los auriculares y llevándose una mano al pecho.

—Frida, yo... Verás, la puerta estaba abierta.

—Dios santo... —Le costaba respirar y tenía las mejillas surcadas de lágrimas. Dobló la hoja que estaba leyendo y el pañuelo que le envolvía el pulgar acabó en el suelo. Tenía el dedo manchado de sangre, se lo cubrió de nuevo, respiró hondo y dijo—: Menudo susto me has dado.

Era un agujero olvidado en el bufete de Leoni. Antes de la reforma, Frida lo había utilizado como despacho temporal, después como refugio para la siesta, y al final para tomarse un respiro cada hora. Hacía un año que se encerraba allí en cuanto tenía ocasión. Había comprado una lámpara Fiorucci, azul y con ángeles, y había colgado detrás de la puerta un póster de Hopper: una mujer sentada en la cama iluminada por la luz de la mañana. Del archivo se había traído un sillón y dos pufs. Los había cubierto con fulares indios y cojines orientales. *El amante* estaba en un atril de biblioteca, al lado de un pequeño espejo y un estuche del que asomaba una máscara. También vi un calefactor medio oculto y un paquete de bollos abierto. Se había cortado el pulgar al desenvolver un buda que le había regalado su madre aquella misma mañana. Destacaba al lado de la Fiorucci, con el vientre hinchado y la cabeza reluciente.

—Déjame ver. —Le cogí la mano y comprobé que el corte era profundo.

Fui al baño por agua oxigenada y algodón y se lo desinfecté mientras ella volvía a ponerse los auriculares para soportar mejor la punzada de dolor. Le sujeté el pañuelo con un poco de celo.

—¿Qué estás escuchando?

—Mike Oldfield. —Apagó el walkman y me miró—. Quédate si te apetece.

Y allí me quedé, holgazaneando. Me senté en el puf con la espalda apoyada contra la pared y observé la pequeña habitación. Aquel agujero me resultaba muy familiar. Mi cuarto en la rue des Petits Hôtels, el almacén del Deux Magots que utilizábamos como vestidor, la cocina de mamá, el cubículo de Deauville, la trastienda de la taberna: eran crisálidas que te reconciliaban con el mundo o te arrojaban a él. Y todos tenían el mismo olor: a algo vivo. El escondite de Frida me trajo consigo esa peculiar sensación de intimidad. La misma sensación que cuando le pedía a monsieur Marsell que nos adentráramos en el mar con el bote para quedarnos allí él y yo, la misma que cuando localizaba un nido de golondrinas recóndito, o los espacios bajo las camas, tranquilizadores. Aquel día no le confié a Frida —ni a nadie más— que por primera vez desde mi llegada de

París, aunque fuera por unos instantes y medio acobardado, me había sentido como en casa.

Me levanté y le dije que tenía que terminar el historial del caso. Sentía haberla molestado. Le guardaría el secreto.

—¿De verdad?

—Bien sûr.

La hoja que Frida estaba leyendo era la carta de despedida de su ex futuro esposo. En ese mes de distanciamiento, el chico de las Timberland había comprendido que la separación era lo mejor, y le daba las gracias por haber tenido la fuerza de decirle adiós. En los días que siguieron, Frida se refugiaba en su escondite tres veces al día y volvía con los ojos hinchados y el pelo desgreñado por los auriculares. Me ordenaba lo que debía hacer, y no volvió a mencionar mi intrusión hasta que, en una pausa para almorzar, me dijo: «Como el refugio de Ana Frank.» Y me contó que conocía bien el *Diario*, y que buscaba por todas partes la misma protección que aquel refugio secreto le había brindado a Ana.

—¿Leoni hace que te sientas así?

—Es el único libro que me recomendó mi padre.

Encontramos un silencio de comprensión. Nos entendíamos con una simple mirada. Yo preveía mis obligaciones y las llevaba a cabo de buen humor. Aliviaba y ayudaba. Era el señor del archivo, mi método de lanzar las carpetas al puf me permitía emplear la mitad del tiempo. Pronto corrió la voz por todo el bufete y comencé a investigar para todo el mundo. El polvo me hacía estornudar y la altura me hacía sonreír. El hecho de permanecer en lo alto de la escalera cinco horas al día me dio una nueva perspectiva: el caos que había a mis pies era nuestro laberinto particular. El orden es una cuestión de vértigo. Y de refugios secretos.

Me invitó oficialmente a su refugio un viernes por la tarde. Estaba en mi escritorio, subrayando un pleito de indemnización entre un particular y el Estado. Frida se desperezó en su traje de tweed y me indicó que me reuniera con ella en el archivo. Cuando llegué, vi que la puerta del escondite estaba entreabierta. Llamé y me susurró que entrara. Estaba en el sillón y tenía en las manos *El amante*. Dijo que la historia la había trastornado. ¿Dónde podía hallar una liberación como la de la protagonista? ¿Dónde podría encontrar, palabras textuales, a un rico y apuesto indochino en Milán? Sonrió e hizo ademán de devolverme el libro. Lo rechacé: era un regalo. Frida se levantó del sillón y permaneció inmóvil, tan rígida como cuando trabajábamos. La Fiorucci la veteaba de azul. Se veía desmañada e inesperadamente deseable. Abrazó la novela y cogió la caja de bollos para ofrecerme uno. Luego, mientras se sentaba en el puf, insinuó la audacia de Duras al escribir sobre el sexo de aquel modo.

—Es autobiográfico. —Me puse a su lado—. Imagino que a todas las mujeres les gustaría hacer algo así.

Se lo pensó un momento.

—Supongo que sí.

Sus brasas, incubadas bajo la ceniza burguesa... Me arriesgué.

—¿Tú lo harías?

—¿Escribir un libro sobre sexo?

Asentí. En aquella posición, la falda le quedaba por encima de la rodilla.

—No podría.

—¿Y lo demás? —Le di el bocado final a mi bollo—. Me refiero a afrontar el sexo como la protagonista.

Probó el suyo.

—¿Y quién no?

En ese momento me vino a la cabeza un planteamiento imaginativo surgido una noche en la escalinata del Sacré-Coeur. Se le ocurrió a Antoine, inspirado por una de sus investigaciones matemáticas sobre la percepción humana. Había leído algo acerca de un neurocientífico estadounidense que había logrado establecer el peso de la soledad, extrayendo de ello una ley: si dos individuos con el mismo grado de soledad se encuentran, el resultado será la neutralización de ambas soledades. Si uno de los dos posee una mayor sensación de abandono, sufrirá un empeoramiento de su estado inicial. Antoine había ido más allá de estas hipótesis para plantear su propia teoría de los lugares emotivos: cuanto más evoca un lugar arquetipos infantiles, en mayor grado será capaz ese mismo lugar de eliminar las superestructuras adquiridas en la edad adulta, derribando los frenos inhibidores. Para ilustrar su hipótesis, había clasificado las distintas tipologías de soledad a partir de las condiciones existenciales (abandonos, duelos, mudanzas, pobreza y otros desastres) y de la arquitectura de las emociones (infancia en casas grandes, metros cuadrados de bienestar, jardines de la felicidad, etcétera). Logró demostrar que dos personas solitarias que comparten un lugar querido por ambas podrían revolucionar su bagaje psicoemotivo y desarrollar sólidos entendimientos. El resultado fue un trabajo reconocido con las notas más altas en la parisina Universidad Pierre et Marie Curie.

Antoine, sin embargo, había planteado una ulterior teoría privada: había extrapolado esas elucubraciones mentales al contexto de la seducción, estableciendo un sistema que calculaba la posibilidad de éxito con una mujer en ambientes determinados. En su momento, le dije que aquello era una perversidad, pero el día que Frida me habló de Duras le escribí y le expliqué mi situación: ¿podría aplicar sus parámetros a mis variables? Le pedí que guardara discreción absoluta, y le pregunté si se estaba preparando para ir a Estados Unidos. Le deseé bonne chance y añadí que lo echaba de menos. Ésa era, de hecho, la auténtica razón por la que le había escrito: Antoine era mi lugar emocional y hacía mucho que no lo frecuentaba. Ahora necesitaba que

143

me ofreciera un salvoconducto para un refugio, y para la aventura.

Confié mis turbulencias a *Palmiro Togliatti*. Le pedí a Lorenzo que me lo dejara un sábado por la tarde, era un perro que me hacía sentir bien. Viejo, cariñoso, dispuesto a cualquier apuesta. Paseamos juntos por viale Monte Nero, la elegante calle que se encarama desde Porta Romana hacia al nordeste. Nos gustaba recorrer las vías del tranvía cubiertas de hierba. Cuando llegamos a Porta Venezia le ofrecí una tarrina de helado de crema de leche, Lorenzo me había dicho que lo volvía loco, al igual que los palitos de pescado. Lo estuve observando mientras lamía dos bolas de helado, y luego mientras olisqueaba a una perrita en los jardines de Palestro, a la que su dueña apartó tras mirarme mal.

Tomé a mi pequeño chucho en brazos y él empezó a mordisquearme el cuello de la cazadora. Le dije que sí, que esa forma suya de meter la nariz en cosas nuevas, pues eso, que tal vez estuviera listo yo también, tal vez fuera realmente la noche en que caerían los últimos miedos. Est-ce que tu as compris, *Palmiro*? ¿Me entiendes, amigo mío?

La carta de Antoine, manuscrita, llegó cuatro días después. Me decía que todo estaba listo para su marcha a Estados Unidos, y que la idea lo excitaba y asustaba. ¿Iría a visitarlo a California? Mientras tanto, les había regalado a sus padres el cum laude de la tesis y la promesa de regresar a Francia dos veces al año. En los últimos tiempos se aburría mucho en París, y me anunció que el grupo del Deux Magots se había disuelto por falta de estímulos. Las novedades eran una veinteañera de amplias perspectivas sexuales y la posibilidad de dar un salto a Italia antes de cruzar el océano. Me explicó que sabía demasiado poco acerca de esa Frida como para aplicar las variables de su teoría. No obstante, a mí me conocía bien y sabía que mi soledad siempre había llevado a buenas cosechas. «No te la guardes para ti, mon ami. Y mete mano tanto como puedas.» En la penúltima línea leí: «Recuerdos de Lunette.» Y en la última: «Yo también te echo de menos.»

Fui al bufete con la carta de Antoine en el bolsillo y trabajé sin levantar la vista hasta la hora de salir. Mis turbulencias se sustentaban en algo que ignoraba, pero que en el fondo sabía: colisionar con un alma femenina que no fuera la de Lunette me violentaba. Yo quería carne, no espíritu, ésa era la verdad. Mi corazón era impermeable. Sentía que no podía volver atrás, pero tampoco avanzar. Llegué a la taberna con esa verdad y estuve charlando con Giorgio. Le hablé de mi deseo de carnalidad, de mi añoranza de París, de mis amigos, de mi impermeabilidad al sentimiento, y aludí al escondrijo: el peso de mi soledad era macizo.

—Lo sé, LiberoSpirito.

Me lo quedé mirando.

—Tú y yo somos dos pesos pesados. —Sonrió.

Le hablé de Frida y de cómo custodiaba algo no identificado. La silla de ruedas crujió y Giorgio se quedó pensativo.

—Podríais seros de ayuda el uno al otro. O maltrataros. Pero hay que aceptar el riesgo si se busca lo sublime. Debes hacerle sentir que vais en la misma barca.

Eso me dijo: hay que aceptar el riesgo si se busca lo sublime. Me preguntó si me apetecía jugar a los dardos antes de abrir. Acepté e hicimos diez lanzamientos cada uno. Me contó cómo había perdido las piernas: había sido campeón de saltos desde acantilados durante tres años consecutivos, y en una competición en Amalfi se equivocó al zambullirse a causa del viento. Antes de lanzarse le dolía la cadera, un dolor que arrastraba de la etapa previa en las Azores, pero decidió saltar de todas formas, ya fuera por inconsciencia o por la belleza de la empresa. Estaba a punto de cumplir treinta años y de casarse con su novia.

—Cada uno de nosotros —me dijo— acepta superarse para pertenecer a algo más que a sí mismo. Si tu amiga se percata, alinearéis los pesos. —Lanzó el último dardo—. Y ahora, a trabajar.

Ambos nos adentramos en un territorio cercano a la amistad. Él evitó ser el padre que yo había perdido, y yo el hijo que él nunca tuvo. Encontramos un purgatorio afectivo que me llevaba a llamarlo para recibir consejos culinarios o para largas charlas consolatorias, y a él a pedirme que fuera a su casa los fines de semana para hacernos algo de compañía. Vivía en Città Studi, un barrio ya muerto y sumido en el ocaso. Se había instalado en un piso de cuatro habitaciones, papel pintado de color salmón y carpintería de los años treinta. Vivía con cuatro gatos, tres guitarras y las paredes decoradas con las fotografías de una juventud pasada en los acantilados. Aún seguía teniendo una cocina económica, en la que solía calentar un par de zapatillas para mí. Me las ponía, y continuaba manteniéndolas calientes con los pies cruzados al lado del fuego mientras él cocinaba. Fue allí donde recibí la llave definitiva para el escondite de Frida. Me la trajo él, metida en una caja: un hervidor eléctrico y un paquete de infusiones de espino blanco.

Llegué al bufete y lo llevé todo al archivo. Iba sonriendo solo por la sugerencia de Giorgio, saltador y hombre de conquistas. Tuve tiempo de encaramarme a la escalera y arrojar abajo dos carpetas, antes de que Frida apareciera por allí.

—Libero, me harían falta dos casos del setenta y tres.

Bajé de la escalera —ella me miró, extrañada—, cogí el hervidor y se lo di. Dejé para el final las infusiones, el enésimo legado indirecto de monsieur Marsell, vendedor de brebajes naturales. Le dije que el espino blanco casaba con la placidez del buda y con los cambios de rumbo.

Frida observó el hervidor y el paquete de infusiones, titubeó, se puso de puntillas y me dio un beso en la mejilla. Luego rebuscó en los bolsillos, sacó la llave del refugio secreto y abrió. Encendió la Fiorucci y dijo: «Adelante.»

Preparamos el espino blanco y Frida sacó miel de melaza, ideal para esas infusiones insípidas. Yo estaba cohibido e inquieto, y empleé la invisibilidad para aligerar mi presencia. Me sentía el segundo buda del escondite, pacífico y sabio. Le aconsejé que viviera la separación de su novio como una oportunidad, porque éramos islas sin mar próximas al océano. Islas sin mar. La tarde siguiente, y la que siguió, me invitó otra vez a su refugio, hasta que se convirtió en una cita fija. A media mañana y para merendar. Nos dábamos un tiempo máximo de diez minutos para no levantar sospechas. Yo me sentaba en uno de los pufs, ella llenaba el hervidor y ambos esperábamos el gorgoteo comentando poco sobre el trabajo y más sobre nuestras vidas. Le hablé de papá, del maletín con las flores de Bach y de cómo el mal de amores había sido tratado en el curso de los años con gotas de terapia floral al coñac. Le hablé de París y de la gracia esquiva de Milán. De *Palmiro Togliatti* y de la pizza que hacían los franceses. Ella me habló de su hermano drogadicto, que se pinchaba y al que sus padres habían echado de casa. Ahora estaba en un centro de rehabilitación. Me dijo que sentía debilidad por el arte del siglo XX y por Ámsterdam —eso también venía de Ana Frank—. Luego nos quedábamos en silencio, con los ojos entornados, y nos echábamos a reír de repente. El refugio secreto era un cobijo que nos hacía sentir bien y, sobre todo, que me despertaba. Cada vez que entraba allí, sentía un eros apremiante que me oprimía. Traté de diluirlo en las confidencias. Pedía permiso en el umbral, mi puf se volvió sólo mío, al igual que un reposabrazos del sillón donde apoyaba los pies. Ella también los apoyaba. Nos rozamos las piernas en dos ocasiones. Y las manos. Un día apoyó la cabeza en mi hombro mientras hablábamos sobre cómo preparar el tartar. Entonces sentí que podía.

Estábamos uno al lado del otro y las infusiones humeaban. Las dejamos en la mesa para que se enfriaran y seguimos charlando. Aquella tarde tratábamos de explicarnos por qué el cielo de Milán nunca es como el azul de la Fiorucci. Le dije que había nacido del acero, mientras que el de París tenía cobalto y blanco, nunca vías intermedias. Me encontré con una mano en mi rodilla, y la mía en la suya. Ella la mantuvo firme, yo dejé que la mía subiera y recuerdo cuánto me costó seguir hablando mientras llegaba a la mitad de su muslo. Sentí la consistencia de su carne, me sonrojé. Frida respiraba con lentitud y levantó su rostro hacia el mío. Nos besamos despacio. Sus mejillas estaban calientes y sus labios, fríos. Le aparté el pelo de la cara, la atraje hacia mi boca y ella respondió con ímpetu.

Quizá fue a causa del refugio secreto o de las confidencias, quizá de la teoría de Antoine, tal vez del espino blanco, el caso es que tuve acceso franco a aquella chica en traje de chaqueta. O tal vez fue a causa de la soledad, y de nuestro espeso lastre.

Conseguí llevarme conmigo la sensación de su muslo en mi mano. Tibio, torneado. Y su falta de resistencia. Eso fue lo que me excitó, su rendición. El simple hecho de haber conseguido erosionar su aplomo me obligó a encerrarme en el baño después de salir del escondite, para desahogar por mi cuenta el ímpetu recobrado. Fue un clímax primitivo. Cuando terminé, supe con certeza que mi soledad y cualquier posibilidad de sentimiento tenían que pasar por el cuerpo. Y Frida Martini era ese cuerpo. Me lavé la cara y, antes de volver a mi mesa, me miré en el espejo: un casi hombre que no abandonaba su juventud de funambulista. ¿Sigues siendo tú, Libero Marsell? Volví al escritorio. Frida estaba hojeando una sentencia, absorta, y se había recogido el pelo en un moño con un alfiler ámbar. De pronto, me ordenó que fuera a buscarle unas sentencias antiguas, y cuanto antes. Habló sin levantar la vista.

Yo sentí una especie de hastío prehistórico que provenía de esas maneras de burguesa remilgada que la caracterizaban, y que concentraba en la abogacía. Frida disimulaba su lado insospechado con su sometimiento al trabajo. La fragilidad maquillada como fuerza: ésa era la esencia que me hacía rebullir.

Le conté a Giorgio las fluctuaciones a que me enfrentaba. Las aproximaciones vacilantes en aquel escondite, los largos besos, las manos entrelazadas, las tímidas exploraciones emotivas, la cháchara superficial... Y también las órdenes desdeñosas y la frialdad repentina, y sobre todo la sensación de ligereza que ya empezaba a sentir. Brindamos por los altibajos con vino sangiovese y *Libertango*, de Astor Piazzolla, que inauguró la remontada. Notaba cómo la ausencia de Lunette iba diluyéndose. Marie me había anticipado que la verdadera reconstrucción estaba cerca. Mientras tanto, me contentaba con mis alivios momentáneos y pensé en la pregunta que me había hecho Giorgio mientras secábamos las tazas: ¿De qué sirve insistir con una chica como Frida? No había respuesta, porque la respuesta era yo mismo. Quería una nueva aventura, forzar los frenos inhibidores y sacar a la luz la impudicia de quien parecía inmune a ella. La audacia alimentaba ahora mis sentimientos.

· · ·

Marie:

He comprado una mesa de camping y la he colocado junto a la ventana. Mientras escribo, veo un edificio con mosaicos en los balcones. Hay un hombre que riega los geranios con una mano mientras con la otra se arregla el cuello de la camisa. Se parece a Marcello Mastroianni. Me he dado cuenta de que tengo una ventana. Algo ha cambiado. No es magia, pero tiene el mismo aroma que cuando subí a tu casa y comimos ciruelas con beicon y te pedí que me enseñaras las tetas. ¿Es obscenidad o se llama «vida»? Sea lo que sea, quiero seguir sintiéndolo.

Te imagino en medio de tus libros, dales recuerdos y diles que, tarde o temprano, volveré a reunirme con ellos. Y ahora dime: ¿cómo estás tú?

Tu Grand

Lorenzo se ofreció a acompañarme para echar la carta para Marie al otro lado de la ciudad. Me dijo que *Palmiro Togliatti* preguntaba a menudo por mí, lo notaba cuando, al montar en *Assunta*, se volvía para mirar el asiento vacío del pasajero. Habían venido a recogerme tocando la bocina desde el principio de corso Lodi. Les di la bienvenida acariciando las orejas al chucho y fundiéndome en un abrazo con Lorenzo. Un abrazo como aquél sólo había tenido lugar en una ocasión, en el campeonato de natación de quinto de primaria, cuando llegué el último en los cien metros espalda, golpeando con los brazos contra las corcheras de las calles. Salí del agua, me puse el albornoz y, para llegar a los vestuarios, tuve que pasar por delante de todo el colegio, que se reía de mí desde las gradas. Lorenzo saltó por encima de las barandillas y vino a mi encuentro.

Arrancó la Vespa y yo monté tras él. *Palmiro* alargó el cuello cual jirafa, y así nos alejamos calle abajo. Durante el trayecto permanecimos en silencio, con *Assunta* petardeando y Lorenzo dando gas, arriesgándose en cada curva. Milán iba desfilando ante nosotros, solitaria y tímidamente hermosa. Nos desviamos en San Babila, en dirección a Porta Venezia, y tomamos las callejuelas de detrás. Nos detuvimos frente a la villa de los flamencos rosados, que abrevaban en el estanque del jardín y a veces se aventuraban hasta la puerta. Los vimos muy cerca, *Palmiro* ladró y arrancamos otra vez hacia un buzón de correos elegido al azar en el barrio de Isola, un cuadrilátero recortado entre el ferrocarril y el Cementerio Monumental. Eché la carta y me ofrecí para pagar la gasolina. Lorenzo rehusó y, a cambio, aceptó una cerveza en un bar de via Borsieri. Aparcamos a *Assunta* al lado de un cartel de Amaro Ramazzotti y, cuando nos disponíamos a entrar, vimos que no aceptaban perros. Así que seguimos a pie y elegimos otro local en la calle paralela. Fue allí, ante dos cervezas Dreher, cuando Lorenzo me contó que su padre había encontrado a una mujer más joven y se había ido de casa.

—¿Cómo es? —me preguntó—. O sea, cómo es eso de tenerlos separados.

—Un trozo aquí y otro allá. —Tomé un sorbo de cerveza—. Te acabas acostumbrando.

Cuando salimos, bordeamos las vías del ferrocarril y fuimos a parar al final de via Borsieri. La recorrimos paseando, mientras le explicaba que el aspecto más curioso del divorcio es la doble familia, una ventaja si sabe usarse con pericia. Él dejó de escucharme y yo de hablar. Nos quedamos mirando el cartel de la botella de Ramazzotti y el vacío alrededor: *Assunta* había desaparecido.

Recuerdo la carrera, la irrupción en el bar que nos había rechazado para preguntar si habían visto algo, las dos horas siguientes recorriendo el barrio de Isola y la zona norte con la ayuda de Mario. Luego, el epílogo en la comisaría, los ojos de Lorenzo que parecían albergar una nueva y dramática separación, yo cogiendo el autobús y despidiéndome desde la ventanilla, *Palmiro* mirando cómo me alejaba.

Aquella noche, Mario se pasó por la taberna y me anunció que había pensado en el único antídoto para Lorenzo: comprarle una nueva Vespa. Él conocía a un mecánico que las arreglaba, tenía dos 50 Special listas, una azul pastel y una roja tuneada que tenía precio de coleccionista. Me preguntó hasta cuánto podía llegar. Eché cuentas. Pidiéndole un pequeño adelanto a Giorgio alcanzaba las doscientas cincuenta mil liras. Mario se ofreció a poner el resto con la aportación de su padre y de otros amigos. Me aseguró que la Special azul era una maravilla, tenía incluso sillín doble. Eso fue lo que acordamos, sin sonreír; sabíamos que *Assunta* era la que era y no tenía sustituta.

Por la mañana, desperté con el eco de un sueño aún vívido: el brasileño de Nueva York me invitaba a bailar en una habitación sombría, Lunette nos miraba desde una esquina y lloraba. La había perdido. Y me estaba perdiendo yo también: los libros, las reuniones fervorosas, el cine, el ímpetu del eros, la inconsciencia, el riesgo... El tenis se había ido a la tumba con papá. Me había convertido en un recadero para trabajadores de cuello blanco, en un tabernero exhausto. ¿Había sido París realmente mío? ¿Y Lunette? Y la magia, mi magia, ¿adónde había ido a parar?

El robo de la Vespa repercutió en las privaciones pasadas, desahogándose en lo onírico y en mis partes bajas. Fue un despertar traumático, además, por una erección anómala, completa, la primera tan pujante desde los días parisinos. Venía de otro cosmos: tenía mucho que ver con la tristeza.

Así que reafirmé una de mis vocaciones: la sexualidad como estuario de vitalidad, pero también de melancolía. Eran las brasas que ya no podía ignorar, y que se avivaron aquella tarde, en el bufete.

Estábamos abrumados de trabajo y Leoni recorrió los distintos departamentos con su chaqueta cruzada para quejarse de que las cosas no iban bien. Habíamos perdido dos causas, ¿dónde estaba nuestro espíritu de lucha? ¿Y nuestra fuerza? Lo estábamos decepcionando. Dijo que estaba pensando en recortes. El resultado fue un pico de ansiedad que nos estranguló. Frida se levantó y salió del departamento. Yo no me moví. De haber tenido a papá y su maletín, me habría confiado a Rescue Remedy. Me acerqué su corbata a la nariz: el olor de monsieur Marsell se estaba agotando. Esperé una hora, saqué el Camus que guardaba en el cajón y fui al archivo. El escondite estaba cerrado. Llamé. Oí que Frida me decía que me fuera. Entré de todas formas. Ella no se volvió, estaba tal como la había encontrado la primera vez, sentada casi de espaldas y sollozando. La abracé por detrás y ella dijo: «Ya no aguanto más, Libero.»

Me senté a su lado. Permanecimos en silencio. El póster de Hopper se había caído, así que me levanté para volver a colgarlo y para cogerle un pañuelo. Se enjugó los ojos, intentando calmarse. Se aferró a mi brazo y le vi el corte en el pulgar: estaba casi curado, pese a que se lo rascaba con la uña. No sentía pena, ni siquiera empatía, sólo una desnuda excitación. Y el instinto de convertir las desgracias ajenas en ventajas propias. Le rocé los labios, tomé sus manos y las volví hacia arriba. Apoyé sobre sus palmas *El extranjero*.

—Por esta novela estoy aquí —dije.

La miró.

—Por esta novela, Frida.

Y le expliqué que ese libro había generado mi fiebre por la abogacía, por la defensa de la justicia y por la grandeza de esa tarea motivada en la indignación. La reconciliaría con nuestro trabajo. Podríamos hablar de él cuando lo hubiera leído, quizá después de ir al cine o compartiendo una pizza, si le apetecía.

Dos semanas antes de Navidad paseamos por un Milán envuelto en papel de regalo. Decidimos tomar un aperitivo en Moscatelli, en corso Garibaldi. Habíamos salido del trabajo por separado y nos encontramos en la entrada del metro. No lo tomamos, sino que recorrimos mi paseo milanés: corso di Porta Romana —*El extranjero* la había fulgurado—, continuamos por Missori —¿cómo era posible que no lo hubiera leído antes?—, cruzamos piazza del Duomo y la galería Vittorio Emanuele —el protagonista era culpable y, sin embargo, habría aceptado defenderlo—, y enfilamos Brera hasta corso Garibaldi —¿de verdad yo había trabajado en el bar de Camus?

Bebimos dos blancos cada uno, le hablé de Marie y de cómo había empezado a leer en serio. Ella me contó que siempre había leído mucho hasta que se convirtió en abogada. Después fuimos al cine Anteo para ver mi primera película en Italia: *La chaqueta metálica*. Durante la escena del combate en las ruinas vietnamitas, Frida me dio un beso profundo. Se lo devolví dos escenas más tarde, y ya seguimos sin interrupción. Al final de la proyección le pregunté si quería que fuéramos a mi casa.

Sonrió.

Entró de puntillas en el estudio, evitó mirar alrededor y se quedó tiesa junto a la cama. Le pedí que se sentara, lo hizo y luego me arrastró hacia ella. Empezamos a desvestirnos. Sus gestos eran precisos y quirúrgicos. Nos besamos largamente. Le quité la blusa y la falda. Me puso la mano en los pantalones y los desabrochó. Tenía una piel de porcelana. Me resultó de lo más natural quedarme de pie. Ella se desplazó hasta el borde de la cama y me acarició el miembro. Casi no lo tocaba, y de repente lo aferró con la mano y la boca. Sabía evitar el contacto con los dientes y usar las mejillas, era experta y al mismo tiempo torpe, pero parecía ávida, una vez más. Forzaba su necesidad y yo la seguí. La recliné sobre la cama y estuve acariciándola un buen rato. Era suave y dura al mismo tiempo. Me tumbé sobre ella.

—El condón, Libero.

No le hice caso, mi primera insubordinación, y entré lentamente. Empujé con suavidad, entorné los ojos y me esforcé por verla negra. La penetré a fondo, primero con dulzura y precaución, luego con furia. Frida se agarró a mi cuello y susurraba «Ten cuidado, por favor», con los ojos cerrados como si sufriera. Me empaché hasta que se zafó de mí y se me ofreció por detrás. La tomé, pero duró apenas unos instantes, el esplendor de su culo me noqueó. Cumplí de esa forma el sueño de la persiana.

Deseé que se fuera en cuanto me corrí en su nalga derecha, pero seguimos abrazados, igual que en el escondite. Ella me regañó por la omisión del condón, y me confesó que algo se había disparado en ella cuando le pedí consejo para mi ropa démodé. Después se fue de verdad.

Estuve despierto la mayor parte de la noche.

Desperté con su aroma a almizcle blanco en las sábanas y sintiendo añoranza por papá. Era una nostalgia agria que invadió el centro de mi esternón y subió hasta las mejillas, aturdiéndome. Recuerdo que vagué por el estudio hasta que saqué el carnet del Partido Comunista. No fue suficiente. Busqué la Spalding y metí la mano en el bolsillo exterior que él siempre me cedía en los viajes. Luego fui a la ducha, abrí el agua caliente y me quedé allí, bajo el chorro. Se lo dije: «Me has dejado solo.» Se lo repetí: «Me has dejado.» Después hice lo que él me había enseñado cuando yo aún era un niño y me permitía ver cómo se afeitaba: me unté la barba con bálsamo para el pelo —la volvía menos hirsuta—, proseguí con la espuma, extendiéndola en pequeños círculos, y pasé la maquinilla de afeitar con suavidad. Me quité los cuatro pelos que tenía, me enjuagué con agua fría y rematé la operación con la crema de alumbre de roca que había cogido del apartamento de Marais el día que murió. El arte de la toilette de monsieur Marsell. Me vestí con el traje de los domingos, uno de tres botones en frescolana con hombreras reducidas, y luego me puse su trenca Montgomery, de una talla más grande. Bajé la escalera y salí a la calle. Aquella mañana habría llegado con mucha antelación al bufete si no hubiera visto con el rabillo del ojo a una mujer, hermosa y aturdida, sentada a la primera mesa del bar de la esquina, que ahora golpeaba el escaparate con los dedos para llamarme y que, moviendo los labios, silabeaba:

—Grand, c'est moi!

Era mi Marie, y estaba allí. Le había pedido mi dirección de Milán a madame Marsell, tras llamar a la rue des Petits Hôtels con el número que encontró en la ficha de la biblioteca. Antes de entrar y sentarme a la mesa para abrazarla con fuerza, igual que se abrazan los espejismos, me quedé mirándola unos largos segundos a través de la ventana, envuelta en su abrigo negro y con los ojos cansados a causa de la noche pasada en el tren. Marie no dijo nada, sólo me indicó que entrara y me sentara, y después pidió dos capuchinos en su italiano, acercándose a mí todo lo que pudo. Y yo comprendí que era ella, que realmente era ella, en cuanto noté el aroma a pastel en el horno que me perseguía desde Deauville.

Había venido porque había venido. Y porque Marcello Mastroianni la estaba esperando en la ventana. No podía perderse, desde luego, una pasión propia de la dolce vita, n'est-ce pas?

. . .

Me resultó muy extraño llevarla hasta el portal de casa, acompañarla escaleras arriba, disculparme por el desorden e invitarla a entrar. Se detuvo en el umbral y se llevó una mano a la boca. Tuvo un acceso de risa por las pilas de ropa, el olor a cerrado y el polvo que blanqueaba los muebles. Dejó la maleta en el suelo y corrió a la ventana, la abrió, se asomó y se puso a otear la fachada del edificio de enfrente.

Le señalé el balcón correcto.

Asintió, pero no buscaba a Mastroianni. Me miraba como si no me viera: me pasó los dedos desde la frente hasta el cuello, volvió a subir hasta las orejas y otra vez a la manzana de Adán y los pómulos, y terminó despeinándome la nuca. Me hizo un gesto para que me fuera a trabajar. Ella se apostaría allí, tenía que estudiar a su presa y concentrar su talento seductor. Sólo disponía de dos días.

—¡Eso es muy poco! —protesté.

—La bibliò, Grand. No puedo dejarla sola más tiempo. —Me arregló la corbata—. Serán suficientes. —Luego me besó en la frente, su beso, y añadió otro, éste de parte de madame Marsell.

Dos días fueron suficientes. Porque aquella mañana, en el bufete, fingí una fiebre de caballo y me fui a casa antes de comer. Conseguí evitar a Frida, que estaba encerrada en una reunión con Leoni, y me escabullí después de haber avisado a la secretaria. Eché a correr. Corrí por Porta Romana, corrí por la intersección que me separaba de mi calle, corrí con una prisa que sólo había experimentado en París, con la trenca de papá zarandeada por la carrera y el afán de cruzar el tráfico, con el aliento entrecortado por la impaciencia y el miedo a saber que, de ahora en adelante, ya no sería capaz de apañármelas por mí mismo. Me detuve frente a la pastelería Sommariva y compré dos petisús. Eché a correr de nuevo sabiendo que la pasta choux se rompería y con la certeza de que ésa, sólo ésa, era la única posibilidad. La posibilidad de dejar mi marca en Milán. El empedrado de corso Lodi y los rieles de los tranvías y los arriates que pisoteé y todo lo demás, cada materia que sólo había sido materia, tenía ahora una consistencia que me ayudaba a estar donde quería estar. Llamé al interfono. Marie respondió en francés y abrió. Subí la escalera peldaño a peldaño y, cuando pedí permiso para entrar, comprendí que ya había sucedido algo, y que era irreversible. El estudio se había convertido en una casa. Las sábanas de la cama habían sido cambiadas, y las baldosas del suelo eran de nuevo ocres. El olor a cerrado se había desvanecido, igual que el de almizcle blanco y el de humedad. Los jerséis y los vaqueros habían sido doblados y colocados en el armario. La lavadora estaba en funcionamiento. Nada había sido violado: los libros estaban apilados de la misma manera, así como mis cosas, mis muebles y demás cachivaches, sólo que ahora exhibían todo su esplendor. La blancura del polvo, eso era lo que faltaba. Y ella estaba allí, en camiseta, con el pelo recogido estilo piña, pantalones de chándal y mis zapatillas: soltó el trapo que llevaba en la mano y dijo que no debería haber salido tan temprano del bufete, lo último que quería era desbaratar mi futuro de abogado. Luego se dirigió hacia su maleta, sacó un sobre y me lo dio.

Hombrecito de mundo:
    Procura tratarla bien. Ha sido una sorpresa para mí también, pero desde que supe que iría estoy más tranquila. ¿Te acuerdas de aquel pequeño restaurante en los Navigli al que nos llevaba papá? Es perfecto para que lo celebréis, y me permito avanzarte un pequeño incentivo a tal efecto. Ah, se me olvidaba: ahora tu Marie es mi espía.
                                            Mamá

El incentivo para el restaurante eran cincuenta mil liras. Le pedí a Marie que me contara cómo había ido la cosa. Después de su llamada, mamá se había pasado por la bibliò sin previo aviso para dejarle el sobre. Fue Marie quien le preguntó si le apetecía tomar un café con ella. Y allí, sentadas a una mesa en la rue Pavée, madame Marsell le había dado las gracias por haberla llamado y por los libros que había recomendado a su hijo. Después estuvieron hablando de todo un poco.

—¿De Emmanuel también?

—Rien à faire, Grand.

No pregunté por lo que se dijeron, no volví a preguntar nada. Esperé a que se cambiara —lo hizo tarareando a su Aznavour— y dimos comienzo a nuestro Milán, que se mostró tímido y atento y, en cierto modo, un tanto impertinente. El efecto inicial fue el mismo de siempre: los italianos se volvían para mirarla como los franceses, peor que los franceses, y ella soltaba risitas divertidas abrazada a su Libero y con una bufanda azul que le llegaba a los tobillos.

Recuerdo ese almuerzo en el bar Crocetta, donde pedimos un bocadillo de atún y alcachofas. Yo tenía miedo de encontrarme con mis colegas, pero eso era lo que Marie quería: seguir el rastro de su Grand en Milán, el mismo rastro de mi soledad.

—¿Lo haces por mi madre, Marie?

—Lo hago por nosotros, Libero. Había algo que faltaba, por eso estoy aquí.

Aquel bocadillo de atún era ese algo, igual que el paseo hasta el Duomo, con las palomas que la asustaron con su enloquecido despegue, y la bajada hasta Brera para tomar un café en Moscatelli. Igual que la parada jadeante en el camino de regreso frente al bufete de Leoni, con ella apartándose de mí y entrando en el vestíbulo del edificio, para volver a salir e irnos a casa, divertidos y exhaustos, sin poder creer aún que estábamos juntos. Llegamos, abrimos la cama y nos lanzamos allí, yo a un lado y ella al otro, haciendo caso omiso de Mastroianni y del Panasonic que sonaba, y nos quedamos dormidos. Cuando desperté, estaba acurrucada junto a mí, y pensé en la hamaca de Deauville, en su sofá con Truffaut y en el estudio de ahora: todo estaba en esa mujer irresistible y jamás deseada de verdad, que mantenía unido el rastro de lo que yo había sido y de lo que podría llegar a ser.

Hice que desistiera de buscarse un hotel. Le juré que no le haría proposiciones indecentes, y ella me juró que mi Milán la había reconfortado por su sustancia. Dura, brusca, auténtica.

—Sin ilusión alguna —sentenció.

Era una ciudad que no engañaba, eso era lo importante. Al contrario de París, que hace promesas y al final te desgarra. Eso fue lo que dijo: al final te desgarra. Le expliqué que aún le faltaban algunos hitos del Milán de Libero Marsell. Quería enseñarle el más importante aquella misma noche, si no estaba demasiado cansada.

Y se lo enseñé.

Llegamos a la taberna cuando empezaba mi turno. Marie se quedó fuera mientras yo preparaba las mesas y limpiaba las jarras. Paseó por el Naviglio, se detuvo frente al canal, hojeó los libros en el rastrillo de la Dársena. Luego entró, se dirigió a la barra, me dijo «Bonsoir» y se sentó en el taburete junto a la caja. Le serví un sangiovese. Giorgio se la encontró así, tomando una copa de vino. Ésa fue la única vez que lo vi turbado. Se mantuvo apartado, no se me acercó en ningún momento y se limitó a decir:

—Francesito, creo que esta noche esto se llenará.

Ella fue la que se presentó. Se levantó del taburete y fue hasta Giorgio, que había ido a echar pan viejo a los patos

160

del canal. No sé de qué hablaron, pero en cierto momento también Marie empezó a echar pan, y él a reírse. Cuando regresaron, el local estaba medio abarrotado y yo había puesto un disco de Serge Gainsbourg en honor a nuestra invitada parisién. La velada inició su andadura y disfruté del estupor de los vagabundos ante aquella hermosa francesa, y del de Giorgio, que la invitó a beber un vaso de vino con él y habría continuado así toda la noche si no me la hubiera llevado cuando cerramos.

La alquimia de la carne de Marie Lafontaine, su magie, arraigó en la taberna, y al día siguiente rechacé la insistente invitación de Giorgio para comer y también la posibilidad de presentarla a Mario, Lorenzo y *Palmiro Togliatti*. La retuve para mí tras haber pasado la noche en la misma cama. Dormimos muy cerca, igual que por la tarde, y descubrí que Marie roncaba. Un leve susurro que me mantuvo despierto. La veía en la penumbra, supina, con la manta que dejaba al descubierto su cadera. Percibí su olor, su forma inmóvil y acurrucada, y recobré la audacia que creía olvidada. Me volví hacia ella y sujeté el borde de la sábana. Lo levanté un poco y fue como si todos los impulsos del pasado, y los deseos presentes, se hubieran derramado en esa tímida tentativa. Incliné la cabeza y entreví el pijama, que sufría por el empuje de sus pechos, acerqué la nariz a la tibieza de su cuerpo, a sus cabellos, a su cuello, y me imaginé que sí, que al final lo había conseguido, que al final había sido mía.

Cuando desperté, ella estaba en la ventana. Se encogió de hombros y dijo:

—Mastroianni n'est pas là, Grand.

Así comenzó nuestro segundo y último día, con una Marie melancólica por haber perdido su pasión de dolce vita. De aquellas horas, recuerdo su invisibilidad. Las palabras no pronunciadas, las miradas añadidas, las sonrisas

161

socarronas y un vínculo aún más vivo entre ambos. Intuí algo desconocido, quizá una insinuación de su carácter, que reservaba para sus amantes y que tenía que ver con algo parecido al miedo. Me lo contó en el desayuno, comiendo galletas de avellana y tomando un capuchino: la mera idea de tener que irse y de dejarme la volvía inconsistente.

—Quédate.

—C'est la même chose.

No supondría diferencia alguna, la separación tendría lugar tarde o temprano. Fue ella, pues, la que me guió por un Milán que visitamos bajo el signo de la aleatoriedad, después de llamar al bufete Leoni para avisar de que no iría a trabajar. También hablé con Giorgio, para que me dejara empezar en la taberna a mitad de turno porque el tren de mi invitada partía a las diez de la estación central. Antes de que llegara ese momento, ambos vagamos sin rumbo, y supe por ella que tenía una hermana que vivía en Normandía y que sus padres disfrutaban de su jubilación en Borgoña. Su madre había llevado una boulangerie toda su vida y su padre había sido profesor de francés. En medio, una revelación: se había casado a los veinte años con un compañero de instituto, un matrimonio que duró siete meses. Le pregunté dónde estaba él ahora. Antes de contestar, se quitó la bufanda azul y me la envolvió alrededor del cuello. Su ex marido era viticultor en Alsacia, él tampoco había sabido formar una familia. Voilà, el pecado original. Me lo contó mientras paseábamos por un parque Sempione cubierto de niebla. Permanecimos en esa neblina —nuestra invisibilidad— incluso cuando se diluyó, envueltos en ella hasta que volvimos al estudio y nos tumbamos en la cama. Marie me pasó una mano por el cuello.

—Ayer por la noche te costó quedarte dormido, ¿verdad, Grand? —Y se contuvo, divertida.

Me quedé inmóvil, mirando el perchero y la bufanda que lo estrangulaba como una boa. Me volví lentamente.

En cuanto intercambiamos una mirada, estallamos en carcajadas. Le revelé que monsieur Marsell también me había pillado in fraganti en Deauville, y que desde entonces se había convertido en mi mejor aliado.

—Tu padre solía ir a la bibliò; muchas veces, era él quien estaba detrás de los libros que yo te aconsejaba. Le prometí que guardaría el secreto.

Y me contó cómo papá y ella se habían encontrado por casualidad en Marais, poco después de las vacaciones en Deauville, y cómo se pasaba de vez en cuando por la biblioteca para dejar una nota con un título escrito apresuradamente. Eran sugerencias para su hijo que ella y sus colegas encontraban como por encanto en el mostrador de consulta.

Me la quedé mirando.

—*Adiós a las armas*, *Fontamara*, *El dependiente*. Alguno más, Grand.

Repasé otras lecturas de las que pude acordarme, y meneé la cabeza ante la excentricidad de monsieur Marsell, que era dulzura, imprevisibilidad y extravagancia. Fui al baño, me encerré con llave y me quedé con la espalda apoyada contra la pared. Apreté los ojos y traté de visualizar el rostro de papá; me costó recordar la forma de su cara, pero encontré su mueca socarrona. Tiré de la cadena y salí. Marie estaba parada en medio de la habitación. Se me acercó de inmediato. La abracé con fuerza, me despeinó y dijo que las incursiones a la bibliò de monsieur Marsell había que celebrarlas con una pizza. Pedimos una cuatro estaciones para mí y una de verduras para ella. Las comimos en la mesa de camping, frente a la ventana, rodeados por el zigzag de mis novelas y por las cancioncillas que emitía la radio. Nuestro Marcello no apareció; a cambio, el Panasonic sonó en medio de la cena. Nos apostamos algo a que era madame Marsell, pero era Frida. Me preguntó qué tal estaba, me habló de las presiones de Leoni en el trabajo y me preguntó por qué no había respondido a sus llamadas: llevaba dos días telefoneándome. Me justifiqué diciéndole que había tenido fiebre alta, y añadí que, de todos modos, al día siguiente estaría de vuelta. Dijo que le encantaría volver a verme. Respondí que a mí también.

Colgué maldiciendo nuestra suerte: nos quedaba un cuarto de hora para terminarnos la pizza, cerrar la maleta y arreglar las últimas cosas. Lo hicimos todo sin prisas, y recuerdo que al final Marie me pidió que la dejara sola en el estudio: quería despedirse como era debido del refugio de su Libero. Bajé el primero y, cuando ella se reunió conmigo en la calle, no hablamos de nada más. Arrastré su maleta hasta la parada de taxis, subí con ella y usé parte del dinero de mamá para regalarnos un último trayecto juntos, mientras Milán nos acompañaba con sus luces amarillentas. Llegamos a tiempo, el reloj de la estación central indicaba que aún nos quedaban veinte minutos. Nos acercamos al andén, el tren ya estaba allí. Marie me preguntó si la llamada recibida mientras comíamos la pizza era de algún pequeño amor. Dije que no lo sabía, que todo estaba un poco enmarañado.

—Busca una señal —dijo en italiano—. Busca una señal y lo entenderás, Grand, bastará con una.

Luego me hizo prometer que empezaría a leer de nuevo. El hecho de que no hubiéramos hablado de libros no significaba que se hubiera resignado a mi pereza.

—Promets-moi.

—Je te le promets.

Quería una segunda promesa: tenía que seguir siendo el que había sido la otra noche en la cama, mientras ella fingía dormir y yo levantaba la sábana.

Guardé silencio.

Ella sonrió, cogió la maleta y se acercó más. Yo la abracé primero. Nos quedamos así hasta que llegó la hora.

. . .

Para el regreso, me concedí otro taxi. Durante el trayecto fui contemplando por la ventanilla un Milán que ahora era una mezcolanza de dos Libero. Marie había sido el puente. Lo comprendí al bajar en Porta Romana, con su adoquinado, sus aceras estrechas y sus casas bajas: ahora eran las mías. Recorrí la calle hacia el estudio y confirmé que no, que esta vez la nostalgia no acabaría en simple soledad. Esta vez traería algo bueno. Abrí el portal y subí la escalera. Una vez en casa, me quedé mirando los cartones de las pizzas en la mesa de camping, la puerta del baño que Marie había dejado entreabierta, la colilla en el cenicero, la forma de su cuerpo en el lado izquierdo del sofá cama. En el derecho, apoyado en mi almohada, había un libro. Me acerqué y vi que era *Mientras agonizo*. Ella lo había sacado de la pila, le había quitado el polvo y lo había dejado allí. Y ésa era la tercera de las promesas que yo debía honrar.

El legado de Marie comenzó con la señal que me había dicho que buscara en Frida. Después de volver a la oficina, fui apañándomelas como pude mientras esperaba que la señal llegara: en una semana coseché órdenes a regañadientes, un acercamiento en el refugio secreto y dos encuentros en la cama. Percibía cierto grado de inmovilidad y el riesgo de un nuevo estancamiento. Entonces sucedió.

La señal llegó la tarde en que me reveló que se llamaba así en honor a Frida Kahlo. Su madre había escogido ese nombre porque contenía la redención femenina y la inclinación al sacrificio. Me lo contó mientras estábamos en la fila para ver la exposición de la pintora mexicana en el Palazzo Reale; el día anterior, me había encontrado dos entradas en el escritorio y un pósit en el que se leía: «Es una invitación.»

—¿Sabes, Libero, lo que dijo Kahlo antes de morir? «Espero alegre la salida, y espero no volver jamás.»

Alegre la salida. Me quedé mirando a esa treintañera de Milán que podía parecer despiadada, que en cierto modo lo era, y que de pronto estaba unida a una madre inesperada. Me pregunté cómo habría absorbido la pátina con que cargaba.

—Mi padre —prosiguió, sin que yo le hubiera dicho nada—. Fue él quien apagó a mi madre, una mujer nacida en la miseria que quiso cambiar su vida. A ella no le importaba que él fuera... un tipo reprobable. —Sonrió—. Yo no acabaré igual.

Subimos a la exposición y, tras dejar los abrigos en el guardarropa, antes de entrar, me tomó una mano. Así fue como contemplamos el cuadro de apertura, cogidos de la mano. Era el autorretrato de una Kahlo atravesada por flechas y con una vivisección en la columna vertebral, símbolo de las fracturas que la forzaron a la inmovilidad. No conseguía despegarme de ese cuerpo de mujer martirizada y consciente, que llevaba a cuestas la fuerza de la revolución. Solté la mano de Frida, de pronto molesto. Ella se sorprendió y se me quedó mirando, se retrajo y continuó sola hacia la segunda pintura. La miré una vez más; ¿cómo podía sentirse a gusto con aquel nombre?

Rebeliones, volubilidad, apetito por la vida. Les hablé a los muchachos de mi despertar existencial después de la marcha de Marie. Lorenzo encendió un cigarrillo y me dio una palmada en el hombro —había dejado a *Palmiro* en casa porque ahora era su madre quien lo necesitaba—. Mario me preguntó si tenía intención de comprometerme con una abogada.

—Por supuesto que no.

—Todas son partidarias de Craxi.

166

Para celebrar la cordura reencontrada, me llevaron al Tombon de San Marc, una guarida para auténticos milaneses, donde bebimos cerveza roja y nos encontramos con algunos amigos de Lorenzo y con su presunta chica, Vanessa. Era una joven enérgica y esquelética, llevaba un vistoso tatuaje en la mano y un sombrero de hombre. Con ella discutimos sobre el socialismo y sobre Berlinguer, sobre las ostras normandas, ideales si se condimentan con pimienta, y sobre el cine desorientado de Fellini. ¿Y qué pensaba de Sartre? Levanté la tapa de la memoria y les conté la historia con todo lujo de detalles. Después decidimos salir todos a la calle para seguir el recorrido que Buzzati solía hacer por inspiración y como ritual: San Marco, Pontaccio, Solferino, dos callejones de Brera y corso Garibaldi, con la casa de Laide de *Un amor*. Caminábamos juntos, con las gorras forradas de piel caladas en la cabeza, sin prisa, y yo volvía la vista atrás para imaginármela con nosotros, con la bufanda azul hasta los tobillos y su *allure*, que hacía que los italianos se volvieran para mirarla. «Merci de tout, mia Marie.» París estaba de vuelta, París estaba en Milán.

Lorenzo intuyó que empezaba a sentirme en casa, así que me invitaba cada vez que se veían en el Tombon. Íbamos al cine el sábado por la tarde y el domingo, y volví a ver *La chaqueta metálica* con ellos. Tuve la sensación de estar viendo otra película. Nos desternillamos con el monólogo del sargento, y la violencia nos dejó helados. Kubrick era un visionario neorrealista. Frida había enfriado una película extraordinaria tanto como Lunette había enaltecido el Louxor. Me encontré así metido de lleno en una nueva etapa. Íbamos siempre los tres, Lorenzo, Vanessa y yo, y a veces éramos cinco cuando se nos unían Silvia y Nina, las amigas de ella. Del todo nulas desde el punto de vista erótico, pero estimulantes: mi cerebro estaba sobreexcitado.

167

Mario venía poco. Le confió a Lorenzo que se sentía como pez fuera del agua por su formación escasamente intelectual, y que le ocurría lo mismo con Anna, que era una lectora voraz. También le dijo que estaba cabreado conmigo: aún no había permitido que me presentara a su novia ni a su familia.

Lo llamé y me invité a cenar. Él dijo:

—Por fin te has decidido, tío. —Y añadió—: La Vespa está lista.

Y la de la Vespa fue una noche de maravillas. Mario y yo acordamos hasta los más pequeños detalles: él la conduciría hasta la taberna y la envolveríamos juntos. Mientras tanto, yo llamaría a Lorenzo para quedar con él, aduciendo que necesitaba ayuda para almacenar unas mesas que no se utilizaban.

—¿Sabes conducir con marchas, Marione?

—¿Por quién me tomas?

Me llamó porque se le había calado a mitad de camino y no lograba volver a arrancarla. Me reuní con él y comprobé que no tenía gasolina.

Mientras llenábamos el depósito, admiré nuestro regalo. Era una Special montada con piezas originales y pintada de un tono pastel impecable. Sillín de color antracita para dos, plataforma cómoda para *Palmiro*... La conduje en un suspiro hasta los Navigli —aquella máquina corría como el mistral— y la estacionamos en la parte trasera de la taberna, dentro de un pequeño almacén donde se guardaban barriles de cerveza y provisiones.

La envolvimos con el papel de embalaje para alimentos que nos facilitó Giorgio y le dimos el toque final con un lazo azul. El resto ya estaba preparado y se cumplió con absoluta precisión: cuando llegó Lorenzo, después de que acabara mi turno en la taberna, se encontró la persiana a medio bajar. Giorgio salió a recibirlo y le dio las gracias por su ayuda, le dijo que las mesas y yo estábamos en la parte de atrás, y después lo acompañó al almacén cerrado. Lorenzo llamó dos veces, le abrí y se encontró con que el almacén estaba a oscuras.

—¿Libero?

Mario encendió la luz: sentadas en los barriles de cerveza estaban su madre y *Palmiro*, Vanessa y las chicas, algunos amigos del viejo grupo y un fragor de aplausos.

Lorenzo se adelantó, esforzándose por mantener los ojos abiertos. A aquel chico salvaje y amable que jamás había pedido nada a sus amigos le costaba sobrellevar el estupor. Nos miró y le dijimos:

—Es para ti.

—¿Para mí?

—Para ti.

Rodeó el paquete, rompió un trozo y se detuvo. No derramó lágrimas, no dijo nada. Lo hizo su madre por él. Lorenzo se limitó a musitar: «Es para mí.» Y nosotros estábamos allí, incitándolo, cuando le dio al pedal para ponerla en marcha y le dio gas delante de la taberna. Nos saludó y aceleró, para perderse calle abajo. Una flecha en la noche de los Navigli.

Grand!

Anoche volví a ver *Una jornada particular* con nuestro Marcello. ¡Cómo me hace soñar! Vamos a hacer un trato: estate atento al hombre misterioso que riega los geranios, de modo que cuando vuelva a Milán sepamos algo más.

Desde mi regreso a París, algo ha cambiado para mí también. Tiene que ver con el polvo eliminado de las cosas. Para celebrarlo, pasé un fin de semana en los balnearios de Budapest con mis amigas de la infancia, y no te imaginas las risas que nos echamos. Cuatro cuarentonas con cabezas de niña.

Siempre pienso en ti, y ayer más que nunca: a la bibliò llegó un chico de dieciséis años que me pidió que le aconsejara una novela. Me decidí por *La colina de Watership*, y mientras se la daba te veía a ti, a mil kilómetros de distancia, con el miedo de escoger entre la vida y la obscenidad, sin saber que son una única cosa. Lo obsceno es el tumulto privado que todos poseemos, pero sólo las personas libres lo viven. Se llama «existir», y a veces se convierte en sentimiento.

Nunca te desprendas de tu maravillosa indecencia, Grand. Y recuerda tus dos promesas.

Nos vemos en el París navideño.

M.

No obstante, acordé con mamá que no volvería a París aquella Navidad. Tenía que trabajar todas las noches en la taberna y por fin había recobrado el valor. Iría a verla en febrero, por mi cumpleaños. Aceptó porque le aseguré que hablaríamos a menudo y que reflexionaría sobre la posibilidad de volver a matricularme en la Estatal para terminar los estudios, pero, sobre todo, porque Marie la había tranquilizado sobre mi estado. Se habían visto para tomar un aperitivo. ¿Cómo había sido capaz de no llevarla al restaurante de los Navigli? Hasta llegó a escapársele un «cuánto me gusta esa mujer». Desde ese día, madame Marsell comenzó a llamarme tres veces por semana y a insistir en que me licenciara.

Era la misma cadencia con que Frida y yo follábamos. Fue algo que ella reclamó más que yo, y con el mismo tono de sus órdenes laborales. En la pausa del almuerzo, el domingo por la mañana, en lo profundo de la noche... No perdió nunca sus labios fríos. Buscaba abrazos, y para conseguirlos representaba un eros que no le pertenecía. Fingía espontaneidad y se embalsamaba en una corporeidad desordenada. Sentía nostalgia por el marido perdido y curiosidad por una liberación al estilo Duras. La sensación de antipatía no me abandonó. De hecho, continuó creciendo. Llegó incluso a introducirse en el refugio secreto y empezó a erosionarme emocionalmente. Un martes por la noche, fue a verme a la taberna. Llevaba unos vaqueros y un chaquetón de plumas, pero el cambio de ropa no le quitaba rigidez. Se sintió intimidada ante Giorgio y tarareó *Luci a San Siro*, de Vecchioni, simulando que sabía la letra. La atemorizaba aquella humanidad que bebía Moretti doble malta, y cuando le serví una, ella me pidió una limonada. Para compensar, mostró un talento oculto para los dardos y ganó tres partidas de cinco. Era una mujer difícil con un gran sentido de la entrega. Se adaptó como pudo a mis necesidades eróticas: entendió la importancia del sexo oral y aceptó las posturas que me recordaban a Lunette. Pero trataba de evitarlas y, a cambio, buscaba otras que me conmovían por su torpeza. Nos esforzábamos por repararnos a tientas.

Fue el comienzo de la era posabandono. Mi armadura empezaba a desmoronarse y me lancé a mí mismo a través de débiles intentos de relación. Frida Martini era una chica sin esplendor que, a su manera, había dado inicio a la reconstrucción.

—Protegeos. En todos los sentidos.

El imperativo salió de Giorgio tan pronto como supo que Frida y yo nos íbamos a la cama sin furor y sin condón. En cuanto empezaba a recoger tras cerrar el local, Giorgio me hablaba sobre el momento adecuado para dejar que una persona se marchara, ahorrándose inútiles desgarros.

171

Él había hecho lo mismo con su novia cuando se quedó en silla de ruedas.

—Pero yo no voy en silla de ruedas.

—¿Estás seguro? —Me guiñó un ojo—. Si no funciona, déjalo correr, LiberoSpirito.

Insistió en los adioses constructivos un poco más, y me atormentó sobre el sida hasta agotarme. Me ponía como ejemplo a Sandra, una chica en los puros huesos que solía pedirnos limones al final de la noche, y a Mauro, un treintañero que bebía sangiovese mientras veía a los demás jugar a los dardos. Los clientes lo llamaban el Encías porque las tenía completamente consumidas. Él también padecía cida, lo pronunciaba así, y se lo había contagiado a su novia. Le dije a Giorgio que yo no sabía ponerme el condón, aunque se me ocurría una forma de aprender. Se la expliqué.

—Es una buena idea. Invito yo —dijo.

Decidimos vernos el lunes por la noche, día de cierre de la taberna. A las once.

Llegó a la cita en mi casa con su Fiat Uno tapizado de pegatinas del Inter. Lo había hecho adaptar y tenía los mandos en el volante, un caprichito que le había costado un dineral. Durante el trayecto no dejó de hablarme de Marie. ¿Cuándo volvería a Milán? Me reveló que lo había impresionado por lo cómodo que lo hizo sentirse. Y por las tetas, por supuesto. Llegamos a viale Toscana y recorrió el bulevar lentamente hasta que le señalé a Marika.

—Es negra, pero que muy negra...

Giorgio se detuvo y bajó la ventanilla. Se la presenté y él se lo explicó todo. Le aseguró que la llevaría de vuelta hasta allí. Acordaron diez mil liras y, mientras le pagaba, ella se echó a reír: nadie le había pedido nunca nada parecido. El Fiat Uno nos llevó otra vez a casa y Marika y yo subimos a mi estudio. El francesito que vino de París y la negra en minifalda de lentejuelas.

Le dije que estaba nervioso.

—Ya me encargo yo, tranchilo.

Miró alrededor, el estudio estaba patas arriba. Fue al baño y se lavó. Cuando salió, la estaba esperando frente a la ventana. La casa de Mastroianni tenía las luces apagadas y las flores se confundían en la noche. Marika se acercó a mí, me tomó la mano y se la puso en los pechos. Eran puntiagudos, y ella empezó a magrearme la entrepierna. Olía a jabón. Me desabrochó los pantalones y me desnudó. Mi pene empezaba a endurecerse.

—Tienes una polla fuerte. —Sacó el condón del bolso y me dijo que lo abriera.

Obedecí, y reparé en que estaba perdiendo la dureza.

—Tranchilo. —Me masajeó nuevamente y me explicó cómo reconocer el sentido adecuado del condón.

Presioné contra la punta y fui bajándolo hasta la mitad, luego me hice un lío.

—Ayúdate con la polla. —Y me enseñó cómo tenía que ir desenrollándolo, presionando contra el tronco.

Logré llegar a tres cuartas partes, ella completó el trabajo y yo me lo quedé mirando.

—Intentémoslo de nuevo. —Marika sacó dos condones más. Fue entonces cuando entorné los ojos y la llamé Lunette.

Volvía a encontrar mi negritud. Ella seguía acariciándome y yo acerqué una mano a su pecho, a su cuello. Tomé un condón y lo hice un poco mejor, aunque dudé a la hora de elegir el sentido correcto. El tercer intento fue exitoso. Nos quedamos uno enfrente del otro.

—Prueba conmigo. —Marika sonrió.

Le dije que no tenía dinero.

Sonrió de nuevo e hizo que me sentara. Se puso a horcajadas sobre mí, y poco a poco vi cómo desaparecía en el triángulo.

—Vigila la base todo el rato —jadeó mientras mostraba cómo el anillo debía permanecer fijo durante la penetración.

La deseaba y la abracé. Ella no dejaba de guiarme.

—¿Lo notas?

Asentí, presioné mi rostro contra su pecho y ella siguió moviéndose. Era un placer atenuado que la circuncisión ayudaba a diluir. La agarré del culo, me dejé caer hacia atrás y entorné los ojos por última vez. Así gocé de mi Lunette, una Lunette borrosa, hasta que me derrumbé y le dije: «Mon amour, je jouis, mon amour.»

Marika me acarició suavemente y se apartó de mí. Entonces lo vi, blanco y al vacío, en su segunda vida de plástico.

El preservativo preparó la audacia. Aguardaba nuevos encuentros y, si se terciaba, me dedicaba a Frida. Estaba sorprendida de lo concienzudo y apagado que me había vuelto. Yo la tomaba por detrás, mendigando orgasmos sin felicidad. Ella me perseguía, yo la rehuía. A veces llamaba y yo no contestaba. Desde mi mesa de camping, oía los timbrazos inútiles del Panasonic con una pizca de sadismo. En el trabajo nos mostrábamos impecables: cuanto más nos entregábamos a la carne, más indiferencia ostentábamos. Continué con mis deberes de esclavo, pero las invitaciones al refugio secreto iban haciéndose cada vez más esporádicas. Veía la puerta abierta o cerrada con ella detrás, y permanecía en equilibrio sobre la escalera mientras lanzaba abajo las carpetas, desconectado de mi lugar emocional. Una tarde llamé y ella respondió que quería estar sola. Esa misma tarde me permitió entrar para una infusión que tomamos de pie.

El tumulto se desplazó a las noches de la taberna. Atendía las mesas con soltura y dos condones en el bolsillo. Empecé a usarlos. Primero con una chica de Brianza que venía de vez en cuando por la cerveza roja de Giorgio. Lo hicimos en su coche y sentí tristeza. Luego vino una mujer de unos cuarenta años, achispada y con piel de papel maché. Intuí su gloria ajada y cuánto habían anhelado conseguirla los hombres en otros tiempos. La poseí en el baño de la taberna, gozando mientras hundía las manos en sus nalgas caídas. Giorgio ponía Guccini, Vecchioni, tangos argentinos, y apuntaba mis conquistas con una muesca en el mostrador. Me confesó que, en la noche del condón, antes de llevar a Marika de nuevo a viale Toscana, le había hecho un delicado trabajito de labios por diez mil liras. Las chicas de color saben a coñac.

La libertad y la melancolía iban de la mano. Desahogaba mi nuevo existencialismo con masturbaciones que me permitían volver a apropiarme de mi cuerpo. Yo era voracidad y quietud. La reconstrucción contemplaba el oxímoron, y busqué refugio en las costumbres privadas: las charlas con Marika y las chicas que ahora me llamaban *Tranchilo*, el trayecto que iba del Duomo a Brera... A menudo en soledad, a veces con los chicos y con Vanessa y sus amigas. Conocí el Milán de los panettoni. Y de lo inesperado.

Fue Mario quien me dio a conocer otra pequeña muestra de la belleza de aquella ciudad: la austera zona de la Universidad Estatal y la bucólica de la Universidad Católica, las calles invisibles alrededor de la casa de Manzoni, laberintos de una aristocracia en declive y de restaurantes con personal en librea, de vagabundos en fuga y de arquitecturas avaras al principio, sorprendentes después. El gélido y acogedor Milán, tan contradictorio como yo. Con sus habitantes esquivos y curiosos, y el encanto de sus iglesias tímidas: la Incoronata de corso Garibaldi, roja y hechizada, y la basílica de San Calimero, detrás de la Crocetta, encajada en una callejuela olvidada. Allí encendí un cirio. «Pour toi, mon papa.»

• • •

Marie:

De la Navidad en París os echaré de menos a ti
y a la escarcha del Sena. No voy a ir por vacaciones:
lo obsceno se está transformando en linfa, y no puedo interrumpir esta química.

Algunas mañanas, en plena duermevela, llego
a escuchar la grava del Hôtel de Lamoignon bajo
los pies y te veo detrás del ventanal de la bibliò. He
dejado de leer. Abandoné *Mientras agonizo* al polvo.
Creo que es el contraataque, ahora siento la necesidad de morder la vida. Si tuviéramos una reunión
en el Deux Magots, dejaría la mesa para ir a beber
con Philippe e importunar a las turistas. ¿Un apetito como éste era algo que debía prever? He vuelto
a bautizar mi carne con encuentros sin sangre. Pero
creo que gusto: il y a une petite magie de Grand,
peut-être. Volveré en febrero, no me olvides.

Tu Libero

Envié aquella carta pensando en el concepto de rebau-
tizar el cuerpo tras una separación. Marie y yo lo habíamos
hablado paseando bajo la niebla de Sempione: en una historia de amor, uno se apropia del otro y el otro se apropia
de uno. Las manos, los ojos, la cara, la piel, los sexos...
Y cuanto más dura el vínculo, más se disuelve la identidad
individual. Se convierte en dos. El abandono la hace añicos
y abre una encrucijada: volver a encontrarse en una nueva
relación al cabo del tiempo, o convertirse en uno mismo
mediante la brutalidad. Yo había elegido un camino interme-
dio, acaso inexistente.

El camino hacia mí mismo comenzó aquella Navidad bajo
el signo de monsieur Marsell, que había hecho del 25 de

176

diciembre su obsesión particular. Mamá contaba que mi padre había intentado que yo heredara su pasión por la Navidad desde recién nacido, leyéndome historias sobre Santa Claus y los elfos que envuelven los regalos en el Polo Norte. Se disfrazó con traje rojo y barba blanca hasta que cumplí los doce años, y siguió transmitiéndome esa pasión con terquedad incluso después.

Y se salió con la suya. Desde comienzos de diciembre, germinaba en mí una sensación de posibilidad. Se lo dije la tarde de Nochebuena, mientras reemplazaba un barril de Moretti en el almacenillo de la taberna: «Joyeux Noël, mon papa, et merci pour ça.» Luego me lancé a la refriega, visto que Giorgio había organizado una velada a base de Negroni, concurso de dardos y una rifa con un cotechino, un disco de Queen y un lote de libros seleccionados por él como premios.

Había adornado la taberna con luces parpadeantes y abetos enanos cargados con caramelos Rossana que los clientes se zamparon en una hora. Allí estaban el Encías y los demás drogatas, el puñado de chinos y norteafricanos y los clientes históricos. Estaban también Lorenzo y *Palmiro*, con la Vespa azul bautizada como *Assuntina* atada al poste con doble cadena. Frida apareció después de la misa del gallo. Sus amigos estaban esperándola fuera y ella entró jadeante y avergonzada, me dio un bisou rápido en la mejilla y le deseé feliz Navidad. También estaba allí una señora envuelta en una nube de humo que se pasó todas esas horas escribiendo en un cuaderno y mirándonos con aire socarrón. Al final, la vi levantarse y encaminarse hacia la puerta. «Felices fiestas», balbuceé acompañándola fuera. Ella no contestó. Su felicitación estaba en la servilleta que encontré sobre la mesa, en la que había escrito en mayúsculas: «Hay noches que no ocurren nunca.»

Y tal vez fuera así, tal vez esa noche había ocurrido sólo en mi imaginación, incluso cuando me desperté en casa de Giorgio a la mañana siguiente, después de haber dormi-

177

do en el sofá con uno de sus gatos entre los pies y el aroma a carne asada que venía de la cocina. Era Navidad y Giorgio estaba en los fogones con un bonete rojo. En cuanto me vio, dijo: «Hacía diez años que no celebraba con nadie el nacimiento de Cristo.»

Tomamos sopa de agnolotti, carne hervida con mostaza y patatas al horno, cebolla caramelizada, frambuesas y azúcar. Y panettone. Me enseñó a su novia de toda la vida en una fotografía que conservaba en un marco de cerillas, los dos abrazados en Cerdeña, ambos en pareo. Era una chica rubia, algo hippie y hermosísima.

Pasamos la tarde con la manta sobre las piernas y las zapatillas calentadas en la estufa. Vimos *Amarcord*. Y repetimos a coro las palabras del tío de Titta en el Grand Hotel, cuando cuenta la noche que pasó con una turista y cómo ella le concedió su intimidad posterior. No rechistamos frente a la niebla de Fellini, ni frente a Gradisca ni frente al gramófono que sonaba contra los fascistas. Nuestra Navidad se redujo a la sentencia de Aurelio, el padre de Titta, cuando dice: «Un padre vale por cien hijos y cien hijos no valen por un padre, ésa es la verdad.»

Hay noches que no ocurren nunca.

El día de San Esteban se hizo realidad la cena que le había prometido a Mario y su familia. Busqué una excusa para posponerla, pero me rendí cuando me llamó por la mañana para decirme que sus padres no veían la hora de poder abrazarme. Y además había risotto con osobuco, carne hervida y mostaza, incluso nervetti in umido.[3] Estarían sus tíos y tías,

---

3. «I nervetti» son los cartílagos y los tendones de la pierna de ternera que se preparan estofados, como aquí, con cebolla y verduras, o en ensalada, como se dirá más adelante. Ambos platos son tradicionales de la cocina popular milanesa. *(N. del t.)*

sus abuelos y abuelas, y también su novia. No me pasaba por su casa desde nuestro traslado a París. La familia de Mario vivía en un piso con techos de seis metros, viejas litografías de Milán, copias de Caravaggio, un De Chirico original, relojes de cuco, espejos plateados, terciopelos... Me puse uno de los trajes de papá, sin corbata, y bajé puntual al portal. Mario me recogió en un BMW. Poco después llegamos a corso Venezia, el fortín de alto rango de los edificios modernistas, y aparcamos en un patio abarrotado de coches de lujo de color oscuro. Subimos en ascensor y, cuando llegamos al descansillo, oí un rumor de voces detrás de la puerta.

Tengo un recuerdo confuso de aquella noche. Familiares que se presentaban, un brindis en mi honor nada más llegar, el olor a viejo de la madre y la loción para el afeitado del padre, el vivaz apretón de manos de una de sus tías, las lámparas de Swarovski y el brezo del mueblecito de los licores. De una de sus abuelas me acuerdo muy bien. Se llamaba Olivia y era una ancianita muy dicharachera que me protegió durante toda la velada. Me enseñó la casa, me entretuvo en el pasillo para dejarme recobrar el aliento, interrumpió la pedantería de dos tíos de Mario, me tomó de la mano y me metió en un salón donde se apretujaban algunos primos —uno de ellos luxemburgués, con quien hablé en francés— y otro grupito de jóvenes. Olivia se abrió paso y me presentó a una chica sencilla con una blusa blanca sin mangas y pantalones de corte masculino. Tenía los brazos torneados, no delgados, y una curiosa forma de inclinarse hacia delante cuando se presentó.

—Anna.

Su rostro era ancho y de una blancura absoluta; tenía mucho de Claudia Cardinale. Sonrió y vi que uno de sus incisivos estaba torcido.

—Libero.

La melena castaña le caía sobre un pecho generoso. Dijo que tenía la impresión de conocerme, tal vez por lo que le había contado Mario de mí. ¿Solía ir por la zona de la Universidad Estatal?

Respondí que era difícil que nos hubiéramos visto, a lo sumo en los Navigli o en Porta Romana. No dejaba de mirarme como sin verme: estaba pensativa. De repente, exclamó:

—¡Te vi en el Anteo!

Bajé la cabeza y busqué a Olivia, la ancianita dicharachera. Estaba hablando con el luxemburgués.

—Ponían *La chaqueta metálica*. —Anna se puso firmes como el soldado Joker y empuñó un fusil imaginario—. «Los muertos sólo saben una cosa: es mejor estar vivo.» —Y se echó el pelo de un lado al otro.

Así fue como conocí a Anna Cedrini. Con una imitación del soldado raso Joker en el frente vietnamita. Tenía una memoria fotográfica asombrosa: se acordaba del traje de rayas que yo llevaba y de mi acompañante, una chica bajita en traje de chaqueta.

—Acababa de salir del trabajo con una compañera. —Me sonrojé.

Me presentó a los demás, pura formalidad, y luego conversamos ella y yo de Kubrick y de *El resplandor*. Las gemelas en el pasillo del Overlook Hotel habían traumatizado nuestra adolescencia. Recuerdo la sensación de que el tiempo parecía tener prisa. En media hora pasamos del cine —le encantaba Dario Argento— a los viajes —Lisboa era la ciudad de sus amores— y al deporte —era hincha desde siempre de la Juventus—. Me dijo que se licenciaría ese verano —estudiaba Literatura Contemporánea— y que empezara a prepararme para la cena navideña más dura del siglo. ¿Estaría a la altura?

—Estoy un poco agobiado.

—Sigue a la abuela Olivia, porque será ella la que te saque de este Vietnam milanés.

—¿Vietnam qué? —Mario nos sorprendió por detrás y besó a Anna. Dijo que nos había visto hablar desde la distancia: una escena que había cerrado el círculo de su juventud.

Y de la mía.

Durante la cena recurrí al truco de aplastar la comida contra el plato. La madre de Mario me sirvió risotto dos veces, y en la segunda ración fui acumulando los granos contra el borde. La impresión que di fue la de haber degustado más de la mitad. Cuando rechacé la carne hervida y las tías de Mario insistieron en que por lo menos la probara, la abuela Olivia intervino:

—Vosotras, las de allí, a vosotras os hablo: ¡que no estáis engordando al cerdo!

Me reí y eché un vistazo a Anna al otro lado de la mesa. Me estaba mirando y sonreía. La había estado buscando durante los entrantes, ella me había estado buscando durante los entrantes. Y así hasta el mascarpone.

Después del café, nos encontramos cerca de un sofá con patas de perro. Mario y la abuela Olivia se estaban despidiendo de un tío que ya se iba.

—Sé que estás pensando en matricularte en la Estatal —me dijo Anna, acercándose.

Asentí.

—Si pasas por allí, me encontrarás en el tercer piso, despacho treinta y cuatro.

Le estreché la mano, vacilamos un instante y después nos besamos las mejillas. Cuando Mario me llevó a casa, le dije que tenía una novia encantadora. ¿De verdad la había conocido en la piscina?

—En la piscina, sí —confirmó.

Bajé del BMW y le di las gracias. Me encaminé inquieto hacia Brera.

• • •

Aquel mes de enero, Giorgio agregó tres muescas en el mostrador de la taberna. Una amiga de Vanessa que no estaba nada mal, la cajera del supermercado y la hija de una conocida de mamá que me invitó a un té de bienvenida milanés. Tenía aventuras, pero me faltaba el eros. Traté de recalibrarlo una tarde, justo antes de marcharme del despacho, cuando Frida me dijo que se quedaría para hacer horas extras.

—¿Hasta muy tarde?

Respondió que no lo sabía. Le dije que me pasaría a las once para charlar un rato y que no se preocupara si prefería irse a casa antes. No nos habíamos visto desde Nochebuena, aunque habíamos hablado por teléfono para felicitarnos el año nuevo.

Le pedí a Giorgio un par de horas libres y volví al bufete. Frida aún seguía trabajando.

Le hablé sin rodeos de la persiana: ése fue el momento en que me había impactado. Estirándose y forzando la posición, exponiendo su trasero.

—Ya lo sabía. —Puso la tapa al rotulador y se recogió el pelo.

—¿Te importaría volver a hacerlo?

—Libero, estoy trabajando.

—Sólo un momento.

—Hace tiempo que quería hablar contigo. Creo que...

—Sólo un momento, Frida. Sólo esta noche.

Me observó con ternura y hastío. Compartíamos los mismos sentimientos. Dejó el chicle en su pañuelo, se levantó y se dio la vuelta. Sus manos aferraron la cinta de la persiana. Permanecí sentado y le dije que me pidiera ayuda como había hecho la primera vez.

Se quedó callada un momento y luego cedió:

—¿Te importa ayudarme, Libero?

Rodeé el escritorio y sujeté la cinta donde ella tenía las manos. Deslicé la mano libre por su espalda arqueada.

182

Le levanté la falda y le bajé las bragas. La poseí allí mismo, sin protección, con ella agarrada a la cinta para mantener el equilibrio. Me incliné y noté el olor a almizcle blanco detrás de sus orejas, la abracé, la empujé contra la ventana y me contuve justo en el instante previo al orgasmo. Lo había percibido claramente: el desgaste de los cuerpos, el cansancio del encuentro... Ella también lo notaba, la percepción que cambia el eros. Éramos amantes caducos, al principio del hastío. El eros hueco, como el de las muescas en la barra de la taberna. La última señal.

La abracé y ella me acarició. Mientras apretaba su cuerpo cansado, aferraba sus caderas y me disponía a correrme, le di las gracias. Habíamos rebautizado nuestros cuerpos y una parte de nuestro espíritu. Aquél iba a ser nuestro alegre final.

Algo había cambiado de verdad. Disfrutaba de la hembra, pero la mujer aún se me escapaba. Me sentía en una crisálida. La seducción me costaba menos y se llevaba a cabo sin rodeos. Había dejado a un lado pudores e inseguridades, a favor de un modo enérgico que no me hacía perder el tiempo y me llevaba a probar los cuerpos. Las preguntas eran: «¿Te apetece venir a casa?», o: «Seré sincero: me gustas mucho y voy a pedirte que salgamos. ¿Aceptas?»

La segunda variación transmitía un aura de indiferencia que suavizaba el acercamiento. Escogía la presa basándome en una anatomía precisa: un trasero perfecto compensaba una cara feúcha, un pecho generoso neutralizaba una piel arrugada, y así sucesivamente. Sin embargo, cuando una chica tenía más de un don me despertaba un deseo completo, una atracción que me hacía vacilar. Cuanto más aparecía mi corazón, menos afloraba mi nueva insolencia. Las reacciones de las féminas variaban: mis peticiones explícitas a menudo obtenían ironías, risas nerviosas, estupor, adulación, rabia, respuestas afirmativas disfrazadas de fingida indignación («Pero ¿qué maneras son ésas?», «Lo has estropeado todo», «¿Tú siempre actúas así?», «Me has descolocado»). Desde que estaba en Milán, Giorgio había marcado la madera en veintiuna ocasiones. Casi dos docenas de cabelleras femeninas. Era un matadero que aspiraba a dispersar una tentación inconfesable: la cena de San Esteban me había dejado una obsesión por Anna, ésa era la verdad.

Hombrecito de mundo:
    Recuerda: la universidad. Mi tercer ojo ve que titubeas y te escribe. Si no lo haces por ti, hazlo por tu padre.

Mamá

Estas líneas de madame Marsell llegaron dos semanas antes de mi viaje a París. Las había escrito en el dorso de una fotografía enviada en un sobre sellado: ella, papá y yo sentados en la primera rama de una jacaranda, en México, con monsieur Marsell fingiendo perder el equilibrio.

Al día siguiente, pedí la tarde libre en el bufete y fui a la Universidad Estatal. Me detuve ante la fachada y contemplé los parteluces y los bustos protuberantes de la Ca' Granda, el ir y venir de los estudiantes... y a mí mismo, en vilo y ensimismado. Observé mis Clarks: papá había hecho grabar las iniciales de mi nombre entre el forro y el ante, la L y la M destacaban con su hilo plateado. Las contemplé un buen rato, luego levanté la cabeza. A la derecha se abría el pasillo hacia la oficina de matriculación. Cerré los ojos y fui hacia la izquierda, crucé la puerta y subí al tercer piso. Busqué el despacho 34. Anna estaba hablando con un estudiante, me senté y esperé. Cuando acabó la entrevista, se acercó a mí. Llevaba un suéter de cuello alto y vaqueros ceñidos. Su sonrisa me intimidó y miré al estudiante que se alejaba.

184

—Echo una mano a los estudiantes de primer año —explicó. Y lo hizo de nuevo: se echó el cabello de derecha a izquierda—. Bienvenido.

—Gracias. —Bajé la mirada hacia las Clarks—. ¿Con quién puedo hablar para el traslado desde la Sorbona?

Me indicó que esperara, sacó sus cosas del despacho y cerró la puerta con llave. Me acompañó al departamento jurídico. Consultamos los planes de estudio y preguntamos en secretaría por las modalidades de traslado, la recuperación de exámenes y los costes. Era una tarea que ocultaba una sensación de extrañamiento: la época de estudiante era un pasado polvoriento, me sentía fuera de contexto. Se lo confié a Anna.

—¿Cuántas asignaturas te faltan?

—Siete.

—Los muertos sólo saben una cosa: es mejor estar vivo. —Citó *La chaqueta metálica* otra vez—. No puedes tirarlo todo por la borda, Libero.

Se inclinó para atarse los botines y se reincorporó lentamente.

—Matricúlate. —Y se me quedó mirando.

Y yo me percaté entonces de un detalle que había tratado de eludir: encima de la boca, casi imperceptible, tenía un lunar que le daba cierto aire maternal... y furtivo. Anna era acogedora pero esquiva. Engarzaba la idea de la complicidad masculina en un cuerpo malicioso. En ese lunar estribaba su lado insospechado.

Dije que lo haría por mi madre: solicitaría mi traslado desde la Sorbona.

Anna se detuvo en medio del patio.

—Entonces habrá que celebrarlo. —Rebuscó en el bolso y sacó el paquete de Diana Blu y *La Repubblica*. Hojeó la penúltima página y dijo—: Vayamos al Anteo.

• • •

Me negué aduciendo que debía irme pitando a la taberna y que no podríamos llegar a la primera sesión de la tarde. Anna dijo que sabía dónde trabajaba. Una noche, ella y Mario se habían pasado por allí porque él quería presentarle de lejos a su amigo parisién que rechazaba un encuentro oficial.

—Pensábamos que te avergonzabas de algo.

—Era invisible.

Y añadí que ya nos veríamos en la facultad, o con la abuela Olivia y toda la tropa de parientes, o una noche con Mario. Yo trabajaba siempre, excepto el lunes. Nos dimos la mano y nos besamos en la mejilla.

Susurré un «hasta la vista» y me fui. Estábamos en la entrada del callejón Santa Caterina, una brecha abierta entre piedras del siglo XV. Lo crucé y aminoré el paso hasta detenerme. Los muertos sólo saben una cosa: es mejor estar vivo. Di media vuelta y enfilé otra vez por el callejón. Anna se encaminaba hacia la universidad. La llamé.

—He caído en que hoy es martes —dije.

Ella se volvió.

—El martes, en la taberna, abrimos más tarde.

Elegimos *Soy el pequeño diablo*, de Roberto Benigni, que ponían en el President. Anna quería ver *La insoportable levedad de ser* en el Anteo, pero me opuse. Quiso saber por qué, y lo hablamos mientras nos dirigíamos al cine. Según Anna, Kundera vinculaba la rebelión social con la sentimental, ¿o es que había habido un amor más político que el de Tomáš y Tereza? Me encogí de hombros y dije que tal vez no nos hicieran demasiada falta los amores políticos. Seguimos pinchándonos hasta la taquilla. Ella insistió en pagar por separado, de modo que la invité a palomitas. Antes de que las luces se apagaran, dijo:

—En cualquier caso, Tomáš y Tereza se amaban de verdad.

La última palabra fue mía:

—En efecto, él era un polígamo.

Al salir del cine, le dije que tendríamos que llamar a Mario para contarle que habíamos pasado la tarde juntos.

—Tal vez deberíamos haberlo hecho antes, n'est-ce pas?

Y me informó de que Mario estaba trabajando en un proyecto para un túnel en el Brennero con su padre, y que no podíamos interrumpirlo hasta las seis.

—Pues lo llamaré desde la taberna.

—Estará encantado de saber que hemos ido al cine.

Y así fue. Se mostró entusiasmado, y comentó que yo estaba recuperando el tiempo perdido con él y su mundo. Anna era una chica de armas tomar, no debía hacer mucho caso a su tozudez ni a su impertinencia. No veía la hora de que conociera a sus amigas.

—Sobre todo a Marzia, que es especial.

Giorgio estaba con la antena puesta, y cuando callé fingió añadir una muesca al mostrador. Le lancé el trapo.

—Jamais, ¡eso nunca! —Y mientras lo maldecía por su malicia, de pronto pensé en Emmanuel, que le había quitado su mujer a su mejor amigo y a quien yo no quería parecerme.

Giorgio me señaló con el dedo.

—Entonces evita verte con ella, LiberoSpirito.

A pesar de su advertencia, fui con ella a ver otras dos películas. La primera fue *Luces de neón*, basada en el libro de Jay McInerney, que me devolvió el recuerdo de Lunette. Sentí el arañazo de la nostalgia, fulmíneo, y la epifanía de su antídoto. Aquel día comimos caramelos gomosos, verdes y rojos, mientras que el lunes siguiente nos hinchamos a patatas fritas ante *La esposa americana*, de Giovanni Soldati, que poco tenía que ver con la novela. Qué magnífico escritor era Mario Soldati, ¿verdad? Anna me lo preguntó con la boca llena de patatas y la sensación compartida, irreversible, de que estaba sucediendo algo.

Se la presenté a Giorgio al día siguiente, justo antes de marcharme a París. Anna lo felicitó por haber concentrado al verdadero Milán en una taberna.

—Palabra de milanesa genuina.

Antes de irse, mientras yo me ataba el delantal, me pidió mi dirección en París porque quería enviarme una cosa que se había olvidado en casa.

—Estaré fuera sólo unos días.

—Siempre he querido enviar algo a París.

Arranqué una esquina de una servilleta de papel amarillo y escribí: «22, rue des Petits Hôtels, París 75010.»

Aquella noche, y las sucesivas, Giorgio y su silla de ruedas no dejaron de darme la matraca con sus advertencias:

—Déjala correr si no puedes. Si eres capaz, prueba y lárgate; de lo contrario, pies para que os quiero y sin remordimientos.

Asentí, y ése fue el primer propósito que me impuse para el año nuevo. Los otros fueron de realización inmediata: la promesa a Lorenzo de traerle un cartel del Moulin Rouge de París, y un encuentro con Marika. Aceptó por veinte mil liras. Traté de besarla, pero se negó y me tomó de la mano, *«Tranchilo»*, y me condujo a la cama. Lo hizo todo ella y, mientras se movía sobre mí y me sonreía, yo entorné los ojos y busqué a la mariposa negra. Era una sombra amenazante. Así concebí mi último propósito: ver a Lunette y enfrentarme a mis tártaros.

Esa noche, se me quedó el olor de Marika. Me daba náuseas y me revitalizaba. Después de llenar la Spalding de ropa y regalos para mamá, cogí el cuaderno de Lupin y escribí: «Volver a encontrar la pureza.» Luego fui a la ventana y, con un dedo, le quité el polvo a *Mientras agonizo.* Lo metí en la maleta.

Aterricé en el Charles de Gaulle el día anterior a mi vigésimo quinto cumpleaños. Allí me esperaban madame Marsell y Emmanuel, con Antoine detrás. Los abracé y mamá susurró: «Estás más guapo, hombrecito mío.» Después llegó el turno de Antoine. Me cogió la Spalding y, mientras me trituraba los huesos, propuso que nos viéramos en el Deux Magots esa misma noche a las diez, porque tenía que volver a la universidad.

Mi madre había envejecido. Estaba más corpulenta, con los ojos saltones en un rostro demudado. Me explicó que le habían encontrado un problema de tiroides, «rien de sérieux», ya lo estaba remediando con una dieta metabólica reactiva. El negocio del maquillaje iba mejor que nunca. En el coche, abrió su agenda y me enseñó el calendario repleto de citas. Habían contratado a dos chicas. Emmanuel gestionaba los horarios y las finanzas, y la llevaba de un lugar a otro en el Peugeot 305. Por la noche, iban de copas y se lo pasaban en grande, como críos. Había una novedad: por fin habían alquilado el apartamento de Marais, y a partir del mes siguiente yo recibiría la mitad del dinero. ¿A qué iba a destinarlo?

—Tasas universitarias, Derecho —anuncié.

—¿Te has matriculado? —Se atragantó con las palabras.

—Oui, madame.

Se inclinó hacia mi asiento para envolverme en un abrazo y, mientras me estrechaba una y otra vez, lo reconocí: estaba en casa. Le dije que todos le mandaban recuerdos, Mario y su familia, etcétera, etcétera, y que el abogado Leoni era un tiburón. Le pedí a Emmanuel que me dejara en una parada de metro. Quería dar una vuelta por París, pero les prometí llegar a tiempo para la cena.

Antes de bajar a la estación de Place de Clichy, alcé la cabeza hacia el cielo de la Ville Lumière: cobalto. Lo volví a mirar cuando salí en Trocadéro. Pasé frente al Musée de l'Homme y enfile rue du Commandant Schloesing. Crucé el cementerio de Passy y dije: «C'est moi, papa.»

En la lápida había un ramo de tulipanes, y en la esquina cinco gerberas amarillas atadas con una cinta celeste. Cambié el agua de los floreros, luego cogí una gerbera y la puse debajo de la fotografía. «Ça va, monsieur Marsell?» Le hablé de Milán, de Giorgio y la taberna, de los chicos y *Palmiro*, de Marika. Del cine con la novia de Mario. Le confesé que me veía siguiendo sus pasos: a los cincuenta, yo también me concedería algunas veladas en el Crazy Horse, un apartamento en soledad, flores de Bach para tomar antes de dormir... y hasta el carnet del Partido Comunista. Antes, sin embargo, aunque fuera sólo por unos instantes, quería recuperar mi pureza: «Aide-moi, papá, porque me falta valor.»

Mamá preparó oeuf cocotte, cappelletti con cáscara de limón y nuez moscada, y de postre tarta de membrillo. En la mesa me encontré con dos desconocidas: Sophie y Alexandra, las dos chicas que la ayudaban con el maquillaje. La primera llevaba el flequillo con dos mechones teñidos; era mona, pero su rostro se veía mancillado por una nariz aquilina. Alexandra era filiforme y con curvas donde correspondía, y en cuanto se levantó para ir al baño le miré el trasero. Emmanuel me dio un toque por debajo de la mesa y me hizo un gesto de comme ci comme ça, luego dijo:

—¿No deberías marcharte ya, Libero?

Sentía afecto por este hombre ingenioso, siempre discreto. Sin darme cuenta, le había condonado la pena por la separación de mis padres.

Besé a mamá y me despedí de las chicas. Media hora después, estaba abrazando a Philippe en el Deux Magots. También estaban los dos dueños, los camareros viejos y nuevos y algunos parroquianos. Me dijeron que los demás habían seguido reuniéndose unas semanas más, y que luego todo terminó. ¿Lunette también? También, y no había vuelto a bailar. Brindamos, «À la santé de Libero Marsell!», y Philippe me invitó a sentarme bajo la foto de Camus.

Antoine llegó mientras me bebía el segundo pastís. Me puso al día de inmediato: al final no pasaría por Milán, porque había adelantado dos semanas su marcha a Estados Unidos, pero, lo más importante, había consumado con dos aspirantes a graduadas en Química. Al mismo tiempo.

Me lo quedé mirando.

Me contó que formaban parte del proyecto de intercambio universitario entre Francia y Estados Unidos, el mismo en que iba a participar él. A Antoine le habían asignado la tutoría de dos chicas de Berkeley, y la última noche se encontró desnudo con ambas mientras se lo rifaban.

—¿Y cómo fue?

—Superbe.

Hablamos sobre los detalles. ¿Había habido interacción entre ellas? Por supuesto. ¿Las había satisfecho? Claro que no. ¿Qué efecto había tenido en él aquel encuentro? Era como cuando de niño sueñas que te llevan a una tienda de juguetes y te dicen «elige lo que quieras». Le pregunté si había usado condón y él me tranquilizó, ¿por quién lo tomaba? Lo de California tenía pinta de ser un absoluto desenfreno, y esperaba que fuera a visitarlo.

Le hablé de mi matadero en Milán, omitiendo los excesos. Me pregunté cuántas de mis revelaciones acabarían llegando a Lunette. Aludí a una chica con la que salía a pasear e iba al cine. Según me dijo Antoine, mi madre tenía razón: estaba más guapo. Me miré en el espejo de la barra: la barba descuidada, la nariz encajada entre los pómulos amplios, los ojos alargados; el pelo, más largo, se rizaba hacia atrás y por los lados.

Le pregunté por Lunette.

Antoine dio un sorbo a su pastís y luego dijo que las cosas le iban bien, que había empezado a trabajar en la universidad con un contrato de seis meses. Vivía en un pequeño apartamento en Belleville y militaba en las Juventudes Comunistas. De repente, me abrazó.

—¿Está con alguien? —quise saber.

Dijo que si se lo preguntaba una segunda vez me contestaría.

No se lo pregunté. En vez de eso, le pedí su número de teléfono.

—Lunette no tiene teléfono.

—Por favor.

Antoine resopló, cogió una servilleta y le hizo un gesto a Philippe para que le pasara un bolígrafo.

El día de mi cumpleaños, mamá vino a despertarme con una bandeja de cruasanes y un capuchino. ¡Tenía que tomar el desayuno en la cama: «Bon anniversaire, hombrecito del mundo»! Ya se encargaba ella de buscar la banda sonora. Eligió *Carmina Burana* porque, argumentó, un cuarto de siglo se merece algo con brío. Me preguntó qué tal con Antoine y qué pensaba de Sophie y Alexandra. Fui sincero y ella se encogió de hombros. Dijo que tenía que irse corriendo al XIII Arrondissement para una sesión de maquillaje. Si necesitaba algo, estaba Emmanuel.

—Y dale recuerdos a Marie —me hizo un guiño—, tarde o temprano la verás, n'est-ce pas?

En cuanto se marchó, le pregunté a Manù por ese asunto de la tiroides. Cerró *Le Monde* y me aseguró que era sólo un desequilibrio debido a la menopausia.

—Y ahora, vete a tu París.

Me vestí y bajé a la calle con otro cruasán en la mano, tomé el metro hasta Saint-Paul y, cuando volví a salir, me detuve a contemplar la rue Pavée unos instantes. Luego eché a correr, corrí hasta la entrada del Hôtel de Lamoignon, seguí corriendo y sólo me detuve en el primer adoquín del patio. Me acerqué lentamente y la vi: Marie estaba acompañando a dos mujeres a las mesas de consulta. Llevaba una falda de lana y una chaqueta. Esperé a que terminara y me dejé ver.

—Grand, c'est toi!

Di dos pasos hacia ella, la sujeté por la cintura y la levanté. Cuando la bajé y me aparté, se había conmovido. Me dijo que la esperara en el patio y luego la vi apresurarse en el fichero de narrativa francesa, atender a otras dos personas, reorganizar al buen tuntún un expositor, firmar un formulario... Al final, salió a mi encuentro.

—Libero.

Nos abrazamos y nos quedamos así. Le dije que no quería que me adelantara nada y que tampoco quería adelantarle nada de lo que había sucedido. Esa noche hablaríamos de algo extraño y de Faulkner. Era una invitación a cenar: un restaurante de Montmartre, rue des Trois-Frères, a las nueve.

Se secó los ojos.

—Avec plaisir.

Fue Cash Bundren, el personaje de *Mientras agonizo*, el que encarnó de pronto el significado de lo que yo entendía por literatura. Cash tenía una madre, Addie Bundren, y era el único de la familia que podía proporcionarle un ataúd después de su muerte: era carpintero y empezó a construirle el féretro cuando su madre estaba en las últimas y aún podía oír el ruido de la sierra en el cobertizo de la granja. Junto con sus cuatro hermanos y su padre, transportaría el cuerpo de su madre hacia el lugar de sepultura que ella les había indicado. Sería él el auténtico depositario de la tragedia. Se rompería una pierna durante la odisea, sufriría en silencio hasta la meta, consolándose con su amor por la música. Es suyo el sentido que Faulkner confiere a la novela en el final: Cash está en el carro, la madre acaba de ser enterrada, y sostiene entre sus manos un viejo gramófono que siempre ha deseado y que ha encontrado por casualidad. La herencia conclusa del útero.

En el restaurante de la rue des Trois-Frères le dije a Marie que había sido una novela complicada y desgarradora. Me detuve para pedir filet mignon con salsa de roquefort y legumes. Y un cabernet. Había leído la novela en el vuelo desde Italia y, cuando aterricé, por fin había entendido mi viaje con la muerte en el carro. La muerte. Tenía los rasgos de un padre abatido por un ataque al corazón mientras leía una fábula, de una negra de Belleville, de un Milán en soledad: ¿conseguiría encontrar yo también mi gramófono? Le traía recuerdos de Giorgio, el de la taberna, y le hablé de Leoni y de Frida, de las muescas en el mostrador, de Marika. De la primera promesa mantenida.

—Sigue buscando en el caos, Grand. Tu gramófono está ahí.

—Et toi, tu l'as trouvé, Marie?

Ella estaba bien sola. Y feliz. Había hecho las paces con la resignación. El instinto de maternidad había sido un tormento hasta el final. *Mientras agonizo* y Addie Bundren habían simbolizado esa renuncia.

Me abstuve de decirle lo que pensaba: era una mujer que se engañaba. Yo detestaba a la gente que se cuenta historietas para suavizar la caída, me provocaban recelo, y con toda probabilidad era esa misma sospecha la que alejaba a los hombres de ella. Detrás de ese rostro irresistible, de esas tetas majestuosas, detrás de ese cerebro, se entreveía un destino inacabado que me entristecía. El efecto de Marie en la mayoría de los hombres era sólo uno: querer llevársela a la cama. Ella misma daba a entender que le bastaba con eso, nada más, disimulando su corazón. ¿Y si, efectivamente, le bastara sólo con eso?

Dejé el tenedor y la observé en su vestidito rouge que le comprimía los pechos. Un delgado lápiz labial, el pelo recogido... Tenía cuarenta y cuatro años y yo la quería. Me incliné y la besé en la boca.

—Grand.

—C'est mon anniversaire —me justifiqué.

—C'est vrai?

La besé de nuevo y le repetí que sí, era mi cumpleaños. Había apoyado mis labios en los suyos sin malicia, y ella lo había notado.

—Tu as quel âge?

Cuando dije que cumplía veinticinco años, Marie levantó su copa y propuso un brindis a las mesas del local. Recibí una felicitación colectiva, y luego le hablé de Anna.

Volvimos en taxi y le pedimos al chófer que nos dejara a veinte minutos andando de su casa. Caminamos del brazo y le dije que me halagaba pasear con una mujer tan hermosa a mi lado. Nos quedamos en silencio, yo pensando en el consejo que me había dado: «No hagas nada, Grand, deja que sea Anna la que actúe. Si tiene que pasar, Mario te pesará menos en la conciencia.»

Cruzamos el Sena, tres bateaux mouches estaban en fila. Continuamos en silencio y ella apoyó la cabeza en mi hombro sin parar de caminar. Llegamos a su puerta y le pregunté si podíamos subir y hacer el amor. No me sentí apurado, Milán me había inculcado este descaro.

Ella sonrió, se llevó una mano a la boca y rió con gusto. Le dije que me apetecía preguntárselo, más allá de seducciones, sentimientos y vínculos. La idea de poseerla me atormentaba desde el día de la hamaca en Deauville, todavía nutría mi imaginación. ¿Cómo podría cerrar el círculo? Me uní a sus risas.

Se acercó y me susurró al oído que el eros era su condenación, y que no le permitiría estropearle la única cosa pura que la vida le había reservado. Después me besó, despacio, y dijo: «Bon anniversaire.»

La llamé por la mañana. Tenía que exorcizar la torpeza de la noche anterior. Respondió tras unos tonos, y apenas oí su voz le dije que había sido el mejor cumpleaños de mi vida. ¿Se había pensado mejor mi proposición indecente?

—Eres un cerdo, Grand.

—Eres mi mejor amiga, Marie.

Calló y me hizo jurar que no me iría sin despedirme. Le prometí que nunca nos perderíamos de vista.

—Promets-moi encore.

—Je te le promets.

No le había hablado de mis intenciones con Lunette. A la naturaleza le place ocultarse. Colgué y esperé en pijama con el oído dirigido al salón. Mamá y Emmanuel ya se habían marchado. Cogí la servilleta en la que Antoine había escrito el número de su hermana. Vagué por la casa, fui a la cocina y comí los restos de la tarta; volví a mi habitación y me desplomé en la cama de mi adolescencia. Por la puerta entreabierta veía el pasillo con el perchero y la habitación de mamá: el punto exacto desde donde la había espiado con

Emmanuel. Me levanté y fui al despachito, descolgué el teléfono y marqué el número. Contuve la respiración. Lunette contestó al cabo de cinco tonos. Dudé un momento y le dije que era yo, le había pedido su número a su hermano.

—Libero.

Su voz era la misma que cuando estábamos juntos. Tomé aliento.

—Je voudrais parler avec toi, un petit peu.

No respondió.

—Sólo dos palabras —repetí en italiano.

Tampoco respondió y oí el crujido del auricular. De repente dijo que quedáramos en la universidad, tenía su propio despacho. Respondí que aprovecharía para firmar los documentos de traslado y, antes de colgar, susurré «Merci».

Me estaba esperando en la puerta con las coletas apuntando al cielo. Se toqueteaba un collar de perlas de río. Su expresión indicaba que estaba un tanto asustada. Yo me había puesto la camisa azul y había cogido de los souvenirs de mamá una bolsita de azafrán con el Duomo de Milán impreso. Se la tendí, me dio las gracias y me invitó a pasar.

Recibía a los estudiantes en una especie de cubil amueblado con tres sillas, un escritorio y una máquina de escribir. Dije que me recordaba a un bufete de abogados y eso le arrancó una sonrisa.

Era ella. Y estaba allí. Se instaló detrás del escritorio como si yo fuera un estudiante y dejó que su mirada se perdiera por la ventana que daba a la explanada. Le hablé de Milán y luego le pregunté si mi llamada la había molestado.

—Sorprendido —precisó con estupor.

Nuestra historia había echado raíces en la imprevisibilidad. Y en una atracción que perduraba, al menos por mi parte. Todavía tenía su ligereza de mariposa, pero sus ojos ocultaban algo más pesado. Tenía su negritud.

197

Le pregunté si le apetecía mirarme un momento. Titubeó, lo hizo y apartó los ojos de inmediato.

—Lunette... —Extendí la mano sobre el escritorio.

Me la cogió.

Lloró de repente, y yo también. No por nostalgia, no por deseo, sino porque las cosas terminan.

Tomamos un café en los expendedores automáticos, le revelé mi crisis de lector y mi bulimia cinematográfica. Ella también se daba menos a las novelas y más a los ensayos, y por supuesto a los trabajos retorcidos de los estudiantes. Me felicitó por mi cumpleaños.

—Estás con alguien ahora —le pregunté, afirmando.

Giró el collar de perlas y tiró el vaso de café a la cesta. Dejó de mirarme.

—Lunette.

Sonrió.

—Estoy con alguien, es verdad.

Asentí y dije que la acompañaría de vuelta al despacho. Cuando llegamos, le pregunté si era el cuarentón de la moto inglesa.

Vi el estupor en su rostro por segunda vez. Susurró que no era él, sino un chico de las Juventudes Comunistas. Y yo, ¿estaba con alguien?

Negué con la cabeza.

—Nadie. —Y la verdad me liberó.

Caminé tres horas hasta que, exhausto, llegué a casa. Me tiré sobre la cama. Poco después, mamá llamó a la puerta y pidió permiso para entrar. Se sentó en el borde del colchón, como cuando era un crío, y preguntó si había visto a Lunette.

—Oui.

—Eres un hombre valiente, Libero.

Me revolvió el pelo y yo le dejé sitio. Se tumbó a mi lado. Nos quedamos mirando el techo, las grietas que papá enyesaba cada primavera y la esquina izquierda con el halo de humedad que no había logrado eliminar. Cierta sensación de tibieza se apoderó de mí. De mis huesos, de mis músculos, de cada rincón de mi cuerpo. Era la ternura. Después del matadero milanés, después de la batalla de los afectos, mi madre me la devolvía. Le di un beso en la cabeza, y de pronto dijo: «Lo siento.» Me di cuenta de que se había vuelto hacia la puerta para mirar el resquicio de luz que salía de su habitación. «Siento lo de aquel día», añadió, y yo también me puse a mirar el resquicio de mi trauma. Nos quedamos quietos, luego la abracé y la sostuve así, a mi madre, y comprendí que la había echado en falta como a nadie. Nos apoyamos en la cabecera de la cama, ella se colocó la almohada en la espalda y me preguntó si había firmado los documentos para los trámites de traslado. Lo había hecho, ya era hora de que se fiara de mí.

Se fiaba, era sólo que por la mañana habían traído un sobre con el membrete de la Universidad Estatal de Milán. Fue al salón y me lo trajo.

Lo abrí. Contenía la cubierta arrancada de *La insoportable levedad del ser* y detrás, escrito con bolígrafo azul: «De todos modos, Tomáš y Tereza se amaban de verdad. ¿El lunes por la noche? Anna.»

Despegué de París en el vuelo de las 6.20 h de la mañana. A mamá le costó dejarme ir. Cuando me despedí de Emmanuel, le dije:

—Cuídala mucho.

—Y tú cuídate también, Libero.

Aterricé puntual. Milán me asombró por la brisa que barría la niebla y nos devolvía el cielo. En el autobús, saqué la cubierta arrancada. «¿El lunes por la noche?»

Dejé la maleta en casa, me di una ducha y fui al bufete. Tenía tanto trabajo atrasado que los papeles desbordaban el escritorio. Saludé a Frida y a los chicos y puse manos a la obra. Sólo levanté la cabeza una vez para mirar a mi amante caduca: enmarcada por su traje de chaqueta y su devoción hacia Leoni, me despertaba una absoluta indiferencia. Quedaba la gratitud, pero se añadía la ira por ese nombre a cuya altura no había sabido vivir. ¿Y tu valor, Frida? ¿Y tu lucha por la ilusión? Eso pensé, luego forcé algo de amabilidad. Ella seguía a lo suyo y, antes del almuerzo, me propuso que nos viéramos en el archivo. Yo ya estaba allí cuando llegó. Me sonrió, tomó la llave y abrió el escondite, me invitó a pasar. Encendió la Fiorucci. Estaban los dos pufs, pero faltaba el espejo con el estuche de cosméticos. Uno de los dos cojines orientales había desaparecido. El hervidor lo había puesto en una esquina. Fue a la mesa y cogió el buda.

—Quédatelo tú.

—¿Por qué?

Señaló el cartel de Hopper, la mujer sumergida en la luz matinal.

—Me hiciste sentir así. —Y añadió—: Conseguiste que me sintiera bien.

La miré.

—Tú también.

Nos quedamos allí, y percibí la cercanía del refugio secreto. La abracé antes de salir al archivo. Luego volvimos a la oficina. Yo llevaba el buda en la mano con su barriga y su aire seráfico. Lo coloqué en el escritorio y cogí un folio para meterlo en la Olivetti. Escribí mi primera carta de dimisión. Fui a ver a Leoni y se la di.

Celebramos mi adiós al bufete con Giorgio y toda la taberna. Sangiovese y aperitivo de tres colores, un hip hip hurra y Rino Gaetano como música de fondo. Rellenaba copas y jarras, decía au revoir a mi viejo París y buenos días a mi nuevo Milán, hecho de clientes desdentados y siete asignaturas por aprobar. Luego Giorgio me dijo que fuera al almacenillo de los barriles: había alguien fuera que había preguntado por mí.

Volví tras el mostrador, me asomé y vi a Anna en la calle encogida en su abrigo.

Giorgio me agarró de la manga.

—Si eres capaz, prueba y lárgate. De lo contrario, pies para que os quiero. —Y se dio un puñetazo en el muslo.

Salí. Anna estaba dando pataditas contra el suelo por el frío. Se subió el cuello. Sólo se le veían los ojos, risueños, y el pelo echado a un lado.

—Pasa, que te vas a helar.

Sacudió la cabeza.

Saqué la cubierta de Kundera, se la enseñé y dije:

—No puedo.

—¿El martes?

—Nunca.

Adultez

Me casé con Anna por amor, y por cómo folla. Además del eros, además de su insuperable habilidad para hacerme sentir vivo, le pedí la mano un día de septiembre por haberme devuelto mi nombre.

Mario tuvo que perderla para que yo la consiguiera. Desde mi regreso de París me obstiné en proteger nuestra amistad con la ayuda de Giorgio, que me acompañó en esa liturgia del respeto. Zigzagueaba entre las mesas de la taberna y me repetía la fórmula de la resistencia que le había dejado leer en una carta de Antoine: «$Y = (C \times SC) + D$.» Es decir: la resistencia a la tentación (Y) es el resultado de la constancia (C) multiplicada por un hipotético sentimiento de culpa (SC), más una serie de distracciones (D) que debían ser administradas en la dosis correcta y en el momento adecuado. Las distracciones eran las treinta y una muescas que había grabado en un año y medio, Marika aparte. Más que el acto, me excitaba la seducción y dónde llevaba a cabo la consumación: llegué a aparearme en la calle como un perro y a hacer explícitos mis deseos sin filtro. Ensanché el espectro hormonal a mujeres maduras, herencia de Marie, que se volvieron mis favoritas: algunas con un divorcio a sus espaldas, la mayoría casadas. Era el contrapaso de lo que yo había sufrido: me había convertido en el amante que consumaba la traición. Ahora era el motorista barbudo de Lunette. Así llegó la ira, la fase de duelo que creía haberme saltado: seducía y abandonaba, a menudo despertando ilusiones. Me descubrí momentáneamente sádico. Me movía de noche, al acabar el trabajo —y a veces en la misma taberna—, cuando los canales se hinchan de aventuras y Milán trama malicias. Las féminas se presentaban después de haberme visto en la taberna; volvían a la hora de cerrar o aparecían en los locales y lugares de encuentro: bibliotecas, boleras, bares, los callejones de Brera... Aparentemente, yo era un chico como es debido, trabajador, de buenas lecturas, leal, siempre educado. Mi fisonomía me ayudaba: mi rostro era simétrico y mis proporciones, armoniosas. Las buenas chicas se asomaban a las ventanas de la taberna, las avispadas a la parte de atrás. Giorgio las miraba divertido y seguía sacando brillo a las jarras. Lorenzo venía a recogerme con *Assuntina* y me presentaba a su corte de los milagros: gracias a él conocí a una amiga divorciada, y por mi cuenta conquisté a la chica del bar de viale Sabotino, Laura, y a una diseñadora publicitaria, Michela, y a una profesora, Sandra, y a toda la fauna que se ponía a tiro. La magia que Marie había profetizado se cumplió: lo que las atraía era mi pureza recobrada, que me esforcé por preservar. Si lo había conseguido el Holden de Salinger en Nueva York, bien podía conseguirlo el Libero de monsieur Marsell en Milán. Las novelas también me ayudaron. Me lancé a los norteamericanos como nunca había hecho hasta entonces: los mamporros de Hemingway y la brillantina de Fitzgerald, la fragilidad erótica de Roth, la exploración de Jack London y la sagacidad de Saul Bellow. Encontré consuelo en los judíos porque indagaban en las contradicciones a través de los rituales, como yo, que me masturbaba dos veces al día con religiosa constancia. En el autoerotismo hallaba una dulzura que corría riesgo de extinción: la suavidad de Marie, la entrega de Lunette. A veces, cuando volvía a casa del trabajo, bien entrada la noche, o al despertar, o después de copular con una extraña, lloraba desconsolado. La carencia resistía.

La aplaqué con la lectura de poemas. No los entendía pero los sentía. Walt Whitman, el letrista del cuerpo y de las almas en vilo de América: fue él quien se apoderó de mi caos y me obligó a contemplarlo. Me enseñó el arte de la espera.

«Si no das conmigo al principio, no te desanimes. / Si no me encuentras en un lugar, busca en otro. / En algún sitio te estoy esperando.»

Whitman me obligó a hurgar en mis orificios recónditos. Advertía la diversidad y la anhelaba, ahí nacía su instinto plácido y furioso, jamás saciado. Yo carecía de su arte poética, no tenía artes, sólo el alfabeto del sentimiento: limosneaba vínculos camuflados de seducción, coleccionaba cuerpos para conseguir corazones. En el empacho, veía la antecámara del encuentro salvífico. Contemplación whitmaniana. Usaba los preservativos, las buenas maneras, los atajos rápidos. Estaba convencido de que a cada coito le correspondía una aurora boreal. Miraba al cielo y veía nubes.

Giorgio seguía entrometiéndose. Decía que la bulimia llevaba a la idealización de los recuerdos. Tenía razón: París volvía como una época perdida, Marie como una amiga soñada, Lunette como un amor inimitable. Pero el descenso a los infiernos era la única manera de mantener la fórmula de la resistencia, la única forma de no ir a buscar a Anna Cedrini, Universidad Estatal, tercera planta, despacho 34. Y así sería, por lo menos, hasta mi matriculación en septiembre.

Después de que Anna se pasara aquel día por la taberna, no volví a verla durante dos semanas. En ese período, seguí mirando la cubierta de Kundera y aquella pregunta: «¿El lunes por la noche?» Intentaba explicarme por qué, y llegué a la conclusión de que ella era un calco de Lunette. Por personalidad, por sus intereses, por sus contradicciones. Yo estaba reclamando el mismo guión sentimental, y la excepción era la blancura de su piel. ¿Y si en cambio fuera aquel incisivo torcido o aquella forma tan natural de echarse el pelo a un lado? ¿Y si fuera, por decirlo como Marie, la alquimia de la carne? Anna, sin embargo, nunca había entrado en mis pensamientos libidinosos, sólo en los patéticos: lo que deseaba era una velada en el cine con ella, en la primera sesión, y una pizza cuatro quesos para compartir. Una idea me consumía: ¿y si fuera, simplemente, el encuentro que vale la traición de una amistad?

Evitaba ver a Mario, sólo hablaba con él por teléfono. Me llamaba a la taberna para saber cómo estaba y para proponer una velada de confidencias que yo abortaba antes de que se diera. Me transmitía recuerdos de la abuela Olivia, de sus padres, que no veían la hora de volver a invitarme a comer. Yo me concentraba en encuentros burdos para no pensar en su novia, la misma a la que un día había definido como imponente. Sin darme cuenta, había optado por evitarla durante algún tiempo, «conatus sese conservandi». Puro instinto de supervivencia.

Engañé al tiempo para apaciguarme y eché raíces. Me levantaba a las diez para ir a correr al parque Ravizza, mi cuadrado verde sofocado por el cemento, bajaba en la Crocetta y pasaba por los alrededores de la universidad con la esperanza de encontrármela. Comía en una focacceria y me demoraba en piazza Sant'Alessandro. Cuando acababa pronto en la taberna, me pasaba por el cine President y volvía a verme allí, con ella, en la taquilla, con la duda de si todo había sido un espejismo.

208

Compré toallas Caleffi y un somier de láminas, y puse una cama en el estudio. Llamaba a mamá más de lo normal, ella estaba bien y el negocio del maquillaje iba viento en popa. Emmanuel rebosaba salud, incluso unos días antes había hecho una escapadita al Deux Magots porque echaba de menos a Libero. Por su parte, ella había hablado con Leoni, que había lamentado mi marcha y albergaba sus dudas sobre mi decisión.

Y luego estaba mi Marie: le escribía para contarle cómo iba mi matadero, y le confiaba que sin duda me estaba volviendo desagradable, insulso y feroz. Ella contestaba que sin duda me estaba haciendo un hombre. Escribió: «El matadero es belleza, Grand.» Me contó que, después de mi tocata y fuga a París, le había dejado una nostalgia obstinada.

También hice un plan económico a largo plazo: entre la paga de la taberna, la mitad del alquiler del apartamento de Marais y algo que había ahorrado, podía permitirme la universidad y una existencia más que digna. Pasé todo un domingo montando dos estanterías y colocando mis libros; fue la señal de la reconstrucción.

Así llegó un lunes cualquiera. Era el 22 de mayo y Milán ardía. Me levanté de la cama, me puse la camisa vaquera y los pantalones azules. Tomé un bollo en el bar y renuncié al café, compré el *Corriere della Sera*. En portada aparecían las protestas de la plaza de Tiananmén, los estudiantes habían empezado una huelga de hambre. Seguí hojeando y encontré un artículo de fondo sobre Gadda, que leí mientras caminaba por corso di Porta Romana: el ingeniero había escrito *El zafarrancho* a regañadientes, y cuando lo terminó no estaba nada convencido. Acabé el artículo justo frente al bufete Leoni. Apreté el paso con la cabeza gacha hasta el callejón Santa Caterina. Desde allí se veía el edificio de la Universidad Estatal. Me detuve, con los brazos pegados a los costados y observé la entrada y su ajetreo de hormiguero. Me abaniqué con el *Corriere* y volví a abrirlo por la página de la cartelera. Ponían *Bailando con lobos* en versión original sólo durante tres días. Era una historia de indios. «Una historia de indios...», me repetí, y mientras me lo repetía pasmado y en vilo, me vino a la cabeza la imagen de papá, que leía *L'Équipe* delante de mi instituto con gesto de desconcierto y buscando con la mirada la ventana de su hijo. Le petit courage pour son Libero. Entonces sentí que la fortaleza de ánimo de papá me pertenecía más que nunca. Doblé con cuidado el periódico, lo alisé e hice coincidir las esquinas. Luego lo enrollé y lo metí en el bolsillo trasero. Continué por via Festa del Perdono y bajé directamente hacia la fachada de la Estatal. Crucé el umbral y recorrí el vestíbulo hasta la entrada de las disciplinas humanísticas. Subí el primer tramo de escalera, y el segundo, y el tercero. Enfilé el pasillo y, tras una docena de pasos, me detuve frente al despacho 34. La puerta estaba abierta, Anna jugueteaba con un rotulador mientras leía.

—Quiero ir al cine —le dije.

Levantó la cabeza y no se movió. Puso el tapón al rotulador.

—Ponen *Bailando con lobos* en versión original. No sé mucho de inglés, pero sí de indios.

—Esta noche tengo un compromiso, Libero. Y ahora mismo una montaña de trabajos que corregir.

Saqué el periódico y lo desplegué sobre el escritorio. Cogí el rotulador y tracé un círculo sobre el cine, el Odeon, y el horario, las ocho y cuarto. Subrayé la película tres veces: *Bailando con lobos*. Saqué la cubierta rasgada de Kundera del bolsillo, hecha un guiñapo.

—Tenía miedo, Anna.

• • •

Whitman fue el íncipit y el final de aquel lunes:

«Entre el ir y venir de la gente, contentos los dos, / felices de estar juntos, hablando poco, / acaso nada.»

Esperé a que Anna terminara de corregir el trabajo y luego salimos a la calle. El comienzo de nuestra intimidad estuvo en los pasos. Caminamos lentamente, uno junto al otro y por momentos uno detrás del otro, callados. Tardamos cuarenta minutos desde la universidad hasta el Duomo. Nos parábamos delante de los escaparates, tenía que esperarla o ella me esperaba a mí. Nos desviamos hacia piazza Sant'Alessandro para hacer un alto en los escalones de la iglesia. Recuerdo mi incredulidad y sus silencios. Entramos en el cine con apenas cien palabras pronunciadas.

«Estábamos juntos / todo lo demás lo he olvidado.»

Volví al caos para diseminar las huellas de aquel lunes que Anna y yo concluimos con una inoportuna promesa de volver a vernos a la semana siguiente. Confié mi intento de distracción a Marika y a una antigua conocida de Lorenzo, una mujer de treinta y cinco años y separada con quien había compartido desahogos bien maquinados. La cita era en su casa, vivía en un ático detrás de San Babila, con moqueta en tonos marfil y una chaise longue de color camello. Nos apareamos allí, en aquella chaise longue que olía a grasa de foca, y recuerdo que, mientras me cabalgaba, despacio y esmerándose, el teléfono sonó un buen rato. No hicimos caso, saltó el contestador y, después de la señal, la voz del ex marido empezó a contar que había estado en el dentista para que le hicieran una endodoncia y que había encontrado un pequeño local donde servían una paella excepcional. Si le apetecía, la invitaba. ¿Al día siguiente por la noche le iba bien? La voz del ex marido empezó a temblar, y la treintañera se inclinó sobre mí, me tapó los oídos con las manos para que no oyera y siguió cabalgándome.

No obstante, continué oyendo sus gemidos y la desesperación de su ex. Le decía que era la mujer de su vida y que quería otra oportunidad. Dijo algo sobre un viaje a Kenia y yo contemplé el cuerpo que estaba poseyendo. Era el mismo que él ya no volvería a poseer, y a mí me importaba un comino. La detuve cuando el hombre logró decir «¿Cómo puedes tirarlo todo por la borda, Elena?». El contestador se interrumpió y yo con él. De pronto, me vi de pie, mirando a mi amante resentida y mi sexo frío. Desvié la mirada hacia el teléfono en la consola de madera. Era la hora de bailar con mis lobos. Me vestí y volví andando a casa; ¿cómo podía tirarlo todo por la borda?

Aquélla fue la última distracción antes de la rendición. El lunes siguiente, fui a la librería de Porta Romana y compré *El dependiente*, de Malamud. Pedí que me lo envolvieran y escribí en la tarjeta: «Aguarda la nieve.» A las siete en punto se lo di a Anna en piazza Sant'Alessandro. Llevaba unos fuseaux y una camiseta de los Rolling Stones. Abrió el paquete y dijo que conocía esa novela, la nieve del final la había hecho odiar la nieve. Había rastreado todo Malamud porque era el héroe de la normalidad, como el tímido del grupo, feo y casi caduco, que acaba conquistando a la chica más guapa después de haber conseguido que los gallos se peleen entre ellos.

La cita fija de los lunes comenzó ese día. Lo llamamos «los lunes al sol», como una deliciosa película que se estrenaría años más tarde. Así rebautizaba los martes de cine con Lunette. Anna y yo caminábamos sin tocarnos, a veinte centímetros de distancia, uno a la izquierda y el otro a la derecha. Invertíamos las posiciones como bandadas de golondrinas que emigraban.

• • •

Rompí la regla de vernos un día a la semana, y a menudo le llevaba un bocadillo a la facultad y comíamos juntos. Rompió la regla de vernos sólo esos dos días, y se presentaba en la taberna a la hora de cierre. Evitaba cruzarse con Giorgio y me esperaba en la parte posterior y, a veces, en la parada del autobús nocturno. Venía con el Golf de su padre y me acompañaba hasta mi estudio. Nunca subió y nunca le pedí que lo hiciera. Se atuvo a los límites marcados, excepto una noche en la que, después de detenernos ante mi portal, bajó del coche porque hacía demasiado calor. Me anticipó que estaba a punto de decirme dos cosas que probablemente se convertirían en tres. Lo primero era que quería enseñarme cuanto antes un pequeño secreto de su vida: le bastaba con dos horas por la mañana.

Lo segundo concernía a Mario: él sólo sabía que ella y yo habíamos visto juntos un par de películas y, además, en breve me invitaría a su casa en Siracusa para unas vacaciones.

—No aceptaré, Anna.

Lo tercero era que quería que aceptara.

—Me sentiré muy incómodo.

—Al diablo con la incomodidad.

Le di las buenas noches y subí a casa.

Empecé a dedicarle mis sesiones de autoerotismo. Ya había interrumpido la indigestión sexual desde mi cita con la divorciada de treinta y cinco. Y la abstinencia me había llevado a picos de ansiedad y a una progresiva acumulación de energía. En la taberna rompía vasos y tazas por descuido, y en casa me costaba conciliar el sueño. La libido me estrangulaba la respiración, por lo que empecé a salir a correr también de noche y a atiborrarme de bocadillos de atún y alcachofas en el bar Crocetta. No había engordado ni cien gramos, algo que también era herencia de monsieur Marsell.

Dedicaba a Anna dos masturbaciones por día: nada más despertarme y cuando me metía en la cama. Me imaginaba un beso suyo, acaso a la francesa, ella encima de mí, pero no conseguía visualizarla. Estaba santificada, así que me aferré al «lado oscuro» que Mario le había atribuido. Lo intuía y me asustaba.

Vino a recogerme dos días después por la mañana para enseñarme el pequeño secreto de su vida. Recorrimos en el Golf unas manzanas, sin hablar. Anna tarareaba una canción y se volvía hacia mí de vez en cuando con una mueca divertida. Se detuvo frente a una especie de chalet destartalado en la zona de Corvetto, los degradados suburbios del sur, con sus mercados locales. Tocó dos veces el claxon, y un norteafricano surgió de la nada y abrió la verja. Le indicó que aparcara junto a una pared llena de grafitis. Se llamaba Mohammed y era el director.

—¿El director de qué?

—Estamos en un centro cultural para extranjeros.

Ella y Mohammed me acompañaron al interior. El centro tenía cuatro aulas. Entramos en la de los más pequeños. Había norteafricanos de cinco y seis años, algunos chinos, algunos indios. Anna los saludó y me pidió que me sentara al lado de un renacuajo que se llamaba Affe, con un atisbo de mocos en la nariz. Le dije «Hola» y él se encogió. Miraba a Anna, y los demás también. Comprendí que era su maestra.

Anna les habló de Pinocho, del Gato con Botas, del Zorro y del árbol de las monedas de oro. Les enseñaba las ilustraciones e iba escribiendo palabras en la pizarra, que ellos copiaban en sus cuadernos. Me pidió que me paseara entre los pupitres para mantener el orden. Alguno se había quedado adormilado, un par se chinchaban, tres se lanzaban los capuchones de los bolígrafos... La mayoría se las apañaba bien, como mucho se olvidaban de la «b» de árbol y de la doble «p» de Geppetto. Affe quiso saber cómo acababa la historia. Saqué un pañuelo y, mientras le limpiaba los mocos, oí cómo Anna se la contaba.

Me la quedé mirando de la misma forma que sus alumnos, con curiosidad y un tanto desorientado, y entonces la vi. Era una mujer paciente, una posible madre, una maestra que luchaba por las palabras. La Claudia Cardinale de Milán, enseñando al Extranjero.

Comencé a frecuentar el centro. Iba con Anna cuando tenía clases y la ayudaba con Affe y los demás niños. Deambulaba entre los pupitres, y a veces me quedaba junto a la pizarra para escribir algunas de las palabras, mientras Anna les enseñaba las ilustraciones. La ayudé con los senegaleses y con todos los que hablaban francés. Así conseguíamos comunicarnos mejor con sus padres, y éstos hallaban alivio en un italo-francés de curioso acento. Escogíamos juntos las historias: *Pinocho*, *Los muchachos de la calle Pál* en una edición abreviada, *Micky Mouse*, *Oliver Twist* en versión cómic... Otras empezamos a inventárnoslas. Yo escribí una de indios: el hijo de un jefe sioux no quería ir a la escuela y se escondía en lo alto de una tienda mientras toda la tribu lo buscaba. Affe me miraba fijamente, igual que los chinos, igual que Anna desde la última fila, que seguía la clase con la cabeza apoyada en la pared y los ojos medio cerrados. Levantó la mano para hacer una pregunta: ¿cómo había conseguido el pequeño indio sioux subirse a la tienda?

Fui a la pizarra y dibujé la tienda y un monigote que hacía las veces de niño a sus pies. Luego, en otra parte de la pizarra, una nube de humo bajo el monigote del niño, y, para acabar, algo más allá la nube llevándolo a lo alto de la tienda.

Miré a Affe, que estaba sonriendo.

Al final de la clase, Mohammed me convocó a su despacho-almacén para pedirme que me uniera a los profesores. Le dije que ni siquiera era licenciado. Insistió, me darían una clase de niños y otra de adultos, había muchos senegaleses: Anna le había dicho que poseía un buen bagaje de lecturas y, además, mi conocimiento del francés iría muy bien. Al final acepté.

Anna venía a buscarme los miércoles a las nueve y media y desayunábamos en el bar debajo de casa. Ella comía como un camionero: una ensaimada de crema y pasas, un cruasán integral con miel y un capuchino con leche natural. Si íbamos en el Golf, ponía una cinta de Elton John y algunos temas de Queen. A veces tomábamos el tranvía, y entonces comprábamos el *Corriere* para marcar las películas de la semana y comentar las páginas de cultura y deporte: ¿estaba sobrevalorado Calvino? Y los del Grupo 63, ¿por qué no volvían a reunirse? Platini había sido el fichaje del siglo para la Juventus, más que Sivori. Había vuelto a leer las crónicas de tenis —las excentricidades de Agassi— y le dije que no lo hacía desde la muerte de mi padre. Quiso saber más sobre monsieur Marsell, y le hablé de la separación de mis padres, de la muerte de él en un sillón... Llegué a rozar los confines más frágiles de mi familia, hasta que se lo revelé: «Y las mamadas. El trauma original.»

Soltó una de sus carcajadas y trató de contenerse. Hice alusión a las consecuencias que aquello había tenido para mi psique, al hecho de que había dado muchas vueltas en torno a mi madre y su amante en un castigo digno de Dante, y le confesé que había perseguido mi Edipo durante buena parte de mi juventud.

—¿Y las mamadas?

—También.

Habíamos cruzado la frontera de la malicia con la ayuda de monsieur Marsell. Y destapamos una caja de Pandora que fingí sellar. Tenía miedo y, a la vez, un deseo absoluto de pisar aquel territorio prohibido.

· · ·

En mi primera clase en el centro hablé sobre Gianni Rodari. A Affe y los niños les conté que había un edificio de helado que se derretía en una plaza y que había que comérselo antes de que fuera demasiado tarde. Lo dibujé y les hice escribir «edificio» y «helado». ¿Cuántos de ellos querían ir corriendo a lamerlo? Todos los brazos se levantaron, así que les dije lo que tenían que hacer: encontrar un voluntario para la verja de chocolate, un voluntario para el portal de vainilla, uno para las ventanas de pistacho y, por supuesto, uno para la lámpara de nata montada. Al final de la clase pedí permiso a Mohammed para ir al bar y comprar once cucuruchos Motta. Cuando volví al aula con los helados, me convertí oficialmente en el nuevo maestro. Anna me dijo que era un pelotilla, un católico-comunista y un steineriano. Le respondí que lo haría peor con la clase de los adultos.

A ellos les leí pasajes de Camus. Mohammed me había explicado que mi misión era familiarizarlos con un idioma que sabían y que sólo hablaban cuando no tenían más remedio. Tenía que estimularlos. Se trataba de una clase mixta por edad y orígenes, principalmente africanos y francófonos. Allí estaban los padres de Affe y los de otros tres niños.

Me presenté y les conté cómo había llegado a mis manos el libro que había elegido para ellos. Les hablé de papá, del Deux Magots, de mademoiselle Rivoli, de Marie, de la abogacía. Era una novela sobre el destino con el poder de librarnos de él. Todos éramos étrangers.

Anna me confió que los niños estaban contentos conmigo, aunque tenía que esforzarme más para motivarlos, y que los adultos se mostraban entusiasmados. Ya la había desbancado como maestra favorita. ¿Me sentía culpable por lo menos? Se echó el pelo sobre su hombro izquierdo y sacó el periódico, que hojeó hasta la página de cine.

—Para ganarte el perdón, podrías acompañarme a ver una comedia ligera.

Le dije lo que ella no quería escuchar: nos veíamos los miércoles en el centro, una tarde para ir al cine, una o dos veces tras el cierre de la taberna. Mario era uno de mis mejores amigos y sólo estaba al corriente de la mitad de la mitad de esos encuentros. ¿Qué debía hacer, aceptar también el cine de los jueves?

—¿Eres realmente católico?

Dos noches después, vi aparecer a Mario por la taberna, con sus zapatos ingleses y la camisa remangada hasta los codos. Abrazó a Giorgio y se acercó a la barra haciendo ver que no me conocía. Pidió un chardonnay y, mientras pagaba, hablándome de usted, me anunció que tenía el placer de invitarme a un fin de semana largo en su casa de Siracusa. También irían un par de amigos y Anna. Así pues, no tenía escapatoria. Le serví el chardonnay y le di las gracias, pero no podía dejar la taberna sola. Me pidió que esperara y fue a hablar con Giorgio. Los vi confabular un rato. Luego regresó y dijo que no había problema, que por cuatro días el barco no se hundiría. Forcé una sonrisa y le estreché la mano; mi comportamiento me daba náuseas. Me estaba jugando una amistad de veinte años por una relación de naturaleza ambigua. Esperé a que acabara el turno y llamé a Marie por teléfono. La saqué de la cama y me dijo que volviera a llamarla al cabo de un cuarto de hora, porque necesitaba tiempo para reflexionar. Lo hice. Y ella dijo:

—Arrête-toi, Grand. Afloja el ritmo.

Tenía que parar y dejar que fueran otros los que decidieran. No debía precipitarme.

Al día siguiente, le dije a Mario que no podría ir, que lo sentía mucho, pero que Giorgio se dejaría matar antes de privarme de algo, pese a que él solo no lograría apañárselas.

Mario se quedó mudo y luego dijo:

—Somos afortunados por tenerte.

«Habla de inmediato con tu amigo.» Giorgio no dejó de repetírmelo en los días que siguieron. Me invitaba a su casa y cocinaba para mí, gazpacho y nervetti en ensalada, pollo satay y jamón con melón. Yo dormía en el sofá y despertaba rodeado por sus gatos y por esa advertencia que prefería no escuchar. Paseábamos por la ciudad —hacía poco que me había consentido que empujara su silla de ruedas—, y deambulábamos en paseos nocturnos con su Fiat Uno tachonado de adhesivos del Inter. Le pedía consejos que no escuchaba, le exigía soluciones que no compartía. Él era la conciencia indigesta, pero también la única fuerza capaz de tener éxito y ayudarme a soportar la inmovilidad que me había autoimpuesto. Después, algo cambió.

En las tres semanas previas al viaje a Siracusa hubo pequeños detalles de felicidad y algo gordo. Los pequeños detalles de felicidad provenían de mis niños: Affe y los otros no dejaban de sorprenderme con progresos inesperados y con revueltas que a duras penas lograba contener. Eran rectitud y protesta. Me sentí identificado. Le pregunté a Mohammed si podía dar una clase extra el jueves, y ese día compusimos una historia con las palabras del cuaderno. Nos salió una mezcla entre Rodari y Collodi y los hermanos Grimm y Carroll. Había una vez un conejo blanco asustado por una marioneta a la que le gustaban los edificios de helados y que tenía miedo azul a una bruja que se comía a los niños. Todo inventado por ellos.

Al final, para descansar, jugamos a los indios: ganaría el que fuera capaz de guardar silencio. En clase triunfó Lang, un chaval chino más mudo que un pez, que se expresaba a base de gestos; fuera, ganó Anna. En cuanto se enteró de que no iría a Siracusa dejó de hablarme, según dijo, «por extravío». La mía era una decisión correcta, pero ella se sintió perdida cuando Mario se lo comunicó. «¿Y si tuvieras razón tú, Libero?» Me pidió que canceláramos el cine de los lunes e incluso los almuerzos en la universidad: quería reflexionar sobre el miedo que la atenazaba, y que venía de lejos. En lugar de desalentarme, me colmó: sentí que sus cautelas provenían de sentimientos como los míos.

Así que volví al punto de partida: un italo-francés solo en Milán que trabajaba en una taberna. A diferencia de mi llegada, sin embargo, estaba sano. Ya no sentía dolor por Lunette, y el eros herido había expiado su fase reactiva: la promiscuidad había quedado atrás, y sólo me había dejado un instinto que mantenía a raya en nombre de la posibilidad de Anna. Ahuyenté al enjambre femenino que no se había ido de vacaciones y me uní a la soledad de la ciudad veraniega. Reanudé las charlas con Marika y las chicas, comía con Giorgio y sus gatos, me iba por ahí con Lorenzo y su *Assuntina*, llamaba a Antoine al otro lado del océano. Estaba muy bien, le habían dado un alojamiento en el campus de la universidad y pasaba todas las noches de juerga. Estaba esperando apuntarse a alguna hermandad y echarle el guante a alguna animadora. En Estados Unidos, los *colored* europeos y los italianos causaban furor, tenía que ir a verlo cuanto antes.

Poco después de hablar con él, sucedió lo gordo. Me acerqué a la Estatal. El despacho 34 estaba cerrado. Volví al día siguiente, y al otro, en vano. En la taberna estiraba el cuello hacia el ventanal, pero Lorenzo y Vanessa fueron las únicas caras amigas que vi durante cierto tiempo. También vi a Frida. Cierta noche pasó por delante de la taberna mientras limpiaba las ventanas, acompañada por el chico de las Timberland. Titubeó, y al final entró y me lo presentó. Se llamaba Giulio y era el chico que yo recordaba de una fotografía que ella tenía en su escritorio, con el pelo impecablemente peinado y un fular de pashmina al cuello. Parecía simpático, y me sonrió cuando le estreché la mano. Frida era Frida, aunque ahora llevaba el pelo a lo garçon y unos pendientes colgantes. Me dijo que en el bufete seguían concentrados en el desastre del petróleo, y que mi escritorio se había quedado vacío. Iban a casarse ese diciembre, el día de Nochebuena. ¿Y yo, qué tal estaba?

Me enfrenté a días de balance y de puzles. Terminé uno de mil piezas del planeta Tierra visto desde el satélite y leí los cuentos exóticos de Maugham, y algo de Gadda, que me aburrió. Me entregué al autoerotismo por ansiedad e incontinencia. Por último, me aferré a la obstinación. En los días previos al viaje a Siracusa, volví a pasarme por la universidad y por todos los lugares que frecuentábamos. Siempre que podía iba al centro y, finalmente, le pregunté a Mohammed por Anna. Me enteré de que también iba a saltarse las clases de la semana siguiente. Le pedí su número de teléfono. Me lo escribió en el folleto publicitario de una aspiradora, y la habría llamado esa misma noche desde la taberna si ella no hubiera estado allí, sentada en el murete del Naviglio, esperándome para decirme: «No me voy.»

Whitman, como Duras, tiene una forma visceral y sutil de predecir el destino de los vínculos: explica la traición y el ardor, y sobre todo el instinto, a través del alfabeto del cuerpo. Un gesto de los ojos, una inclinación de la cabeza, el tacto... Aquel día, antes de levantar la persiana metálica, toqué a Anna así. Una mano en el centro de la espalda, como para sostenerla, luego alrededor del codo, para encaminarla. No dije nada, la hice entrar y la invité a una Moretti. Cuando llegó Giorgio, me vio sacando brillo a las jarras y a ella en el primer taburete, con las piernas cruzadas y el pelo suelto.

A mitad de la noche se nos unieron Lorenzo y Vanessa. Los tres estuvieron charlando un buen rato, luego Lorenzo dejó solas a las chicas y vino hacia mí, que estaba vaciando los ceniceros. Me preguntó si me encontraba bien.

Me lo quedé mirando.

Se acercó más.

—¿Ha venido sin Mario?

Asentí.

Asintió él también y volvió a la barra. Se fue con Vanessa antes de cerrar. Anna se quedó y me ayudó con las mesas y a dejarlo todo ordenado, incluso secó las copas. Me dijo que había aparcado el Golf cerca de allí y que me llevaba a casa. Cuando subimos al coche, me contó que le había dicho a Mario que quedarse sola esos días le permitiría aclararse un poco, hecho que le resultaría imposible si estaba con él.

Llegamos a casa. Ella no subió.

Libra con ascendente Escorpio. Cuando era pequeña, le diagnosticaron un soplo en el corazón, y en la adolescencia le dijeron que tenía el útero en retroversión. Anna era huérfana de madre, y su padre, un contable de la Bayer, la había criado sin recurrir a otras mujeres. Le encantaban la cerveza y el osobuco y sentía debilidad por el merengue en el fondo de la copa Smeralda. Al día siguiente, tomamos dos en el quiosco de los jardines de Largo Marinai d'Italia, y le prometí dejarle el fondo de la mía si contestaba a un par de preguntas impertinentes, daba igual que el conocimiento mutuo requiriera progresividad y delicadeza. Empecé por la política.

—Siempre he votado al Partido Comunista, excepto una vez que voté a los republicanos. —Me quitó la copa Smeralda y, antes de que encontrara el merengue, le pregunté qué talla de sujetador usaba.

—La cien. —Se llevó la cuchara a la boca.

Me contó que sus tetas habían dado al traste con su carrera de bailarina, obligándola a la lectura, al sexo y a largas sesiones de piscina para corregir la escoliosis. Desde entonces, la natación era una especie de mantra. Nos encaminamos hacia via Lincoln, una bucólica callecita con casas bajas donde, antaño, vivían trabajadores ferroviarios. Yo tenía palpitaciones y una sensación de descongelamiento.

Ella se detuvo y me tomó del brazo. Dijo que, si me apetecía, podíamos ir a nadar el sábado por la tarde. Mientras tanto, ¿tenía más preguntas?

—¿A qué edad perdiste la virginidad?

—A los quince.

—¿Qué piensas del feminismo?

—Algo bueno.

—¿Y de Dios?

—Algo bueno.

Añadió una respuesta a una pregunta que no le había planteado: llevaba con Mario toda la vida porque él le había dado la familia que nunca había tenido.

Mario estuvo en Sicilia una semana. Fueron días que cambiaron el curso de mi existencia y la de todas las personas de mi entorno. Anna y yo vimos cinco películas, pero fue *Ghost* la que nos reveló otras formas de restitución de los vínculos: acuñamos entonces el término «presencia-bajorrelieve», como tributo a quien había sido sin haber estado demasiado. Patrick Swayze para la protagonista, papá para mí, y Antoine, Giorgio y John McEnroe. Para Anna, su madre. Pudo vivirla ocho años, luego se acabó. Después volvió en las historias que le contaban los demás y en la soledad de su padre.

—Comprendí que mamá era una mujer extraordinaria por la tenacidad de papá en no querer reemplazarla.

Nos veíamos por la mañana para desayunar, y luego la acompañaba a la facultad para ultimar las cosas antes del regreso de los estudiantes. Nos sentábamos en los escalones de Sant'Alessandro, y por la noche nos atiborrábamos a sándwiches con salsa rosa en el Crocetta. Anna eructaba con mucha educación y bebía de mi vaso.

En el centro dimos una clase a dúo a los adultos. Hablamos sobre Carver: «Mecánica popular», la historia sobre el reparto de un niño durante la separación de los padres, que comparamos con la parábola del rey Salomón. Las madres se lanzaron contra el escritor estadounidense, «¡Asesino!», mientras un hombretón de piel muy oscura, Yassim, no dejaba de repetir «Los reyes salvan, los reyes salvan, por eso Italia va tan mal, porque no hay rey». Aplacamos a las mujeres y al monárquico y nos fuimos a nadar.

Anna dijo que la piscina Saini era poco conocida, tenía césped y la cantidad correcta de cloro. Asentí a regañadientes. La idea de dejarme ver medio desnudo me cohibía. Tenía una complexión física decente, había ido reforzando mis brazos y hombros, y mi insuficiencia pectoral quedaba mitigada por una postura elegante. Aun así, estaba seguro de que no daría la talla. Cuando llegamos, pedimos dos tumbonas alejadas del agua. Me senté con la camiseta puesta y la vi rebuscar en una bolsa de la que sacó las toallas, el protector solar y algunas revistas. Llevaba un Borsalino de tela y unas Persol, que se quitó para recogerse el pelo. Dándome la espalda, extendió una toalla y me tendió la mía. Se quitó las bailarinas y los pantalones. Su traje de baño era de rayas negras y blancas. El trasero era generoso y compacto, los años de natación lo habían esculpido. Dobló la blusa cuidadosamente y se dio la vuelta. Me ruboricé y me volví de inmediato. Tenía un pecho magnífico. Fingí colocarme en la tumbona, y cuando levanté la vista ella me estaba mirando.

—¿Satisfecho? —Y se puso tiesa.

Me tumbé.

—Satisfecho.

Sentía lo que estaba en juego. Era excesivo, y estaba convencido de que yo nunca podría llegar a bastarle.

—¿No te cambias?

Me quité la camiseta y los pantalones y me quedé en bañador, observando a una vieja que se estaba poniendo crema bronceadora. Anna se acercó a mí, me dijo que me diera la vuelta y me untó de crema. Tenía las manos ligeras, y se dedicaron a los hombros y el cuello, y a la base de la espalda. Me dijo que me volviera y me frotó el pecho y los brazos, los pómulos, la nariz y la frente. Sus gestos eran maternales, pero conservaban la sensualidad. Después empezó a ponérsela a sí misma, pero le dije que quería hacerlo yo. Me concentré en los brazos, en la parte de la espalda expuesta, en el cuello y la cara. Tenía lunares suaves. Me estremecía, no por los pechos que me rozaban, no por su sutil turbación, sino porque tenía la certeza de que sería mía. Y esa sensación explotó mientras la veía nadar de espalda, con las tetas emergiendo poderosas, y mientras leíamos en la misma tumbona el trabajo de uno de sus alumnos, durante la merienda a base de sandía y té helado, planificando las clases del centro para el otoño. Y sobre todo, cuando me pidió que camináramos descalzos porque la hierba estimula las neuronas. Durante aquella caminata se derrumbaron la mansedumbre que mi padre me había legado, la inteligencia conspiradora que había adquirido en Milán y la discreción de la que tan orgulloso estaba: le dije que me costaba mucho resistirme a ella.

No añadí nada y ella guardó silencio, hasta que murmuré que iba a nadar un rato. En el agua convertí la vergüenza y la pasión en un estilo fluido, inusual, prolongado... Al salir me la encontré medio vestida y lista para irnos. Me sequé, y ella me dijo que no había prisa. Se había puesto las Persol de cristales ahumados y miraba los campos arados

225

que bordeaban la Saini. Me cambié rápido en los aseos públicos y me reuní con ella en la salida. Hicimos el viaje de vuelta con Phil Collins, Pink Floyd, Ivan Graziani... Sentíamos el cansancio del cloro, y yo estaba asustado. Ella cantaba «Lugano addio», y siguió cantándola incluso cuando aparcó debajo de casa. Se apeó y me esperó para ir hasta el portal. Busqué las llaves con torpeza y abrí. Subimos y Anna me dio la mano. Entramos juntos.

Me desnudó ella. Los zapatos y la camiseta aún húmeda, los pantalones. Se desvistió sola y se quedó en bañador. Se quitó un tirante y el otro y los bajó hasta el ombligo. La besé despacio. Sus labios eran acogedores. Le rodeé el rostro con las manos y pasé los dedos por su pelo mojado, lo hice de nuevo. Le quité el bañador del todo, sin apartar la mirada de sus ojos, y finalmente sí, tomé aquellos pechos majestuosos de diminutos pezones. La volví para aferrárselos desde atrás. Me costó hacerlo, apenas podía controlarme. La besé en el cuello, volvía a los labios, a las lenguas profundas. Ella me acariciaba desde los hombros hasta el vientre, y de nuevo los hombros y el pecho, como si me redibujara. Se arrodilló de repente. Tenía una boca que no daba tregua; suave e insistente, recorrió el tronco y los testículos, hasta que al cabo de un rato vacilé. Me preguntó si podía continuar. Negué con la cabeza y la reclinó sobre la cama. Le acaricié las piernas, le mordisqueé los pezones y seguí por toda la superficie de sus pechos. Me detuve para mirarla. La besé entre los muslos. Anna gemía con suavidad, y su sabor y su olor eran sólo suyos, levemente dulces. Me atrajo hacia ella para que me pusiera encima, me guió y entré, observando cómo me acogía poco a poco y se mantenía integra en su triángulo perfecto. Me mantuvo así y yo la poseí hasta que no pude más, y por primera vez supe que el cuerpo sólo era el principio.

· · ·

226

Durante cinco días nos convertimos en una sola persona. Lo hacíamos en mi casa, en su despacho de la universidad, en el coche. Era una especie de conclusión, de completamiento, de algo que se acercaba al misticismo. Casi no hablábamos, hacíamos el amor lentamente y sin medida, y me quedé asombrado por su capacidad de armonizar voracidad y elegancia.

Sentimos el estupor de aquellos días, de lo que estaba pasando, pero lo ignoramos: era la alquimia de la carne y, más incluso, la alquimia de las sustancias, eso lo sabíamos. Lejos del entusiasmo de las pasiones iniciales, lejos de los atracones pueriles, lejos de un desahogo momentáneo de frustraciones pasadas: de hecho, ya no tenía miedo. Era inmune al terror de la pérdida, al riesgo de la ilusión, a las imprudencias pasadas. Integré a Lunette en Anna, porque ésta había rebautizado el eros incluso después del coito, cuando se tumbaba boca abajo para que yo deslizara dos dedos desde los tobillos hasta el cuello, o cuando nos mirábamos en medio de la gente o estando solos. El apetito por ella perduraba. Cerraba los ojos y me enfrentaba a la ausencia de la negritud. La palidez desbancaba a la nostalgia y la cargaba de palpitaciones. Y además era incapaz de pensarla en el pasado, me era imposible imaginar a Mario abalanzándose sobre ella, anhelándola, poseyéndola: el demonio de compartirla se mantenía a un lado.

Empezamos a hablar, a hablar de verdad, la víspera de que Mario regresara de Siracusa. Nos quedamos exhaustos en la cama, empapados por los fluidos y por el sudor, y nos contamos el uno al otro. Le desgrané la crónica de mis años milaneses, le hablé de mi infancia, de la adolescencia, de la juventud y mi supuesta madurez. Le dije que algo estaba cambiando, y ella dijo que algo ya había cambiado. El matadero me había preparado para ella; el último año con Mario la había preparado para mí. Tu padre también, Libero. Mi madre también.

Yo detestaba la idea de que respondiéramos a un cliché amoroso, y así se lo dije: el instinto de dejar a alguien sólo después de haber encontrado a otra persona, como el mono que salta de una rama sólo después de agarrar una nueva liana. Yo había sido la rama vieja con Lunette, ahora era una potencial liana nueva. Pero yo quería ser el árbol. Se lo dije en el coche al salir de la taberna. Nos habíamos parado en el claro Forlanini para disfrutar de la brisa nocturna bajo la resonancia de los aviones que despegaban. Anna me dijo que Mario y ella llevaban un año y medio sin hacer el amor, y que ya habían hablado de dejarlo el verano anterior. Eso sí, estaba el problema de la familia, que iba a llevarse un buen disgusto.

—¿Y ahora qué?

Me guiñó un ojo:

—Ahora estoy buscando una liana nueva.

Palmiro Togliatti murió al día siguiente. Lorenzo me dijo que su madre se lo había encontrado agonizando en el suelo de la cocina, con las patas sobre el hocico para resguardarse del sol que entraba por la ventana. Murió poco después.

Esperamos la llegada del atardecer y lo llevamos al parque Sempione. Lorenzo lo había metido en su mochila, envuelto en la mantita de cuadros que le había servido de cama, y ése fue el viaje más lento de *Assuntina*. Del parque recuerdo los primeros grillos y las últimas cigarras. Su chirrido nos siguió mientras caminábamos en fila. Lorenzo iba delante, con la mochila entre los brazos. Encontramos un rincón entre setos, en el terreno donde *Palmiro* había correteado entre bongós y sacos de dormir. Sacamos las pequeñas palas que nos había prestado Giorgio y comenzamos. Mientras cavábamos, nos acompañaron los grillos, pero ninguna cigarra. Rompimos los terrones a mandobles y terminamos con las manos doloridas. Era un agujero pe-

queño y profundo. Lorenzo abrió la mochila y sacó primero su cabecita, las patas y la cola; cuando terminó lo iluminó con el encendedor. Mi querido *Palmiro* dormía. Los
párpados caídos y su forma de descansar, la lengua que se
le salía de la boca, una oreja colgando... Lo cogí en brazos,
pequeño y ligero, y tenía el hocico seco. Le acaricié el cuello
tal como hacía cuando lo sostenía a mi lado en la Vespa.
Tenía doce años. Le besé la cabecita, «Bonne nuit, *Palmiro*», y lo deposité en el fondo del agujero. «Bonne nuit, mon
ami.» Lorenzo se inclinó hacia él y yo me alejé un poco.
Estuvo acariciándolo no sé cuánto tiempo, luego me llamó
y nos quedamos rodeando al primer amigo que se nos iba.
Palmiro desapareció entre los terrones de Sempione, él y su
cola de pelo ralo. Cuando terminamos de darle sepultura,
Lorenzo se agachó y lo vi rezar.

Ambos nos conmovimos, medio a escondidas, mientras *Assuntina* nos devolvía a casa. Por *Palmiro*, por una
especie de impotencia, por las avalanchas de nuestras exis-
tencias. Lorenzo había decidido abandonar la universidad
para ayudar a paliar las deudas familiares. Trabajaba como
representante de materiales termoaislantes. Su juventud
había terminado, como la nuestra, la mía y la de Mario,
la de Anna, la de Antoine y la de los demás que habían
seguido el conatus de las estaciones. Y ahora algo estaba a
punto de marcarnos, algo desconocido y no muy arbitrario,
y cada uno tenía la certeza de su irreversibilidad.

Nos detuvimos ante el portal de mi casa pasada la medianoche. Lorenzo apagó la Vespa y permanecimos inmóviles, mirando cómo Mastroianni cuidaba una maceta de
hortensias. Daba una calada y volvía con las hortensias. Me
apeé de *Assuntina* y acaricié el sillín. Lorenzo me indicó
que me acercara y dijo: «Habla con Marione», y me abrazó por tercera vez en su vida.

• • •

Anna me mantenía alejado de Mario, aún no estaba lista para revelarle lo nuestro. Yo piafaba, no estaba de acuerdo, pero luego pensé en el motorista de Lunette y en lo que hubiera sentido si se hubiera tratado de un amigo mío, acaso el Philippe del Deux Magots o alguno de los asistentes a las reuniones. Acepté, pero le advertí que haría lo que fuera para verlo lo menos posible hasta que, si las cosas seguían así, hablara con él. Le pedí consejo a Giorgio: él asintió y levantó la cabeza para mirarme a los ojos: «Haz las cosas con calma, y hazlas bien.»

Así comenzó aquel septiembre, que digirió mi irresolución y la transmutó en un deseo de reparar lo pendiente. Llamé a Marie y se lo conté todo punto por punto. Fue incapaz de replicar y, entre grititos de alegría, me aconsejó que estuviera en guardia y disfrutara de las chispas. Volvería a visitarme pronto, y si no lo haría yo. Llamé a Antoine, pero no le conté nada. Me bastó con saber que era feliz, y lo era, con encontrarlo inmerso en su camino, y lo estaba. Me preguntó si tenía que decirle algo más, porque me notaba distinto. «No, mon ami, tout marche.» Después llamé a mamá. Estaba cansada por una noche de insomnio y me suplicó que la llamara al día siguiente. Le pedí que me pasara a Emmanuel, pero no estaba en casa. Mañana, hombrecito de mundo. Me sentó mal, me puse a sacar brillo a las jarras y los vasos, cargué el barril de cerveza y volví a llamar a la rue des Petits Hôtels. Nadie respondió.

No pensaba decirle nada de Anna, aunque sí quería contarle cosas del centro, y de *Pinocho*, y del edificio de helado, y de cómo la enseñanza sacaba a relucir mi extranjero mejor que la abogacía o que cualquier estudio legal. Le habría hablado de Affe y de la sensación de plenitud que me daba verlo escribir la palabra correcta en el cuaderno, o aprendiendo a sonarse la nariz. No me había vuelto católico, ni siquiera comunista o steineriano. Era un maestro.

. . .

Cuando Mario volvió de Siracusa, no vi a Anna durante
dos días. La llamé para contarle el episodio telefónico de
mi madre y lo extraño que me había resultado.

—Llámala otra vez.

—Lo haré.

—Llámala ahora.

La pretendía entre otras cosas por eso: por su empatía
por las vidas ajenas. Era una equilibrista consigo misma,
pero un pilar con el resto del mundo. Me comentó que
quería verme, yo también se lo dije y, sólo al final de la
llamada, cuando decidimos vernos en el centro a la mañana siguiente, me contó que había estado en casa de
Mario: tratarían de pasar un tiempo separados. Me quedé
aturdido y aliviado; ¿cómo podían dejar que todo se fuera
al traste?

—Llevamos un año así, Libero.

—Voy a matricularme en Filosofía y Letras, Anna.

Apareció en casa media hora más tarde. Pegó el dedo al
timbre y no lo soltó hasta que abrí. Subió la escalera de dos
en dos. La ansiedad perturbaba su respiración cuando dijo:
«¿Por qué vas a matricularte en Filosofía y Letras? ¿Por
qué?» Mandaría al diablo Derecho por cómo me sentía
con los niños del centro y tal vez por cómo les hacía sentir
yo, y por la sensación que viví cuando la clase de adultos
logró darle la vuelta a una certeza con una intuición: al
Meursault de Camus, a mi extranjero, no tenía que liberarlo
nadie. Era él quien debía liberarse, antes de la muerte de su
madre, antes de la soledad apática y del instinto homicida
que incubaba, antes de convertirse en un étranger. Justicia
o injusticia son inútiles para quien pierde el moi-même.

Anna no hizo ni dijo nada. Se volvió hacia la ventana,
miró el balcón de Mastroianni y de repente susurró:

—Eres un poco patético, Libero.

Tenía el gesto duro y mirarla dolía. Aparté la vista y también busqué la ventana: Mastroianni se inclinaba sobre una planta de limón que estaba trasplantando.

—Eres patético porque dejas los hechos para la literatura y las intenciones para ti. —Pasó por mi lado y cogió el Panasonic para tendérmelo—: Dile a tu madre que tiene un hijo maestro.

—Hay tiempo.

Sacudió el teléfono.

—Díselo ahora.

Cogí el inalámbrico, lo presioné entre mis palmas y lo volteé mientras Mastroianni terminaba el trasplante y recogía la tierra con un cepillo de baño. Me aclaré la voz, marqué el número. Contestó Emmanuel, le pregunté por mamá y me respondió con voz afligida que estaba solo en casa, que ya me devolvería la llamada. Me echaba de menos, à toute à l'heure.

Colgué, extrañado una vez más. Anna me miró.

Entonces nos inventamos un ritual que aún nos acompaña y que usamos cada vez que me siento patético o que ella se vuelve áspera, o cuando ambos estamos confundidos. Nos metemos en la ducha y nos lavamos el uno al otro con una de esas esponjas grandes, de la cabeza a los pies, levantamos los brazos y nos frotamos las axilas con las manos desnudas. El pelo y los sexos. Permanecemos enjabonados, uno contra el otro, y abrimos el agua. Aquella tarde, cuando empezamos a secarnos, sonó el teléfono. Era Emmanuel desde una cabina. Anna salió del baño conmigo y estuvo goteando frente a mí durante toda la conversación. No duró mucho, lo suficiente para que nos enteráramos de que mi madre llevaba algún tiempo enferma. Creían que era hipotiroidismo, pero se trataba de un tumor. Se lo habían extirpado y ya le habían administrado el primer ciclo de quimioterapia. Ella no quería que yo lo supiera, pero Emmanuel había roto el pacto. Nunca he dejado de agradecérselo.

• • •

Nos marchamos en tren al día siguiente porque el avión costaba demasiado. En la agencia de viajes, Anna me apartó y pidió dos billetes. Traté de que desistiera, pero dijo: «Quiero ir contigo, por favor.» Cuando llegamos a París, habíamos viajado juntos en una cómoda litera dormitando uno junto al otro, mirando por la ventana la frontera y la campiña francesa. Al llegar a nuestro destino, la acompañé a uno de los pequeños hoteles de mi calle y subí a casa. Encontré a mamá tumbada en el sofá, viendo *Milagros*.

Cuando me vio, dejó caer la cabeza sobre el cojín y susurró:

—Ese traidor de Manù.

La tranquilicé, me lo había imaginado todo por su desganada conversación telefónica y ya estaba pensando en hacerle una visita sorpresa. Me senté a su lado y la abracé; se le había caído el pelo. Me suplicó que no la mirara, se levantó y fue al dormitorio a ponerse la peluca. Le sentaba bien. Tenía menos arrugas, y unos ojos cansados pero despiertos. Le dio tiempo a darse un toque de maquillaje y recobrar la fuerza de su voz. Aseguró que ya estaba curada y que tenía muchas sesiones de maquillaje programadas. Menudos idiotas esos doctores, la habían torturado, de lo contrario ya estaría en circulación a saber desde cuándo. Le dije que la quería.

Preparamos un té, y sólo entonces me di cuenta de su delgadez y debilidad. Sus gestos eran mecánicos y descuidados, sin perder su excentricidad. Comimos galletas y bebimos un té de jengibre que había comprado en una tienda de Marais. ¿Qué tal estaba su hombrecito de mundo?

La abrumé con novedades, a madame Marsell le encantaban las cosas inéditas y chispeantes. Se las fui enmarcando en narraciones veraces y románticas, la taberna y Giorgio, la horrenda jeta de Leoni, la universidad, Loren-

233

zo y *Palmiro Togliatti*, la abuela Olivia, mi encuentro con Anna...

—¿Mario lo sabe?

—Todavía no.

Y además los paseos y los cines, y los niños del centro: quería convertirme en profesor.

—Entonces estudiarás Filosofía y Letras, ¿verdad?

Asentí con la cabeza.

Dijo que a papá le habría encantado. «Él mismo había querido dar clases, ¿lo sabías?» No pudo porque tenía que mantener a sus padres, cuya situación económica era difícil, de modo que aceptó un trabajo de representante de medicinas naturales. Cuando empecé el instituto se apostaba bajo la ventana de mi aula por eso, era la vida que hubiera querido tener, probarla a través de su hijo endulzaba su añoranza.

—Anna está aquí —le solté de repente—. Ha venido conmigo.

—Où? —Miró hacia la puerta.

—En el hotel de enfrente.

Mamá me dijo que tenía que concederle un día.

—Un jour pour ma restauration.

Llevé a Anna por las calles de París. Empezamos por el Deux Magots. Cuando Philippe la vio venir, se cuadró. Le besó la mano y nos acompañó a la mesa debajo de la foto de Camus.

Nos sirvió cruasanes y jus d'orange. Intenté explicarle a Anna lo que significaba ese café. Mi médula, cualquier detalle que le gustara de mí, se lo debía a esa mesita. Ella escuchaba y miraba, se sujetaba las manos como si aferrara un tiempo perdido que era suyo también. Se puso de pie y vagó por el local, le preguntó a Philippe dónde se sentaba Jean-Paul Sartre y dónde nos sentábamos nosotros para nuestras reuniones. Me preguntó cuál era el sitio de

Lunette, se lo señalé y ella, mirándolo fijamente, se acercó despacio a la silla. Por último, se dejó llevar al vestíbulo, allí donde papá y yo nos mezclamos entre la multitud el día de la muerte de Sartre. Cerró los ojos para sentir la línea que separa a un niño de un futuro hombre.

Quiso ir a ver a monsieur Marsell. Caminamos a ritmo muy pausado, porque ella sólo había visto la Ville Lumière en un viaje escolar y ahora todo era muy distinto: aquí había sido alumbrado el gran pensamiento europeo y Libero Marsell. Le dije que mis padres me habían concebido en un pequeño hotel de Provenza, aunque sus opiniones al respecto habían ido cambiando con el tiempo. Al principio, para papá el acontecimiento había sido parisién y para mi madre, milanés, pero acabaron poniéndose de acuerdo en que sucedió durante un viaje a Provenza.

—¿En qué postura?

La escudriñé, Anna tenía esas salidas inesperadas. Gracia y extravagancia, sensualidad y compasión, aspereza: su eros provenía de lo impredecible. Dije que no lo sabía. Ella en cambio había sido generada en la postura de la cuchara, o eso le había dicho su padre. Me contó que, según cierta investigación japonesa sobre las posturas en que eran concebidos los niños, parecía que el apareamiento por detrás podía dar lugar a cerebros un doce por ciento más inteligentes. Nos reímos y me tomó del brazo. Estábamos en el paseo del Sena y fuimos hasta Notre-Dame hablando de mamá. Se sentía exhausta, pero para los doctores estaba próxima a la curación completa. Estaba reprimiendo el asunto y quería que Anna me ayudara con eso. Disimular nos ayudaría tanto a mí como a madame Marsell. Le expliqué que mi madre odiaba sentirse frágil, pero aún odiaba más que los demás percibieran esa fragilidad. Por eso había pedido un día para recuperarse, quería que el primer encuentro se amparara en la normalidad, como si no pasara nada. Le supliqué a Anna que le siguiera el juego.

Apoyó la cabeza en mi hombro.

—Pero ¿tú siempre esquivas el dolor así, Libero?

Para esquivarlo recurría al sexo, al cine, a la comida. A veces a la literatura. ¿Y ella cómo lo esquivaba? Con el sexo, la natación y la enseñanza.

Cuando ya nos acercábamos a los jardines de Trocadéro, empezamos a fantasear: si me licenciaba en tres años, podríamos tomar las riendas del centro y convertirlo en algo serio. La sugerencia venía de Mohammed. Le prometí los tres años confiando en la convalidación de alguna asignatura de Derecho, luego le señalé los muros del cementerio de Passy. Compró un lirio a una florista ambulante y entró la primera. La llevé hasta la lápida. Se santiguó, depositó la flor y se quedó mirando la fotografía.

—Era un hombre guapo.

Papá, voilà, ésta es Anna.

Volvimos a encontrar nuestro silencio, y nos lo llevamos con nosotros hasta una taberna de la rue Charron, donde tomamos una crêpe de queso con dos cervezas. Me preguntó si estaba pensando en Lunette, contesté que estaba pensando en Anna y Libero, que nunca había estado tan bien. Me creyó a medias, y tal vez tuviera razón: algunos de los meses que pasé con Lunette habían sido maravillosos, pero nunca llegué a sentir aquel vínculo absoluto que percibía con ella. Se lo dije. Y también que con ella percibía la libertad de ser yo mismo. Luego le pregunté si le apetecía conocer el único santuario que había tenido nunca.

Tan pronto como cruzamos la entrada del Hôtel de Lamoignon, cobré conciencia de que estaba llevando a Anna a ver a Marie. Yo quería que fuera sólo una cata, ambas se merecían que el verdadero encuentro tuviera lugar en otro momento. Anna sólo sabía que Marie era el único nexo entre mis estaciones existenciales, el corazón de mi formación. Le había dejado leer una parte de nuestra correspondencia, la postal de Betty Boop y las demás, y la había visto asentir y reírse mientras las leía una a una. También había avisado a Marie desde Milán. Le había contado lo de mi madre, advirtiéndole que sería una visita fugaz. «D'accord, Grand.»

Cuando entramos, estaba rellenando los formularios para un grupo de turistas. Anna vagó por la sala de pedidos y la sala de consulta, sentía curiosidad. Me preguntó cuáles solían ser mis movimientos habituales: le mostré mis pasos hacia la mesa central, una parada en el mostrador, la caminata hacia las mesas de lectura... Luego las escapadas al patio interior o al de atrás. Ella reprodujo mis desplazamientos y yo me sentí bien: estaba en el lugar donde mejor me había sentido, con la persona que hacía que me sintiera aún mejor. Anna llevaba una falda vaquera, una blusa de fantasía y el pelo recogido en un moño. Me volví hacia el mostrador. Marie también la estaba mirando. Le hice un gesto y ella terminó la última ficha y vino hacia nosotros. Me saludó con seriedad, le di los tres bisous de rigor y le pregunté cómo estaba. Iba tirando, y contaba los días que la separaban de las vacaciones de septiembre. Mi Marie, más cansada que la última vez, siempre hermosa. Anna se presentó ella misma y le agradeció en francés las lecturas que había acumulado en mi cabeza. «Pour les Américains, les Italiens, et toutes les histoires que vous avez mises dans Libero.» Marie se contuvo, pero al final se dejó llevar y la abrazó.

En el camino hacia el hotel, me preguntó cómo era posible que Marie no tuviera un hombre a su lado. Le dije que estaba a punto de revelarle algo que me parecía la única explicación posible, y con la que me sentía bien: era una mujer demasiado sensible para la carga de erotismo que transmitía, los hombres se sentían atraídos sin prestar atención a sus otros rasgos.

Se quedó pensativa un momento.

—¿Puedo saber la explicación con la que no te sientes bien?

Seguí caminando y verbalicé un pensamiento que me costaba incluso confiarme a mí mismo: la verdad, tal vez, era que todo aquello le gustaba a Marie. La conquista masculina, sólo la conquista, en un extraño hechizo inconsciente.

Caminamos un rato sin pronunciar palabra. Cuando bajamos a la orilla del Sena, Anna me preguntó si me la había llevado a la cama o si al menos lo había intentado.

—Mademoiselle Lafontaine est intouchable.

—Masturbaciones aparte.

—Masturbaciones aparte.

Aquella noche la oí llorar bajo la ducha. Sollozaba, y sus gemidos se confundían con el chorro de agua. Traté de superar mi desconcierto echando un vistazo a la autobiografía de Simenon, en la que el escritor revela su bulimia existencial. No conseguí leer ni una sola línea. Anna salió de la ducha en albornoz, moviéndose rápida y contenida; volvió a entrar en el baño y salió otra vez. Con los años, llegué a entender que su inquietud nacía de una escisión radical del sentimiento de vergüenza: toda la que le faltaba en el eros, se acentuaba en otros territorios. Aquel día pensé que esas lágrimas se debían a Mario. Desde aquella tarde en la piscina, yo había convivido con un obstinado sentimiento de culpa, y me preguntaba cómo estaría viviendo Anna un cambio de guardia tan repentino, por más que preparado a lo largo del tiempo. Le pregunté si tenía ganas de charlar un rato y contestó que no. Empezó a secarse el pelo, y mientras tanto yo me esforcé en leer las historias de la época en que la familia Simenon se mudaba de casa en casa, acarreando un pueblo entero de sirvientes, coches, baratijas y traiciones acumuladas. Simenon era ocho hombres en uno en cada ámbito de su vida: desde el entusiasmo con el que escribía una novela hasta sus amantes, pasando por el control que ejercía sobre sus libros y por los cien lápices a los que sacaba punta de la misma forma. Se lo conté a Anna, que fingió mostrar interés. Luego la vi sentarse en el borde de la cama y acercarse lentamente con los ojos hinchados. Yo continué añadiendo detalles sobre Simenon: leí un párrafo acerca de un Rolls-Royce comprado como automóvil de uso diario, y unas líneas más en las que explicaba lo mucho que sudaba cada vez que se sentaba ante la máquina de escribir. Levanté la vista: Anna estaba llorando de nuevo. La abracé y la tumbé a mi lado.

—¿Es por Mario?

En parte sí. Era la persona con la que había compartido toda una vida. Lo llamaría al día siguiente y también al siguiente, y continuaría así mientras fuera bueno para ambos. Pero no se trataba sólo de Mario. Anna lloraba por su madre, por cómo se había ido, un cáncer cerebral. Se acordaba de los efectos del tratamiento, de los esfuerzos por evitar que la enfermedad le pesara a ella, que era sólo una niña: la idea de ver a mi madre la atormentaba.

—Encontraremos una excusa, mamá lo entenderá.

—Tengo que conocerla, Libero. Más por mí que por nadie.

Y la conoció. A las ocho en punto llamé al timbre. No fue Emmanuel quien vino a abrirnos, sino madame Marsell, que nos saludó con una sonrisa tímida. Llevaba un sari y una peluca menos llamativa que la de antes, un poco de maquillaje... Miró por encima de mi hombro y dejó pasar a Anna, diciéndole: «Bienvenue.» Le tomó la mano y la frotó como para calentarla, se disculpó por su carrocería algo maltrecha y le aseguró que, después de pasar por el taller, volvería a ser la de siempre.

—Mejor que siempre. —Anna le dio los tres besos de rigor.

Emmanuel tenía ya lista una botella de champán que había elegido personalmente; distribuyó las copas y propuso un brindis:

—Por los finales felices.

—¡Emmanuel! —Mamá se alborotó.

Nos quedamos callados, Manù estaba buscando una palabra adecuada, la busqué yo también.

—Por el destino —sugirió Anna—. Brindemos.

Mamá asintió.

—Oui, ma chère, au destin. —Y levantó su copa.

Sólo bebimos Emmanuel y yo, y él le dijo a Anna que quería saberlo todo sobre mi vida en Milán. Comenzaron a hablar. Madame Marsell desapareció y regresó con sus cartas.

—Entonces ¿crees en el destino, querida?

Emmanuel sonrió, la damisela había dado en el blanco. Sabía que, entre un plato y el otro, mi madre desplegaría su pequeña magia para ella. Mientras tanto, le pidió que se acercara al baúl de los discos de papá. ¿Le apetecía escoger la banda sonora de la velada?

Rebuscaron juntas, una en su sari, que escondía su enfermedad, la otra de azul ultramar.

Édith Piaf, su recopilación de grandes éxitos.

El aperitivo de la noche fue *Les amants d'un jour*, al que se añadieron los cappelletti con variaciones a base de cáscara de lima y pimienta rosa, y ternera lechal con salsa de cítricos. Anna desveló parte de mi lado milanés y respondió con algunas omisiones a las preguntas acerca de cómo vivía yo de verdad. Explicó cómo había logrado conquistar a los niños del centro con Gianni Rodari. Mamá me miró.

Antes del postre, una panna cotta con frambuesas y violetas, madame Marsell la llamó y le preguntó si quería saber algo más sobre sí misma. Y mientras Anna aceptaba el desafío del futuro, las miré con atención: mi primer amor y mi amor actual sentían la vida con la misma fuerza y la misma pasión.

Por las cartas, Anna supo que daría a luz a un niño y una niña, o tal vez sólo un niño. El padre sería un hombre digno de confianza, mejor dicho, un marido digno de confianza: se volvieron hacia mí, nada convencidas. Además, también pondría su carisma al servicio de los demás de una manera excéntrica.

—¿Daré clases en la universidad?

—No sólo eso, ma chère, no sólo eso.

Mamá veía algo perentorio en un plazo de cinco años. Eso fue lo que dijo: perentorio. Luego vio otras pequeñas cosas: una mudanza —las cartas no especificaban si de ciudad o de casa—, y la posibilidad de alojar a un miembro de la familia. También veía una pérdida calculada, no sabía si monetaria o de otra naturaleza. Y había una cuestión delicada que estaba por decidirse, pero que no le concernía directamente. Un engorro, en definitiva.

—¿Qué más ve?

—El tiempo. No lo desperdicies. No tengas miedo de correr.

—¿Y de cosas malas qué ve?

Mamá apartó el cuatro de espadas de la base de la pirámide y se lo señaló:

—Cosas malas ya has tenido bastantes, ma petite.

Anna le preguntó si podía abrazarla y, sin aguardar respuesta, la abrazó. Mamá se apoyó en el respaldo, cerró los ojos y la abrazó a su vez. Luego dijo:

—Recuerda: será algo perentorio, cinco años.

. . .

Si aquella noche le hubiera pedido yo también que predijera mi futuro, tal vez mamá, por superstición, habría omitido revelarme que en poco más de tres años me lecenciaría con 103 sobre 110 en Literatura Contemporánea por la Universidad Estatal de Milán, con una tesis sobre Raymond Carver titulada «El maximalismo emocional». Y por la misma superstición, habría evitado describirme a las personas que lo celebrarían conmigo en una taberna maltrecha de los Navigli, encabezadas por una morena clavadita a Claudia Cardinale con el pelo más corto, que me besaría delante de todos mis amigos: un franco-congoleño recién llegado de América, un jinete motorizado llamado Lorenzo y su novia Vanessa, una bibliotecaria francesa llamada Marie, un ex saltador dueño de la misma taberna, ella misma y su compañero Emmanuel.

O tal vez no, y la señora Marsell, por superstición, se habría limitado a decir: «Existe la posibilidad de un título y algo más si tú, Libero, tienes suficientes arrestos para aprovecharlo.» Y se habría sorprendido de que ese algo más consistió en aprovechar al vuelo la posibilidad de convertirme en coordinador de una escuela para extranjeros, junto con la profesora más joven contratada de la facultad de Letras de la Universidad Estatal, esa misma Claudia Cardinale llamada Anna Cedrini.

Así quedó trazada la parábola de mi existencia, y fue sólo una pequeña parte de las rabdomancias de mamá durante aquella cena parisina que Anna y yo acabamos llamando «la noche de las constelaciones». Acertó con un acontecimiento que se produjo cinco meses después, en octubre: la mudanza de Anna a un apartamento que alquilamos en Porta Romana. Nos mudamos allí en cuanto fuimos conscientes de que cada vez pasaba más tiempo en mi estudio.

Entre las predicciones que hizo madame Marsell, y que esa misma noche Anna transcribió en la última página de la autobiografía de Simenon, estaba también la posibilidad de alojar a un pariente. Tachó la línea con un rotulador azul cuando su padre, después de jubilarse de Bayer, decidió mudarse a Sestri tras haber vendido la casa milanesa y darle la mitad de lo obtenido. Fue un dinero que se guardó, igual que hice yo cuando vendimos el apartamento de Marais.

Cuatro años y medio después de la noche de las constelaciones, se produjo —o al menos así lo creímos entonces— aquel acontecimiento perentorio: la Universidad Estatal adoptó el método de aprendizaje que Anna y yo habíamos elaborado para el centro. Un módulo didáctico en el que se asociaba la inmediatez de las imágenes con ciertas palabras vinculadas a contenidos más amplios. El método se denominó Text Icon, se presentó en un seminario experimental sobre semiótica y más tarde fue exportado a una universidad holandesa y a otra estadounidense. Al nuevo método se le dedicaron varios cursos y una conferencia en Roma. Dos años después del bautismo de Text Icon, conseguí llevar a cabo mi propio acontecimiento perentorio —en este caso, no pronosticado por mamá—: aprobé el examen para profesor de secundaria, después de un intento fallido. Entré en el Liceo Parini en el septiembre del año que cumplía mis treinta y cuatro. La víspera de mi primera clase, me pasé por la taberna. Giorgio había convocado a los clientes históricos y sirvió Sangiovese, Moretti y Chardonnay para todos. Aquella noche, escogió a Astor Piazzolla, Vecchioni, Guccini y por último «Ma il cielo è sempre più blu», de Rino Gaetano. Le prometí que algún sábado aún iría a ayudarlo, y que mis celebraciones siempre serían allí, si es que en el futuro había algo que celebrar.

El día de mi primera clase en el Parini, Anna me acompañó. Yo había decidido ponerme chaqueta y camisa, sin corbata. Comencé mi carrera como profesor en primero G, sección bilingüe: leí el párrafo inicial de *El desierto de los tártaros*, y ése fue el íncipit que recité en cada bautismo de clase. Yo era ahora el profesor Marsell. Me descubrí como un maestro estricto, meticuloso y muy flexible en los momentos adecuados, como en alguno de los viajes escolares, cuando fui responsable en Praga de una de las escapadas nocturnas de toda la clase más famosas del Parini, o en Palermo, cuando los chicos y yo esquivamos museos y monumentos para darnos un baño en Mondello. Eran pequeños actos de anarquía que nos salían espontáneamente y que transferí al centro: con los niños, me inventé búsquedas del tesoro de palabras y cuentacuentos de imágenes, helados de vocablos y tortitas de frases. Salíamos por ahí en busca de fantasías, y una tarde al mes íbamos al cine Majestic, en corso Lodi, para ver películas tanto normales como de dibujos animados. Affe siguió con nosotros durante dos años, luego su padre se vio obligado a regresar a Senegal y poco después él tuvo que seguirlo con su madre. El último día de clase, se acercó a la pizarra e inventó la historia de la despedida: se había convertido en una golondrina de lunares que se iba a respirar el aire de casa para volver convertida en un águila. Bonne chance, mon petit.

En ocasiones, cruzaba una apuesta con Anna y daba la misma clase al último curso del Parini y a los adultos del centro: seis de cada diez veces, las fulguraciones provenían de esos inmigrantes medio analfabetos, y yo me ganaba una pizza doble en el restaurante florentino de viale Bligny. Como cuando dijeron que Ana Frank se la había jugado a los nazis con su fortaleza, a diferencia de Giovanni Drogo, que se la había jugado a sí mismo en su fortaleza. Era una cuestión de candor, por eso Ana Frank y su diario habían conseguido eludir y desquiciar las leyes del Führer: ella había preservado su pureza.

La enseñanza en el centro consolidó mi amor por Anna. Verla dar una clase ponía en su sitio mis narcisismos y me permitía constatar algo de lo que ya era consciente: la amaba también por su forma de defender a esa pobre gente.

Ternura, templanza, ironía. Me recordaba a los mismos deseos de cambiar el mundo del grupo del Deux Magots, el mismo sentimiento de posibilidad e indignación y de nuevas posibilidades. Algunas mañanas, antes de entrar en clase, pensaba en ella mientras seguía los pasos de *Un amor*, y me detenía para mirar el portal de corso Garibaldi, donde nacía el deseo del protagonista por Laide. Así era el mío por Anna: incontinente, infantil a menudo, cómplice. Fueron años salvajes en los que ella floreció. Los hombres la pretendían igual que la había pretendido yo, y me atiborraba de su excitación y de ella. Anna no se dejó domesticar jamás, y yo tampoco. Encontramos nuestra culminación experimentando el contraste entre su aparente sencillez y el lado oscuro que ocultaba. La asaltaba antes de ir a clase, y ella me espantaba como una mosca para después, por la noche, entregarse sin timidez. A través del sexo, la despojaba de su majestad y su levedad estética. La profanaba.

Así pasó el coito a formar parte de nuestro sistema de valores. Aliviaba las discusiones y los enfrentamientos debidos a su impertinencia, a mi terquedad y al Big Bang que provocaba el eros. Nos descubrimos celosos y fustigadores: le preguntaba si le gustaba mirar a otros hombres, y ella respondía que sí, los escudriñaba y tenía fantasías que se guardaba para sí misma. Le encantaban la corpulencia maciza y los caracteres complejos, creo que se masturbaba pensando en antiguas relaciones y en algún tipo de los círculos universitarios. Me adentré en el territorio del diablo cuando le pregunté si dejaría que la tocaran debajo de la falda. A veces su respuesta era afirmativa y daba lugar a un sexo visceral, extraordinario. La traición mental era bienvenida, la suscribíamos; la real, una posibilidad que nos rozaba. Pude comprobarlo con una compañera, una profesora de apoyo que iba a ser destinada a Roma en breve y que me invitó a tomar una copa de vino al acabar el último día de evaluación. Acepté. Era una treintañera de peinado a lo garçon de color carbón y ojos castaños. En clase llevaba vaqueros ajustados y, a veces, tacones, siempre un toque de pintalabios. Sabía sonreír y permanecer en la cordialidad con una patita en el deseo. Me había acariciado con la mirada todo el año. Tenía una manera delicada de conducir a los dos niños autistas de los que se ocupaba. Les susurraba y ellos la escuchaban; se los ganó a base de dulzura, así como al resto de los estudiantes varones, por su mal disimulada sensualidad. Saboreé el vino mientras me contaba que había pedido el traslado para estar más cerca de sus padres, y me confesó que su marcha le daba una sensación de dejar algo en el aire. Le conté algunas cosas de mi regreso a Italia. Mis palabras apenas eran susurros porque sentía el impulso de un sordo deseo, el atraque en lo nuevo me latía en el cuello y se deslizaba más abajo del ombligo. Ella estiró un pie, lentamente, y me rozó la pierna. Me preguntó si me apetecía acompañarla a casa. Así fue como percibí una excitación inédita. La belleza del matadero regresaba. Decidí hacerlo, y mientras caminaba con ella, que iba a mi lado, fumando, saboreé una certeza: lo que estaba a punto de ocurrir probablemente sería magnífico y quedaría impune. Pero no fue el sentimiento de culpa ni el miedo a ser descubierto lo que me llevó a despedirme delante de su portal, deseándole buena suerte en Roma. Fue algo pequeño y obstinado que provenía de aquel baño en el mar de Deauville, cuando papá me dijo que él amaba a mi madre. Monsieur Marsell me había inculcado la devoción, y yo no lo supe hasta que me fue revelado en aquel momento. Anna era la revelación. El sentimiento por ella custodiaba mis actos obscenos.

Comprendí de verdad que Anna había cerrado el círculo de mi madurez cuando otra Anna me lo mostró. Ocurrió una tarde de marzo, cuando comprendí lo que era la feminidad para mí, lo que realmente era. Estaba releyendo las últimas páginas del *Diario de Ana Frank*, el punto exacto donde ella se da cuenta de que ha alcanzado la autonomía, no respecto a la madre o los demás clandestinos del refugio secreto, sino respecto a la totalidad de su corta existencia. «Porque en el fondo, la juventud es más solitaria que la vejez», escribió diecinueve días antes de ser descubierta por los nazis, transformando esa soledad en reconocimiento y por último en eternidad. Leí la frase y levanté la vista. Estaba sentado en la cocina, y delante de mí estaba mi propia Anna, con esa forma suya de hojear las revistas, acurrucada contra el aparador, hojeando un artículo de *Specchio* con unas gafas que le afeaban la cara y un pijama informe. Podría ser cualquiera. Lunette acaso, o una mujer recogida en la calle, o una de las muescas en la taberna, o Frida, o una presencia mendigada en mi desorden. Me esforcé por imaginarla como un cuerpo de consumo, ya consumido. Lo conseguí, pero no fue suficiente: porque era ella. Y cada una de las mujeres pasadas me había dado algo para encontrarla... y para comprender mi juventud solitaria. Sólo ahora podía estarles agradecido a todas ellas. Cada una había sido mi diario para que Anna fuera mi libertad. Pensé en eso mientras la miraba. Ella se dio cuenta.

—¿Te parezco fea? —me preguntó.

—Me pareces tú.

Seis años después de la noche de las constelaciones se hizo realidad la antepenúltima predicción de mamá: le pedí a Anna que se casara conmigo. No lo decidí, lo sentí una mañana cuando desperté y la vi dormida con los dibujos de los niños en la mesita de noche, dos tesinas para corregir en el suelo y un pie fuera de las sábanas. Antes de pedírselo, esperé a tener el anillo. Mamá me aconsejó una joyería parisién que hacía alianzas muy finas y talladas a mano. Le pedí que la eligiera ella misma. Me la envió por correo un par de semanas después y llegó un martes. Esa noche, después de encontrarnos a la salida de la universidad, Anna y yo paseamos entre el Duomo y el Tribunal. Fue una caminata de mutismo y posesión, mi brazo sobre sus hombros todo el tiempo. En el President reponían *Reencuentro*. A ambos nos había gustado mucho por su tratamiento del tema de la nostalgia. La vimos mientras nos atiborrábamos de palomitas, y al salir experimentamos la misma sensación melancólica que Sam, Michael y los demás protagonistas, así que decidimos seguir paseando hasta piazza Sant'Alessandro. Compramos una cerveza y nos sentamos en los escalones para beberla. Le dije que me sentía feliz y ella me dijo que se sentía feliz. Saqué el estuche de la joyería y lo abrí. «¿Quieres casarte conmigo?» Anna miró el anillo con atención, era una alianza sencilla y blanca. La sacó y se la puso. Le quedaba un poco ancha. Dijo que sí quería casarse conmigo.

No hablamos durante toda la noche. Cuando llegamos a casa nos desnudamos y, mientras hacíamos el amor, me acarició muy despacio y me pidió que parara un momento. Se puso de costado y me encajó entre sus nalgas. Empezó a moverse, poco a poco, hasta que encontré su intimidad posterior. Me sujetó por la cadera y me atrajo hacia ella. Me bloqueaba y me rechazaba, gemía, y entre suspiros me ordenó que la poseyera así, la noche que le pedí que fuera mi mujer.

Nos casamos en mayo, en Milán. Pensamos en celebrar la boda en París, pero hubiera sido complicado para Giorgio y los amigos y alumnos del centro. Escogimos la basílica de San Calimero por discreción, y porque allí había encendido la única vela de mi existencia, pour papa. Y también por su pórtico repleto de estrellas, que parecía el remate más adecuado para la noche de las constelaciones.

Anna se convirtió en mi esposa de blanco, sin velo, sin cola, sólo con el mejor maquillaje que mamá había hecho jamás. Yo iba de azul, con la poquette de lunares que mi padre se había puesto para su boda. Como testigo, elegí a Antoine, que antes de subir al altar me soltó un breve discurso sobre la poligamia que estaba tratando de corregir. Era el karma familiar, y su condenación: ya me había mencionado que tampoco Lunette acababa de hallar la paz entre un novio y otro, al contrario que en la política, donde iba escalando hacia los cargos más altos de las Juventudes Comunistas.

Mi otro testigo fue Marie. Mademoiselle Lafontaine resultó ser la más cortejada de aquel día. Tuve que ayudarla a esquivar los asaltos de todos los que se acercaban para confirmar, llenos de incredulidad, que no estaba comprometida. En medio del refrigerio, achispada de prosecco, la vi charlar muy animada con Giorgio, esbozar unos pasos de baile y acabar brindando con madame Marsell por algo que tenía que ver con la independencia. Todos respondimos a coro con las copas en alto.

Faltaba Mario. Cuando recibió la invitación para nuestra boda, nos envió una carta de felicitación y una reflexión irónica. Al final, la «pérdida calculada» predicha por mamá resultó ser él. Cuando Anna y yo regresamos de París, el verano en que Mario se fue a Siracusa, Anna siguió hablando con él todos los días. Y él siguió llamándola, sin exigir nada más. Poco después, sin embargo, le dijo que quería volver a verla como antes. Se volvió insistente y se presentaba debajo de casa. Yo lo llamé y le pedí que nos viéramos. Mario aceptó y, por su tono, supuse que ya sabía lo mío con ella. Aquella tarde le expliqué cómo había ocurrido todo. No rechistó y al final dijo: «Entiendo, pues ya está.» Se marchó y durante un año no volvimos a saber de él. Lorenzo nos informó de que había obtenido el contrato para construir un gran túnel entre Florencia y Roma. Vivía en la capital. Retomamos el contacto pero no nos veíamos muy a menudo. Nunca volvió a ser como antes. Una noche, Lorenzo logró organizar una velada para los tres. Fuimos a la taberna Ombre Rosse y luego a jugar a la sala de billar de Porta Genova. Mario sólo me dirigió la palabra para pedirme que le pasara la tiza para el taco. De los viejos tiempos sólo había sobrevivido el respeto. En su carta de felicitación escribió: «Intuí desde el principio que estabais hechos el uno para el otro, quizá por eso insistí tanto en que os conocierais. Hay que ver las bromas pesadas que nos gasta el inconsciente.»

De la noche de las constelaciones quedaba la cuestión espinosa, aquella que mamá había definido como «un engorro». Y por supuesto, los dos niños o tal vez uno. Por lo demás, ambos creíamos que a esas alturas el marido digno de confianza debía de ser yo. Una tarde, después de haber estado con los niños en el centro, le dije a mi mujer que ser padre formaba parte de mí. Eso por un lado, y por el otro una constatación menos decisiva: la procreación sería una manera de redimir a papá, del mismo modo que Anna recuperaría a su madre. No volvimos a hablar del asunto.

Una mañana, me di cuenta de que en el cajón de la mesita de noche faltaban las píldoras anticonceptivas. Ella siempre las guardaba ahí, junto con la goma para el pelo, una crema de noche y un cuaderno. Esa misma semana, Anna me recordó la teoría japonesa según la cual un niño concebido por detrás resulta un doce por ciento más inteligente. Durante un mes se ofreció a mí boca abajo. Sigo teniendo la convicción de que sucedió un sábado por la noche, tras volver algo achispados de la taberna y hacerlo de pie, ella aferrada a la librería, de espaldas. Era marzo y el bebé nacería en diciembre.

Temimos que el «engorro» de las cartas tuviera que ver con el embarazo, pero la amniocentesis y los demás exámenes nos liberaron de aquel mal presagio. Además, estábamos preocupados por el centro, nos faltaba financiación, pero Mohammed y el sindicato encontraron fondos en el último momento. Después nos olvidamos y esperamos a diciembre entre días de cine y libros, de estudiantes y paseos con la barriga.

Entonces llegó la llamada de Emmanuel.

Nacimiento

Mamá había empeorado. El cáncer se había extendido al hígado, y ella se había sometido a un segundo ciclo de tratamiento. Las posibilidades sólo las sabía Dios. Eso fue lo que dijo Emmanuel: «Sólo Dios lo sabe, Libero.»

Cuando colgué, Anna me estaba mirando desde la puerta. Se sujetó el barrigón y susurró: «Vete enseguida, vete.»

Partí inmediatamente, aunque Emmanuel me había pedido que esperara su llamada de esa noche, cuando tuvieran los resultados de un nuevo examen. Llegué a París a tiempo para reunirme con ellos en el hospital. En cuanto mamá se percató de mi presencia, se volvió hacia el otro lado y se echó a llorar. Llevaba un pañuelo turquesa en la cabeza y un vestido que le ocultaba el cuerpo. La abracé, la habían vaciado y sólo le habían dejado la piel. Fuimos al consultorio del doctor Lévy, una eminencia barbuda y corpulenta, y nos explicó que un trasplante de hígado debía excluirse porque el cáncer se había extendido al intestino y el páncreas.

—Et donc? —pregunté.

Entonces se la sometería a otro ciclo de terapia que demoraría el curso de la enfermedad. Mamá dejó de tocarse el anillo de amatista, sonrió y se inclinó para darle la mano al doctor Lévy. Le expresó su gratitud, «Merci beaucoup pour tout», y salió al pasillo. Emmanuel fue tras ella, yo me quedé y pregunté cuánto tiempo le quedaba.

Lévy dijo:

—Seis meses, un año como máximo.

Cuando papá me llevó a ver a McEnroe, me explicó que el carácter temperamental de Mac formaba parte de su estilo de juego. Desconcentraba a su oponente y hacía enfadar al público, pero no a sí mismo: los silbidos y los ademanes de pelea estimulaban al mejor jugador estadounidense de la historia. Así, después de una pelea consigo mismo, un grito y una mirada asesina al juez de silla, McEnroe optaba por una estrategia bélica: bombardear al rival con un juego lineal de bolea y servicio-bolea, o noquearlo con golpes sorprendentes al borde del juego de manos. Cinco de cada diez veces optaba por esto último. No obstante, recuerdo un episodio en la Central de Roland Garros, cuartos de final contra Ivan Lendl, en el que le dieron como mala una pelota que parecía más dentro que fuera. Suponía la sentencia de un partido ya muy comprometido, el punto previo a la bola de partido para Lendl. El público esperaba que montara una escena y papá me alertó sobre lo que estaba a punto de suceder, pero McEnroe nos sorprendió a todos: se quedó muy tranquilo mirando su raqueta, toqueteó el cordaje y aguardó al punto siguiente. Lo jugó como si fuera el arranque del partido, y perdió. Fue una de esas ocasiones en que se entretenía saludando al público y firmando autógrafos, y respondió a un periodista que abandonar correctamente la pista puede contar tanto como ganarse el derecho a permanecer en ella. La alegre salida de Frida Kahlo.

Aquella tarde, en el despacho del doctor Lévy, la McEnroe de la familia empezó a planear su alegre salida, el juego de manos que nos dejaría a todos estupefactos cuatro meses después. Mientras tanto, nos invitó a cenar en un restaurante de Popincourt, en el XI Arrondissement, famoso por su cuscús vegetariano. Nos advirtió que no quería caras largas, y le pellizcó las mejillas a Emmanuel cuando su gesto se ensombreció después de la crema catalana. Sólo entonces entendí a mi padre, y de forma definitiva: se había mantenido fiel a una mujer compleja y extraordinaria. Los berrinches, la excentricidad y la teatralidad no eran más que menudencias de un talento afectivo fuera de lo común.

Después de la cena prefirió volver a casa andando. La cogí del brazo y desde Marais subimos hasta el X, poniendo una nota a cada calle que recorríamos. La vencedora fue la rue Vieille-du-Temple, que se ganó un nueve por parte de los tres. Tomamos un taxi a medio camino. Mamá estaba exhausta y, cuando llegamos, llevaba un rato durmiendo. La ayudamos a subir, Emmanuel la metió en la cama y yo fui a despedirme antes de que apagara la luz. Estaba desfallecida de cansancio. Le di un beso en la cabeza desnuda y otro en la frente. «Bonne nuit, mamá de mundo.»

Volví a Milán tres días después, pero antes de mi marcha madame Marsell me comunicó sus planes. Quería viajar: ir a Jerusalén, Madagascar, Lisboa, y ella sola a Provenza. Además, estaba Milán, porque quería asistir a la venida al mundo de su nieto. Para poder hacer todo eso, aceptaría otra sesión más de tratamiento. Emmanuel me llevó al aeropuerto, aparcó el Peugeot 305, se puso en la cola del check-in conmigo y me acompañó a la entrada de los controles de seguridad. Cuando nos abrazamos, prorrumpió en un largo y mudo sollozo. Le dije que lo llamaría cada día y que debía tenerme al corriente de todo. Yo mismo telefonearía al doctor Lévy para que me informara, no había tiempo para omisiones.

Esperé a que Anna se reuniera conmigo para derrumbarme. En cuanto supo que había llegado, vino corriendo a casa desde la universidad y me acompañó hasta la cama. Se quedó allí conmigo, ella y nuestro barrigón, y me reveló que, desde nuestro viaje a París, había hablado con madame Marsell todas las semanas. Sólo entonces lo supe. Habían conversado de cosas de mujeres, de cosas de féminas progresistas, de asuntos fútiles y de constelaciones. Anna se había preguntado muchas veces si el «engorro» había sido la forma que había tenido mamá de solventar su destino, o si simplemente fuimos nosotros los que encontramos en aquellas cartas los acontecimientos que ocurrirían más tarde. En sus llamadas telefónicas, madame Marsell le preguntaba siempre cómo estaba su hombrecito de mundo, y le decía que no hiciera caso de mi curioso instinto de supervivencia que me llevaba a una mansedumbre ilusoria. Yo era de los irritables e indomables, ¿no se había dado cuenta?

También le había ocultado a Anna su recaída, y también con ella se ausentó de repente. Después de mi última visita a París, empezaron a llamarse otra vez, y el único plazo de tiempo del que hablaron siempre fueron los cuatro meses que faltaban para el parto.

Gracias a las clases, mantenía la cabeza alejada de París e iba instruyéndome en el amor paternal. Tenía hijos en el centro e hijos en el Parini, y mi preocupación por ellos se cuadruplicó. De pronto, me vi eludiendo los programas ministeriales en favor de los temas que habían protegido mi existencia. Proyectaba películas en clase; vimos la locura de la guerra en *Apocalypse now*, los chicos se apasionaron con los distintos personajes de Sergio Leone en *Érase una vez en América*, estudiamos la revolución industrial en *Tiempos modernos* de Chaplin y el bagaje de las raíces y la herencia en *Amarcord*. Hablamos del fascismo y de la soledad a través de *Una jornada particular*, de Scola, tal vez mi película preferida. A los adultos del centro les puse una tarea precisa:

escribir cinco líneas después de ver *El color púrpura*. Esto es lo que me entregó Mamadou Dioume, nigeriano de unos cuarenta años, vendedor ambulante, con esposa y tres hijos en su país: «Nací negro y nací feo. No nací esclavo, pero es como si lo fuera porque trabajo de sol a sol y nunca tengo dinero. Sin embargo, hay algo que Dios me ha dado más que a los blancos: la paciencia.» Tengo guardada esa hoja en *Matar a un ruiseñor*, de Harper Lee, junto al buda de Frida, segundo estante desde arriba en la primera librería. Lo escondí allí un mes más tarde del nefasto diagnóstico del doctor Lévy.

Después de asimilar la sesión de quimio, mamá se preparó con Emmanuel para ir a Jerusalén. Había renunciado a Madagascar, un lugar sólo para jovenzuelos, pero contaba con ir a Lisboa. Le dije que les diera recuerdos a los judíos, y que les agradeciera por mí que me hubieran ayudado a descubrir mi parte más íntima. Mamá se rió con aquella risa que había contagiado a papá en la mesa, y en el coche, y en los bistros, y la que me contagió a mí también. Me reí solo, con una mano en el teléfono y la otra sosteniendo la novela de Harper Lee. La puse en su sitio, junto a *Mientras agonizo*, porque cada libro debía estar cerca del que me lo había inspirado. Saqué el de Faulkner, consumido por los subrayados, y busqué el monólogo más corto del libro. Lo pronuncia Vardaman, el hijo tierno, cuando ve a su madre en el ataúd y dice: «Mi madre es un pez.»

Fui a ver a Anna, que estaba descansando en el dormitorio. La desperté y le dije que la ansiedad me ahogaba. Me dejó sitio y la abracé por detrás, acariciándole el barrigón. Podía sentir las pataditas de mi Vardaman. Poco después se sosegó y los tres nos quedamos dormidos.

Mamá llamó desde Jerusalén. Acababa de estar en el Muro de las Lamentaciones y le había parecido escandaloso que las mujeres no tuvieran los mismos derechos que los hombres frente a la pared sagrada. El útero de Oriente Medio se hallaba bajo el yugo de Abraham. Tomé esas palabras como un buen indicador de su estado de felicidad. ¿Había visto el Santo Sepulcro? ¿Había probado el shakshuka? ¿Y el Yad Vashem? Me confió que había rezado por mí, por Anna, por el niño y por Emmanuel. Y también un poco por ella misma. Luego me aseguró que Dios había bendecido un propósito suyo para el futuro. Añadió que me había comprado una kipá, y que mientras la compraba había pensado en mi intimidad al desnudo y le había entrado la risa. Nos reímos. Me pasó a Emmanuel y le pedí que me tranquilizara. Él lo hizo y agregó que, en cuanto regresaran, me llamaría para hacer balance de la situación. ¿Qué tal estaban Anna y el bebé? Estaban listos, el único que tenía que hacerse a la idea era yo. Por suerte, aún me quedaban dos meses.

Me los pasé contemplando a mi mujer. El embarazo había redefinido su sensualidad y le había otorgado una nueva forma de vivirse a sí misma. Estaba desarrollando un nuevo alfabeto de la espera, como reflejo de su estado de parturienta: disfrutaba de las colas en el cine, de mis retrasos y de todo lo que revolucionara sus expectativas. Tenía la paciencia de Mamadou Dioume y gran interés por los detalles. Estudiaba el mechón rebelde de mi pelo, los títulos de crédito de las películas, la ropa de sus alumnas... Se lanzó a comprar libros usados en librerías de lance, porque estaban enriquecidos con anotaciones curiosas, y también compró varias sudaderas y monos amarillos para recién nacidos, dado que ni ella ni yo habíamos querido saber el sexo. Teníamos dos nombres: Alessandro o Bianca. Nos dijimos que eran épicos y burgueses, y eso nos preocupó. Así que pensamos en otros dos un tanto más chics: Jean-Paul y Agata. Nos preocupó aún más. Suspendimos la búsqueda y nos centramos en nosotros.

El apetito sexual se había resentido por la situación de mamá, pero no dejamos de mantener relaciones: lo hacíamos para anestesiar la angustia y como oxímoron. El sexo con ella preñada desataba la bestialidad y la dulzura. Inventamos un juego ligeramente perverso: ella que camina cinco pasos por delante de mí, y yo que miro cómo los hombres la codician. Su piel luminosa, su elegante manera de sostenerse el barrigón con el antebrazo, la majestad de sus andares pese al embarazo. A veces me la quedaba mirando mientras dormía. En la penumbra tenía una forma deslavazada, y yo la recorría con la punta de un dedo, desde el pelo hasta los tobillos, sin tocarla. Después me quedaba contemplando el techo y, antes de conciliar el sueño, por unos instantes volvía a ver mi lujuria en las carnes poseídas, en las fallidas, en las posibles. Era un instinto de avanzadilla, ínfimo, que asediaba el amor por mi mujer y terminaba en una breve nostalgia: trataba de integrarse en mi nueva vida y dejaba abierta una brecha hacia el pasado, cuando yo era un caos y mamá se sentía bien.

Yo rehuía el dolor, pero Anna me obligó a afrontarlo. Desmontó mi mecanismo de represión y me forzó a una reflexión diaria sobre mi madre. Dije que no quería que mi hijo tuviera que absorber tanta fealdad, ella respondió que mi hijo también querría un padre sin enredos mentales. Así que le confié que veía a mamá en el ataúd como Vardaman y los otros hijos de la novela de Faulkner. Y que deseaba volver atrás en el tiempo, para poder considerarla desde el principio como la gran mujer que era, absolviéndola de aquella mamada adúltera. Y que seguía viendo su rostro cuando estaba sana, sus ojos felinos y su boca generosa, su sonrisa abrumadora.

¿Cómo podía yo, su hijo, permanecer alejado de ella y seguir dando clases, comiendo, follando, yendo al cine y leyendo, aun siendo consciente de que era sólo cuestión de tiempo?

261

• • •

Recibí la llamada de Emmanuel cuando regresaron de Jerusalén. Dijo que todo había ido bien, teniendo en cuenta la enorme debilidad de mamá a causa del tratamiento. El doctor Lévy le había asegurado que ella había asimilado el tratamiento adecuadamente, y que eso prolongaría los plazos. Sin embargo, había algo que debía saber: la evolución de la enfermedad provocaría grandes sufrimientos debido a la afectación del hígado. El médico quería prescribirle un tratamiento contra el dolor, cuya dosis iría incrementando progresivamente, pero mamá se había negado: «Quiero seguir estando lúcida, nada de estupefacientes.»

La llamé al día siguiente y, cuando traté de disuadirla, contestó que aquello por lo que había vivido, su obstinado instinto de ser ella misma, corría el riesgo de quedar anulado en el último momento por un cóctel de analgésicos. No lo permitiría.

—¡¿Qué tiene que ver la morfina con tu pureza?! —le grité.

Respondió que se trataba de algo más que la pureza, era una cuestión de dignidad.

—La dignidad de elegir, Libero. Por eso tu padre y yo te pusimos el nombre que llevas.

Yo era el adversario de mi nombre, un prisionero de desmañadas represiones y coitos que me permitían olvidar. Corría el riesgo de convertirme en un padre que se temía a sí mismo. A cuarenta días del nacimiento de mi hijo, encontré un pósit en el espejo del baño. Anna había escrito: «Vuelve a empezar.» Al lado, en equilibrio entre la crema hidratante y la loción de afeitar, el cuaderno con Lupin en la cubierta. Anna lo había exhumado de una caja que guardábamos en el ático. La llamé al centro, dijo que Arsenio

Lupin era el camino que estaba perdiendo: había dejado de explorarme por miedo al dolor. Aquel día fui a ver a Giorgio. Lo encontré arrojando pan seco al Naviglio. Les había cogido cariño a los patos, que subían corriente arriba con gran esfuerzo. Sin duda se reconocía a sí mismo en aquel movimiento de rebelión. Ahora llevaba el pelo largo y teñido de negro, y, como gesto de protesta contra la vejez, se había dejado crecer el bigote, teñido también. Me ofreció una Weiss y me contó que había ampliado su repertorio de cervezas: además de la Moretti, se había especializado en rubias, ambarinas y en esa Guinness que tanto gustaba a los turistas. También había renovado el local. Había arrancado el empapelado amarillento y cambiado el entarimado del suelo. Se había deshecho de los dardos y en lugar de la diana había puesto un Jukebox vintage con discos de toda clase. Las mesas eran las de siempre, y ahora les sacaba brillo un estudiante de Química llamado Manfredi, todo un artista en servir y en elegir la música. Bebí un sorbo de cerveza y le hablé de mis miedos a hurgar en mi interior; temía encontrar el fantasma de mi madre y el de mi padre, y quién sabe qué más.

—Yo también estoy perdiendo las piernas, Giorgio.

Sonrió bajo sus bigotes, maniobró la silla de ruedas y rodeó la mesa. Vino a mi lado, se sacó un Bic del bolsillo de la camisa y lo dejó sobre el Lupin.

Le debo a Anna y Giorgio que, a la semana siguiente, me levantara más temprano que de costumbre, pusiera la cafetera al fuego, comiese dos galletas y volviera a abrir mi cuaderno. Y debo al Libero niño y adolescente, y a los demás Liberos que habían anotado sus vértigos en aquellas hojas, el haberme dado cuenta de que toda mi existencia cobraba sentido en el acto de contar. Primero con películas y libros, luego con la enseñanza, en una constante búsqueda espasmódica de un principio y un final. Aquella mañana, ante la cafetera, leí las palabras de mi libertad y cobré conciencia de que, para continuar, tendría que elegir una que las contuviera todas.

Esa palabra fue «padre». La escribí el 27 de diciembre, el día que nació mi hijo. Y ése era el principio que reunía una historia completa, la mía y la de monsieur Marsell, la de Anna y la de mamá. Lo llamamos Alessandro, no por épica o por burguesía, sino por la plaza de Milán que tanto nos había dado. Pesó tres kilos con ochocientos gramos, tenía muslos de toro y los ojos de su madre. De mí, creo que arrastraba la falsa placidez y el instinto famélico con el que se pegaba a las tetas. Nació a las 11.34 h de la mañana, en un Milán blanco por la escarcha y vacío por las vacaciones navideñas. Era un Capricornio con ascendente Acuario, y según mamá tendríamos que ir preparándonos para una paternidad llena de paciencia y divertida.

Lo tomé en mis brazos y me lo quedé mirando, una cosita que ya pataleaba con aire perplejo. Era mi hijo. Mi primera persona del plural. Se lo pasé a su abuela, que durante aquellos días lo tuvo más que nadie entre sus brazos. Madame Marsell se sentó en un sillón, se lo puso en el regazo y le cantó una nana que lo adormeció. Entonces le dijo: «Bienvenu, hombrecito de mundo.»

Fue ella quien nos ayudó aquellas primeras noches. Le costaba mucho dormir a causa de los dolores y se ofreció a echar una mano a Anna entre una toma y otra. La veía arrastrarse con el fular y los pendientes de coral. Paseaba a su nieto para que eructara y volvía a depositarlo en la cuna. Una mañana, me la encontré dormida en el sofá, sentada como si estuviera viendo la televisión, con Alessandro en su regazo mirándola muy despierto.

Emmanuel nunca la dejaba sola, y me confió que le ponía un poco de morfina en el té verde. La mañana de su marcha a París, mamá nos dejó una tarta de membrillo preparada la noche anterior, junto con algunos cappelletti que metió en el congelador. Se despidió y dijo que nos veríamos en la rue des Petits Hôtels para mi cumpleaños. Sería la ocasión ideal para que el petit Alessandro conociera la Ville Lumière. Lo llevaría a los jardines del Trocadéro y a la place des Vosges, a Marais y Saint-Germain, y también al Louvre, porque los niños deciden lo que serán de adultos en sus cinco primeros meses de vida. Haríamos de él un artista, al menos un crítico de arte. Pero antes, mamá se embarcaría en su viaje a Provenza en solitario. Quería volver al Rosellón.

Se quedó un rato con Anna hablando en el dormitorio, luego vino a donde estábamos y le dijo a Emmanuel que tenían que darse prisa: «Vite, plus vite.» Salió de casa sin decirme adiós. Corrí al rellano para reprochárselo mientras llamaba al ascensor, la abracé por detrás y le di un beso en la mejilla. Ella me agarró una mano y se fue.

Fue la última vez que la vi con vida.

Cuando en la novela de Faulkner Addie Bundren muere, con ella se marchan los significados de las palabras que había enseñado a su familia. «Maternidad» la llenó con la entrega a sus hijos; «sacrificio», con la tenacidad con que soportó a un marido que detestaba; «salvación», con su rectitud hacia Dios y hacia los demás seres humanos; «pasión», con una relación adúltera inolvidable. Al término «tierra» lo invistió de un significado sacro: por eso pidió un ataúd y un último viaje para ser enterrada en el lugar donde quería. Palabras hubo muchas más, y se las llevó todas. Sólo permanecieron los vacíos que sus huérfanos pronunciaban al viento. Tal fue el homenaje de Faulkner al útero.

El día que supe que mi madre había muerto, fui a la basílica de San Calimero y me arrodillé en la penúltima fila.

No sabía rezar, pero recé. Era un huérfano de Addie Bundren, y como Addie Bundren también mamá había pedido un último viaje. Lo había hecho a través de una asociación suiza de Zúrich, con la que se había puesto en contacto en dos momentos diferentes: cuando salió del despacho del doctor Lévy e intuyó el tiempo que le quedaba, y antes de irse a Jerusalén, en cuanto le dijeron que debería recurrir a un tratamiento para el dolor. Los suizos la habían sometido a dos entrevistas telefónicas y le habían pedido una serie de documentos que certificaran su estado de enferma terminal. Había sido un recorrido burocrático complejo y agotador. Sólo entonces recibió la autorización: podría poner fin a su vida con un suicidio asistido, programado para el 12 de enero por la mañana. Podría desistir en cualquier momento. Durante la última entrevista con el psicólogo de la asociación, le contestó que nunca había estado tan convencida, excepto cuando concibió a su hijo y se mudó a territorio francés.

Nadie supo nada. A Emmanuel le dijo que iba a hacer su viaje a Provenza, y él y yo intentamos que cambiara de idea. Nada más difícil. Como única concesión, se llevó consigo morfina y analgésicos. Mamá nos dijo que había decidido ir en tren hasta Arles, visitar la catedral y encomendarse después a un chófer que la llevaría por las distintas etapas de su viaje juvenil, Manosque y le petit village de Boulbon, Aix-en-Provence, hasta las lindes del Luberon con Moustiers-Sainte-Marie. Era un recorrido del alma. Se fue el 9 de enero en el tren de las 8.05 h, o por lo menos eso le dijo a Emmanuel. Le suplicó que no la acompañara a la estación, porque el recorrido del alma tenía que comenzar en el mismo portal de la rue des Petits Hôtels. Lo besó con pasión en el umbral. Conocía las reglas de su personaje. Puso en escena el espectáculo final con casi sesenta años, y lo resolvió a la perfección. Para su salida de escena, cambió el guión, evitó protestas y dramas y jugó el último punto como si fuera el primero, desafiando su naturaleza católica. En lugar del de Arles, aquella mañana de enero mi John McEnroe tomó el tren a Ginebra. A su llegada cogió un taxi que la llevó a los alrededores de Zúrich. Estuvo dos días en un hotelito de tres estrellas, y se sometió a otra entrevista para confirmar su voluntad. Firmó documentos y completó las formalidades necesarias, y luego redactó una crónica detallada de su odisea, que me dejó en siete hojas firmadas una por una. Escribió también dos cartas: una para Emmanuel y otra para mí.

En torno a las diez de la mañana del 12 de enero, con espasmos en el abdomen, entró en el recinto destinado al suicidio asistido. Confió su maleta y sus efectos personales al personal que más tarde se pondría en contacto con nosotros. Finalmente, grabó un breve vídeo en el que eximía de toda responsabilidad a la asociación y al equipo que la había ayudado: «He decidido, de forma voluntaria y en pleno uso de mis facultades, tomar el medicamento que se dejará en un recipiente a mi lado.» Nunca tuvimos noticia de sus últimos gestos, me la imagino con el fular turquesa y los pendientes de coral, pronunciando una oración, unas palabras para monsieur Marsell, y una última observación irónica para la persona que le dejaba el vaso con el pentobarbital. Lo que sabemos a ciencia cierta es que se había llevado con ella un CD con el *Milord* de Édith Piaf, y que pidió que se lo pusieran en la habitación mientras bebía su último sorbo. Su obscenidad, el acto de amor más poderoso.

El funeral fue en la iglesia de Saint-Vincent-de-Paul, como era su voluntad. Lo ofició el padre Dominique, que en su responso habló de una mujer con el corazón de diez mujeres y que había sabido sacar provecho de su mucha felicidad. Junto a Emmanuel, a mi lado, estaban Anna, Antoine y su madre, y, por supuesto, Marie. Al fondo, apiñada entre la gente de pie, vi también a Lunette. Nos abrazaríamos al finalizar el acto, en silencio.

Cuando llegó mi turno de hablar, el padre Dominique quiso que lo hiciera desde el altar. Me entregó el micrófono y yo leí las líneas escritas por Faulkner para la madre de *Mientras agonizo*: «Y fue entonces cuando yo me olí que Addie Bundren nos ocultaba algo; ella, que siempre nos estaba predicando que no había en este bajo mundo nada peor ni más grave que el engaño, ni siquiera la pobreza.» Añadí que ese algo oculto descubierto en mi madre era la dignidad de elegir.

Enterramos sus cenizas junto a papá, en Passy. Elegí la fotografía en que aparecía en el tiovivo del Trocadéro, uno de los primeros días tras la mudanza a París. Le había pedido a monsieur Marsell dar un paseo en el caballo de penacho rosa, pero él se había negado y, a cambio, la había fotografiado al paso del carrillón. Sonreía feliz, un poco avergonzada por ese gesto de niña.

Emmanuel me preguntó si podía quedarse en la rue des Petits Hôtels. Le respondí que debía quedarse en la rue des Petits Hôtels. Nunca nos desvelamos el uno al otro lo que mamá nos escribió en sus cartas de despedida. Ni siquiera se lo dije a Anna, con la excepción de la última línea: «Asegúrate de inculcarle a Alessandro el significado de tu nombre, Libero. Está todo en él, mi hombrecito de mundo.»

Volvimos a Milán a las diez de la noche. Alessandro estaba dormido y le dimos las gracias a la niñera, que se había quedado más tiempo a causa de un retraso del avión. Se llamaba Selma, era mexicana y no se perdía un episodio de *Quién sabe dónde*. Dijo que había preparado una crema de calabaza; estaba en la nevera, al lado de los quesos. Añadió que, para la comida del día siguiente, había descongelado los raviolis, y también había un poco de embutido. Me di una ducha y fui a la cocina, abrí la nevera y encontré la crema al lado de una bandeja cubierta con papel de aluminio. La saqué, la destapé y vi que los raviolis eran los cappelletti que nos había dejado mi madre. Me quedé mirándolos, alineados como soldados: la pasta desvaída por el congelado, las cabezas del mismo tamaño, nunca irregulares, del mismo grosor. Pasé un dedo por cada uno, buscando una imperfección en el corte, una mancha en la masa, distracciones en el borde. Uno era más abultado. Lo saqué, lo dejé en la palma de mi mano y cerré el puño lentamente, el relleno se esparció entre mis dedos y terminó en el suelo. Luego hice lo mismo con otro cappelletto, y con otro y otro, los juntaba y apretaba, los juntaba y apretaba. Me detuve cuando la bandeja quedó vacía, treinta y un cappelletti. Me llevé las manos a la cara y olí: el requesón y el limón, la nuez moscada, madame Marsell.

Por la mañana, Anna se levantó y cogió a nuestro hijo de la cuna para traerlo a la cama. Me desperté cuando lanzó un gemido de placer mientras sacudía sus muslos de toro. Anna me lo puso boca abajo sobre el pecho, y él me miró con ese aire perplejo suyo que tal vez debía a monsieur Marsell. Con mi pequeño indio extendido sobre mí, sentí que el dolor desaparecía. Pregunté por qué razón había ido a parar encima de su padre. Anna me confesó que había sido la abuela quien se lo pidió antes de regresar a París y partir hacia Suiza. Cuando fue a despedirse de Anna, aquella mañana de enero, le dijo que permitiera a nuestro bebé dormir entre nosotros cada cierto tiempo. Eso abriría los canales energéticos del recién nacido. Pero no debíamos hacerlo demasiadas veces, pues se corría el riesgo de que gestara un intenso apego edípico.

Dejé a Alessandro sobre mí un rato más, luego lo devolví a su cuna y le sugerí que durmiera. Me escuchó, ya entonces anticipando su naturaleza dócil que habría de subvertir las teorías astrológicas. Volví a la habitación y me senté al lado de Anna. La desnudé y ella hizo lo mismo conmigo. Besé sus labios, rebauticé sus pechos chupando como un amante y no como un bebé, le acaricié el vientre y los muslos. Hicimos el amor lentamente, y cuando se puso encima de mí y la sostuve allí, inmóvil, con su libertad y sus ojos entornados, sentí que había sucedido: por fin empezaba a ser mi nombre.

Aquel domingo por la tarde, dejamos a Alessandro al cuidado de Selma y dimos un largo paseo. Caminamos por corso di Porta Romana y por las calles que conducen al President. Decidimos no ir al cine, proseguimos hasta el Duomo y volvimos hacia Missori. Nos metimos en piazza Sant'Alessandro. Era un día apacible y nos sentamos en los escalones. Recuerdo que tomé un café de cebada, y Anna un capuchino.

Estábamos juntos, todo lo demás lo he olvidado.